KB136867

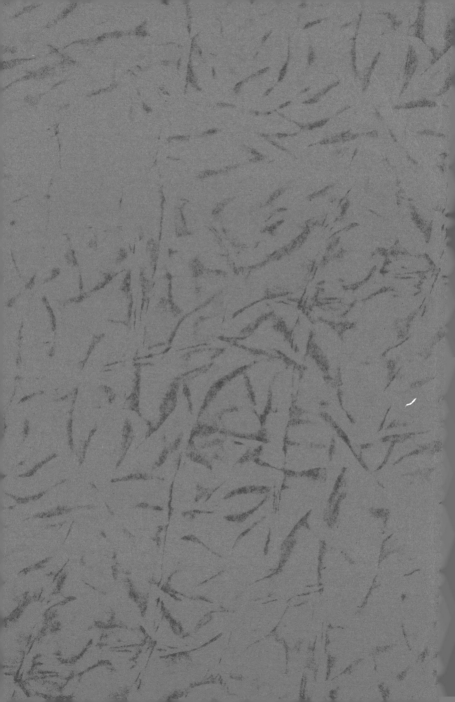

사 슴 · 돌

사 슴 • 돌

초판인쇄 | 2018년 7월20일
초판발행 | 2018년 7월20일

지 은 이 | 김한창
발 행 처 | 한국동인지문학아카데미
펴 낸 곳 | 도서출판 바밀리온
주　　소 | 전주시 덕진구 가리내 6길 10-5 클래식 302호
전화,팩스 | (063)255-2405
이 메 일 | kumdam2001@hanmail.net

인 쇄 처 | 대흥정판사
주　　소 | 전주시 덕진구 매봉 5길 8
전　　화 | (063)254-0056

출판등록 | 제2017-000023

저작권자 ⓒ 2018, 김한창
이 책의 저작권은 저자에게 있습니다. 서면에 의한 저자의 허락없이 내용의 일부나 이미지를 인용하거나 발췌하는 것을 금합니다. 잘못된 책은 바꿔드립니다.

ISBN 979-11-962440-0-2
정가 23,000원

Printed in KOREA

몽골,13세기부터 21세기까지

사 슴 · 돌

буганЧулуу

김한창 중 단편 소설집

도서출판
바밀리온

김한창 kimhanchang

■ 문학
 · 1999 등단
  - 2003 소설집「접근금지구역」
  - 2002~2003 장편소설「꼬막니」전주일보 연재
  - 2007 소설집「핑갈의 동굴」
  - 2012 장편소설「솔롱고」(부제/칭기즈 칸의 제국, 전설의 암각화를 찾아서)
  - 2015 장편소설「바밀리온/Vermilion」
   논저 : 몽골, 원시시대부터 21세기까지/「한-몽 문학」창간호 부록
 · 수상
  - 노천명문학상소설본상, 몽골문학상, 전라북도문화상. 전북문학상,『표현문학』문학
 평론상, KBS 지역문화대상,
 · 문학 국제활동
  - 2010 한국문화예술위원회 아시아창작거점 몽골문학 레지던스 소설작가선정,
  - 2011 몽골 울란바타르대학 연구교수 (한국문학 특강 및 소설 강의와 집필 활동)
  - 2012 ~2018 한-몽골 문학교류 세미나 주관(UB대학. 몽골대통령배국립도서관. 최
 명희 문학관)
  - 2014 몽골 초, 중, 고, 대학부 한국어경진대회 운영위원장(UB대학)
  - 역임
 예원예술대 미술디자인학과 객원교수, 전북소설가협회 11대 회장. 전라북도문예진흥
 기금 다원예술무대공연 심의위원장, 전북도민일보 신춘문예 심사위원(2017-2018)

 · 현재
  몽골 울란바타르대학 종신 객원교수, 한국문인협회, 몽골문인협회, 한국소설가협회
 중앙위원, 한국동인지문학아카데미 대표,「한•몽 문학」발행인.

■ 미술
  현역 화가로 1980년대 초, 파리 그랑빌러 화랑에서 첫 개인전을 필두로 총 10회의 개
 인전을 가졌다. 파리 쌀롱 종-뺑뜨 참가와 프랑스 셍제르멩 데쁘르 국제 청년 미술제에
 서 평론가협회 금상을 수상했다. 전북현대작가회, 광주 현대미술 에뽀끄 그룹 활동과
 동아미술제, 구상전 등 수상과 앙데팡당전, 부산국제비엔날래, 서울현대미술제 등 국 내
 외에서 다수 미술활을 했다. 대한민국 남부현대미술제 운영위원장, 전북도전 심사위원
 및 심사위원장과 서울현대미술대전 심사위원을 역임했으며 한국미술협회 회원으로 전
 북도립미술관, 광주남도미술관, 백상그룹에 작품이 소장되어 있다.

 · 본 이미지 지역 / 몽골 아르항가이 – 이흐타미르
 · E-mail / kumdam2001@hanmail.net
 · Tel : 063) 255 - 2405 H : 010-6439-2405
■ 본문 그림 및 편집, 표지 디자인 / 저자

АРХАНГАЙ - ИХТАМИР

몽 골 전 도

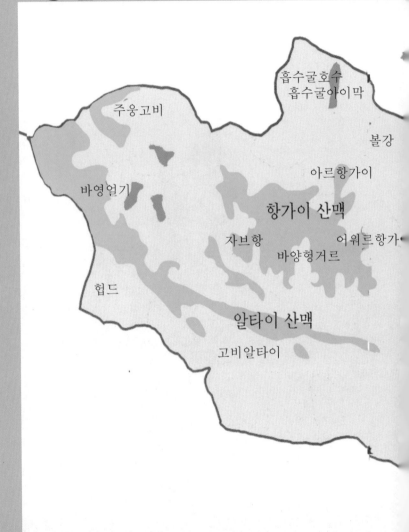

흡수굴호수
흡수굴아이막

주웅고비

볼강

아르항가이

항가이 산맥

바영얼기

자브항   어워르항가

바양헝거르

헙드

알타이 산맥

고비알타이

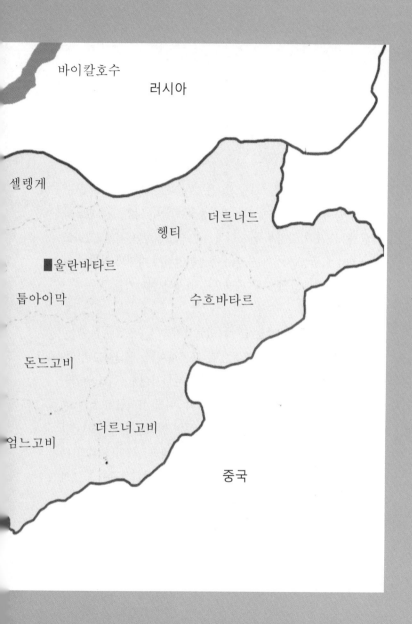

　필자는 2010년 한국문화예술위원회 아시아 거점 몽골문학레지던스 소설작가로 선정되어, 이듬해 울란바타르대학 연구교수를 재임하면서, '몽골문학 제 1 집'이라 할 수 있는 장편 『솔롱고』를 발표한 바 있다. 『사슴 돌』은 그 뒤 지금까지 몽골을 오가며 몽골문화와 역사 속에 사회주의몽골에 불어 닥친 유목민들의 애환과, 13세기 할하부족과 차하르부족의 300년 전쟁, 그리고 몽골역사에 부상한 칭기즈 칸의 몽골통일전쟁 마지막 장면을 곁들여, 몽골 특유의 문화를 바탕으로 파생된 이야기를 엮은 중·단편 소설집이다.

　'몽골문학 제 2 집'으로 볼 수 있는 『사슴 돌』은 8년 동안 몽골의 수도 울란바타르를 거점으로, 옵스아이막. 알타이고비, 아르항가이, 어워르항가이와 돈드고비 구르반사이항, 헨티아이막. 툽아이막과 중국령 내몽골 툥라오까지, 여러 아이막이 소설 관련지역으로, 거개가 배낭여행으로 유목민 게르에서 유숙하며 답사하고 초고를 잡았다. 이 과정에서 울란바타르대학 학과의 하나뿐인 유일한 남학생 제자 덤버르마와, 이흐타미르초원의 그의 유목민 외삼촌들, 그리고 어워르항가이 유목민 벌더노인, 본 소설집 대표작 『사슴 돌』관련지역을 안내한 하르허룽의 바트통갈락, 바트얼지의 유목민 사롤달라이 촌장 부부, 모두에게 감사드린다.

거기에 『사슴 돌』 몽골어번역문을 읽고 감수와 더불어 글을 써 준 시인 강벌드 서닝바야르와, 추천의 글로 가름해준 몽골문인협회 관리처장 남바르푸룹에게도 고마움을 전한다.

시야에 들어오는 형상만으로 말할 수 없는 것이 몽골이다. 몽골의 거친 대지를 밟고, 유목민들과 양떼를 몰며 밥을 같이 먹고 잠을 같이 자며, 가슴과 피부로 느끼지 않고서는 몽골의 속살을 만질 수도 없을뿐 아니라, 몽골의 진면목을 깊이 있게 표현할 수 없는 것이 몽골이다.

우리문화원류에는 몽골반점이라는 것으로부터 고대몽골의 피가 이어져왔고, 우리와 인종구분이 잘 되지 않는 몽골민족 역시, 무지개를 뜻하는 솔롱고(본 발음 설렁거/солонго)로 한국을 지칭하고 선호하는 것은, 집필자로서는 꽤 반가운 일이다.

기 발표한 장편 『솔롱고』에서, 구르반사이항 전설의 동굴암각화를 찾지 못하고 끝냈기 때문에, 그것을 찾게 되는 여정의 이야기, 『솔롱고』 2편을 마무리 지을 때까지, 나는 몽골 땅 구르반사이항으로 갈 것이다.

2018.7.20

작가에게 마음의 '하닥'을 펴며,

시인, 남바르 푸렙
몽골문인협회 관리처장

텡게르 신의 덕분인지 나는 오래전부터 몽골민족의
혈통이라 할 수 있는 한국인들과 인연을 맺었다. 1995
년 한국의 수도 서울을 처음 가 보았고, 2006년 양국
문인협회 정책관리프로젝트 초청으로 서울대학교와 전
남대학교에서 공부를 하면서, 한국기자와 문인들과 퍽
가깝게 지낸 적이 있다. 그 때 몽골을 모국처럼 생각하
며, 몽골 인들을 같은 민족처럼 여겨주는 많은 한국 인
들을 보았다.

그 중, 한국의 소설가이자 문학평론가이며, 한국동인
지문학아카데미를 운영하며, 한국과 몽골문학교류와
『한‧몽 문학』 발행인 미스터 김한창의 작품집 『사슴
돌』 출판에 내 마음의 하닥(Хадаг 기원의 의미가 있는 오방색 비단

Зохиолч К, ХанъЧанд сэтгэлийн хадаг дэлгэхүй,

яруу найрагч, НАМБАРЫН ПҮРЭВ

(МОНГОЛЫН ЗОХИОЛЧДЫН ЭВЛЭЛ-ийн Бодлого Зохицуулалтын албаны дарга   МЗЭ-ийн шагналт)

Миний бие ямар нэгэн хувь төөргийн зурлага жим, бурхнаас ө гөгдсөн хишиг буяны үрээр ч юм уу, нэгэн цагт бидний тасарса н мах үсэрсэн цус хэмээн өөрсдийгөө хүндэтгэн үздэг солонгос чуудтай нүүр учран золгох, танилцан танил дотно болох амьдра лын зураг төөрөгтэй байжээ. Анх 1995 онд Сөүлд хөл тавьсан х ийгээд 2006 онд хоёр орны зохиолчдын эвлэлийн байгууллагын бодлого солилцооны хөтөлбөрийн урилгаар Солонгосын Гуанжу дүүргийн ЧОННАМ их сургууль СӨҮЛийн их сургуульд тус ту с суралцаж ахуйдаа Солонгосын Монголд элэгтэй, монголчуудад хайртай олон арван авьяаслаг сэтгүүлч, зохиолчтой элгэмсэн дот носох гайхамшигт хувь тохиож билээ. Тэр цагаас эхлэн Монгол ыг зорих, сонирхох, эх орон шигээ санах, элгэн садан ах дүүс ш игээ бодож хайрлах солонгос хүмүүсийн гэрэлт харгуй улам тод рон зурайсаар байгаа нь өнөөдөр нэгэнт амьдралаар батлагдсан о н цагийн түүхэн хуудсууд мөн билээ.

Тэдгээрийн нэг болох БНСУ ̄-ын Чоллабүг аймаг, Чөнжү хот ын уугуул, зохиолч, утга зохиол судлаач, Чөнбүг аймгийн утга з охиолын холбооны үргэлжилсэн үгийн зохиолчдын нэгдлийн ги

천)을 펼쳐드린다. 몽골에 대한 남다른 깊은 애정과 꿈을 가지고, 그는 옛부터 무궁한 역사가 깃들어 있는 몽골을 수없이 찾았다. 또, 집필하는 작품발원지를 찾아 초원 여러 곳을 탐방하며 글을 쓰며, 울란바타르대학 연구교수로 강의를 했고, 지금은 객원교수이다. 그리고 몽골에 대한 기록과 엣세이와, 몽골 전설의 암각화를 소재로 장편소설 『솔롱고』를 집필하여 발표했다. 그 작품은 이미 몽골 독자들이 받아들였다. 김한창 작가는 몽골인을 좋아하는 외국작가이자, 많은 몽골연구자 중 보기드문 유일한 한 분으로 『한•몽 문학』을 꾸준히 발간하여 몽골문학을 한국 독자들에게 소개하고, 한국문학을 몽골에 알리는 일을 10년 가깝게 해온 작가다. 소설가이면서 문학평론가이며 화가이기도 한 미스터 김한창은 몽골문단은 물론, 독자층에도 널리 알려져 있다. 전라북도 문화상과 문학상, KBS방송국 지역문화대상, 노천명문학상 소설본상과 프랑스 셍제르멩 데쁘르 국제 청년미술쌀롱에서 금상을 수상하는 등, 재능있는 예술가로 나는 알고 있다.

또 그는, 프랑스 파리 그랑빌러 미술관, 서울 이목화랑. 타래미술관. 백상미술관, 전주 얼 화랑. 교동아트센터에서 총 10회의 개인전과 전북도립미술관 기획전, 그리고 해외에서 많은 작품활동을 한 것 또한 알고 있다.

шүүн, Солонгосын үргэлжилсэн үгийн зохиолчдын холбооны үн дсэн гишүүн, Солонгосын Дорнын утга зохиолын академийн зах ирал, Солонгос–Монголын утга зохиолын төлөөлөгч, Солонгос, Монгол утга зохиолын сэтгүүлийг эрхлэн гаргагч, "Бамиллион" хэвлэлийн газрын дарга ноён КИМ ХАНЬ ЧАН–ы тун удахгүй монгол хэл дээр хэвлүүлэх гэж буй "Буган чулуу" хэмээх шинэ хэн номын тухай өөрийн сэтгэлийн хадгийг дэлгэж буй минь эн э болой. Тэрбээр өөрийн түүхийн алтан зөн совинт хүсэл мөрөө длөөр жигүүрлэн эртний домогт баатарлаг түүхт Монголд минь олонтоо ирж аялж, ажиллаж, амьдарч байсны сацуу өөрийн дурс амж тэмдэглэл, бодрол эгээрэл, сэтгэгдлүүдээ эмхэтгэн "Пигалы н агуй" роман, "Солонго" (Монголын тухай) тууж хэвлүүлж унш игчдын хүртээл болгосон юм. Зохиолч Ким Ханъ Чан Монгол ор он, монголчуудад элэгтэй гадаадын уран бүтээлч, судлаачдын нэ г бөгөөд Монголын утга зохиолыг солонгос уншигчдад, солонгос утга зохиолыг монголчуудад танилцуулах чиглэлээр сүүлийн ар ав гаруй жил хичээл зүтгэл гарган ажиллаж байгаа юм. Зохиолч, урлаг судлаач, зураач ноён КИМ ХАНЬ ЧАН нь өөрийн уншигчд ын сонирхлыг татсан өвөрмөц сонин бүтээл туурвилуудаараа Чө ллабүг аймгийн соёлын шагнал "Чөллабүг" утга зохиолын шагна л, KBS телевизийн орон нутгийн соёлын тэргүүн шагнал, Но Чө н Мёний нэрэмжит утга зохиолын шагнал мөн Францын Сэнжрм эн дэ Бры олон улсын залуучуудын урлагийн үзэсгэлэнгээс шүү мж бичигчдийн холбооны алтан медалийг тус тус хүртсэн авьяас лаг уран бүтээлч төдийгүй нэр алдарт нэгэн юм.

Тэрбээр зохиолчоос гадна хос морьтой авьяаслаг зураач нэгэн бөгөөд сэрхийсэн өвөрмөц сэрэл мэдрэмж бүхий тод сонин уран бүтээлүүдээрээ Францын Парис хотын "Гранбилла" галерей, Сөү л хотын "Имог" галерей, "Тарё" галлерей, "Бэгсан" галерей, Чөнж ү хотын "Өл" галерей, "Гёдон" галерей, Чөнбүг урлагийн танхим зэрэгт нийт 8 удаагийн үзэсгэлэнгээ гаргахын сацуу Солонгосын Дона урлагийн үзэсгэлэнгээс орчин үеийн урлагийн шагнал, Гүс

그는 몽골의 생활관습과 역사를 깊이 연구하였고, 양국 문학발전과 상호협력에 열정을 쏟고 있는 그분을 우리는 귀하게 여기고 있다.

작가의 집에는 몽골문화와 역사, 그리고 생활관습을 담은 많은 몽골고서와, 자신이 직접 그린 몽골에 관한 그림과 물건들이 가득하다는 말을 그의 집에 다녀온 몽골 작가들로부터 들었다. 몽골의 하늘과 해와 달, 바람, 산과 강, 맑은 대기에 푹 빠진 그 분은 몽골대초원에서 바람을 베고 말을 타고 초원을 달리는 것을 매우 좋아한다. 실제로 몽골을 사랑하는 외국인들 중 하나의 큰 표상이 되는 인물이라 할 수 있다.

특히, 꿈같은 몽골역사를 맑은 예감으로 집필한『사슴돌』소설집에 나는 책임 있는 의무를 가지고 찬사와 함께 추천의 글로 가름한다.『사슴 돌』책을 들고 몽골에서 또 만나기를 바란다. 항상 좋은 일만 가득하기를 텡게르 신에 빈다.

2018.7.10

남바르 푸렙

анжөн шагнал, Сөүл орчин үейийн урлагийн үзэсгэлэнгийн шагна лыг тус тус хүртжээ.

Зохиолч КИМ ХАНЬ ЧАН НЬ Солонгос, Монгол хоёр орны ах уй байдал түүхийн эртний холбоост жим, утга уран зохиолын хө гжил дэвшил цаашдын харилцаа холбоонд нэн эртнээс өөрийн гэ сэн сэтгэл зүрхний халуун хувь нэмрийг оруулж буй, Монголд х ачин их элэгтэй бараг л монгол хүмүүстэй адилхан болчихсон нэ гэн. Түүний өөрийнх нь Чонжү дахь гэр нь Монголын өв соёл, т үүх, заншил уламжлалыг илтгэх ном, эд агуурсаар баялаг төдийг үй Монголын тэнгэр, нар салхи, уул ус, агаарт сэтгэл зүрх нь та тагдсан Монголын их хээр талаар салхи сөрөн морь унаж давхих дуртай, үнэндээ бол монголжсон цөөхөн солонгосчуудын нэг том төлөөлөл мөнөөс мөн билээ.

Ийнхүү нэгэн сайхан сэтгэлт эртний түүхийн зүүдний ч гэх үү хувь төөргийн совин билигт эрхмийн тун удахгүй монгол ун шигчдын гар дээр очих "БУГАН ЧУЛУУ" хэмээх сэтгэгдэл, тэмд эглэл, эссений номын өмнөтгөлийг бичих хариуцлагатай үүргий г надад ногдуулсан зохиолч КИМ ХАНЬ ЧАН—ы Монгол дахь эл эг дотно анд, МЗЭ—ийн шагналт яруу найрагч ГАНБОЛДЫН СО НИНБАЯР—ын хүсэлтийг ёсоор болгож буйдаа нэн талдархнам б и... Тун удахгүй шинэ номоо баринтаглахаар ТЭНГЭРИЙН ЗАРЛ ИГТ МОНГОЛд минь ирэхэд нь дахин нүүр тулан уулзана г эдэгт итгэж байна.

САЙН ҮЙЛС ДЭЛГЭРЭХ БОЛТУГАЙ

2018, 7,10

НАМБАРЫН ПҮРЭВ

말안장가방에 가득담은 몽골문화

시인 강벌드 서닝바야르
몽골문학협력배수상자

여기 몽골인들을 이야기한 소설 책이 여러분 손에 있다. 몽골 옛 역사와 문화, 종교와 신앙, 그리고 과거와 현재를 망라하여 이렇게 많은 몽골의 색상과 리듬을 가지고 함축하여 형상화한 이 작품집은, 몽골에 대한 작가의 집요한 도전정신과 창작의욕에서 비롯된다.

수년 동안 몽골 레지던스를 통하여 몽골에 대한 연구를 꾸준히 해오며, 온 마음을 몽골에 던진 작가의 정열에 먼저 경의를 표한다. 세계적으로 문학다큐멘터리 시대가 왔다. 작가의『사슴 돌』은 그것을 여실히 보여주고 있다.

Богц дүүрэн Монголын соёлын

яруу найрагч Г.Сонинбаяр
Монголын, зохиолчдын эвлэлийн шагналт

Монголчуудын тухай өгүүлсэн нэгэн ном таны гар дээр байна. Энэ номд өнөөгийн Монгол орон, монголчуудын тухай өгүүлэх хэрнээ эрт урьдын түүх, соёл, шашин шүтлэг, итгэл үнэмшил хийг ээд өнгөрсөн, одоо, ирээдүйн хэлхээ холбоо, ура н сэтгэмж, хийсвэрлэл, эмзэглэл, баяр, гуниг, уч рал хагацал бүгдийг багтаажээ. Ийнхүү олон өнг ө аяс, хэмнэл, дүр төрхийг сүлэлдүүлж, уншигч ийг үл уйдаах сонирхолтой түүхийг бүтээж чадс ан нь зохиогчийн авьяас, чадвар, мэдрэмжтэй хо лбоотой.Басхүү Монголыг таньж мэдэж, судалж, зүрх сэтгэлээ өгч чадсаных нь илрэл энэ буй заа. Дэлхий дахинд баримтат уран зохиолын эрин ир

소설의 내용은 허구지만 그렇다고 막연하고 추상적인 것은 아니다.

작가는 오랜 기간 몽골역사와 문화를 바탕으로 특징을 살려냈고, 그것을 녹여 리얼하게 표현한 것은 소설의 맛을 살리는데 추호의 결함이 없다.

몽골의 추운겨울과 자연재해로 가족을 잃은 소년과 소녀의 숙명적인 이야기 『뭉흐터러이/영원한 새끼돼지』는 슬픔과 고통을 이야기하지만, 인생의 행복과 기쁨이 숨어있고, 기억하게 하여 후손을 통해 영원히 지속되는 인생의 의미를 부여해준다.

"바트빌랙! 네 이름은 강한 지혜라는 뜻이다. 강하고 지혜롭지 못하면 넌 거친 초원에서 살아갈 수 없다."

라는 어머니의 말은 바트빌랙의 마음 속에 깊이 자리 잡고 있는 것으로, 주인공 뭉흐터러이의 부모는 딸이 태어나자 '귀신이 잡아갈까봐 이름을 영원한 새끼돼지(뭉흐터러이)라고 짓고, 델의 앞섶을 뒤로 가게 만들어 입혀 귀신의 눈을 속였다.'는 내용은 몽골인들의 금기에 속하지만, 작가는 깊이 있게 파고들어 이를 과감하게 언급했다. 또한 주인공 소년 바트빌랙 이름도 '강한지혜'라는 상징성을 가지고 이것을 통해서 작가는 이 두 사람의

сэн. Ким Ханчан докторын энэхүү ном ч түүний нэг жишээ. Гэхдээ энд өгүүлэх үйл явдал бүгд ү нэн бодитой биш.

Бас бүгд хийсвэр зохиол бус. Энэ хоёр эсрэг тэ срэг шинж чанарыг нэгэн бүтээлд уусган сүлэлд үүлэн бичиж чадсан нь зохиолыг амттай болгожэ э.

Монголын хүнд хэцүү өвөл, цас зудын гамшиг т өртөн элгэн дотно хүмүүсээ алдсан өнчин охин, хүү хоёрын хувь тавилан, олон жилийн дараа тэ дний амьдралд тохиолдсон учрал, хагацлын туха й өгүүлэх 『Мөнхторой』 зохиол хэтэрхий их уй гуниг, зовлонг мэдрүүлэх мэт авч хүмүүний амь дралын сайн сайхан, аз жаргал түүний цаана нуу гдаж байдгийг сануулж, үр удмаараа дамжин мө нхөд үргэлжлэх амьдралын утга учрыг сэтгэлд ш ивнэнэ.

"Батбилэг ээ! Чиний нэр бол Бат бөх оюун бил эггэсэн утгатай. Хүчирхэг, ухаантай байхгүй бо л чи хатуу ширүүн хээр талд амьд гарч чадахгүй шүү"

хэмээн хэлсэн ээжийнх нь үг өгүүллэгийн гол баатрын зүрх сэтгэлд хоногшсон нь ийм учиртай. Энэ зохиолын нөгөө нэг баатар Мөнхторой охи ныг төрөхөд хүүхэд тогтдоггүйн эрхэнд эрлэг т

숙명에 대한 것이 아니라 인생의 어려운 고난을 극복할 수 있는 투지와 인내를 보여준 작품이라고 생각하는 것이다. 몽골의 전통노래이자 서사시인 토올을 다룬 소설 『알탕호약/황금갑옷』은 토템적 특징이 있는 것으로, 유네스코 무형유산으로 등록된 몽골인들의 전통예술이다. 하지만 엄격한 사회주의 체제 속에서 금지된 토올을 목숨을 걸고 지켜온 이야기를 작가는 흥미롭게 파고들어 표현했다.

"알탕호약! 세상은 만만하지 않다. 네가 그 길을 가는 것은 숙명이다. 이제 토올은 너에게 황금갑옷이 될 것이다."

알탕호약 어머니의 말 한마디는 그가 알타이산맥 바위굴 속으로 숨어들어가 자유몽골이 될 때까지 토올을 보존하게 만든다. 작가의 대표작이 되는 『사슴 돌』은 다큐멘터리적인 소설로 녹여낸 작품이다.

몽골의 고대 사슴 돌인 암각화를 연구하는 프랑스여인과 한국남자의 모험과 뜨거운 사랑 속에, 대재난을 몰고 오는 몽골의 강력한 한파인 쪼드를 만나, 생사고난의

өөрүүлэх гэж монголчуудын уламжлалт заншлаа
р домнож ийм нэр хайрласан хэмээн зохиолч өг
үүлсэн байна. Түүн шигээ гол баатар Батбилэги
йнхээ нэрийг зохиогч дээр хэлсэнчлэн бат бөх о
юун билэг гэсэн бэлгэдлийг бодон сонгожээ. Үү
гээрээ энэхүү зохиол хоёр хүний хувь тавиланг
ийн тухай биш ерөөсөө амьдралын хүнд хэцүү с
орилт шалгуур, хагацал зовлонг даван туулах хү
мүүний сэтгэлийн хат, эр зориг, тэвчээр хатууж
лыг харуулсан гэж бодном. Түүнчлэн 『Алтанху
яг』 өгүүллэг ч мөн л ийм бэлгэдэл зүйн шинжт
эй. ЮНЕСКО−гийн биет бус өвөөр бүртгэгдсэн м
онголчуудын язгуур урлагийн гайхамшигт төрөл
тууль хэрхэн цаг үеийн хатууд хэт хувьсгалчды
н хориг цаазад өртөж, түүнийг өвлөн тээгчид нь
амь насаараа төлөөс төлж байсныг зохиолч сонир
холтой хэлбэрээр өгүүлжээ. Энэхүү гол санаагаа
зохиолч.

"Алтанхуяг аа! Амьдрал гэдэг таахын аргагүй.
Чи хувь тавилангаараа л явна. Тууль чамд одоо а
лтан хуяг болно."

хэмээсэн баатрынхаа үгээр илэрхийлсэн байна.
Тэгвэл "Орхон голын буган хөшөө" зохиол жинх
энэ баримтат уран сайхны бүтээл ажгуу. Монго
лын түүх, соёл, тэр тусмаа эртний буган хөшөө,

자연재해를 이겨내는 과정을 그려낸 체험바탕의 대표작 『사슴 돌』은 흥미롭기 이를 데 없는 놀라운 표현방법이다. 이렇게 본 작가의 작품에 대한 이야기를 하자면 끝이 없다. 독자 여러분에게 소설을 길게 설명하기보다 여러분 손에 이 책을 펼쳐드린다.

몽골 역사문화와 풍습을 열심히 연구하는 한국의 소설가이자, 몽골연구에 심혈을 기우려온 유일하게 존경하는 김한창작가의 다음 작품을 기다린다. 많은 문인들이 몽골을 찾지만 이처럼 강한 작가정신을 가지고 몽골인의 삶에 대하여 깊게 파고들어 글을 쓴 사람은 극히 드물다. 한국과 몽골민족의 역사와 풍습, 예술과 문학을 소개하는 문화대사이며, 문화교류의 징검다리가 된 작가의 지성적인 탐구길에, 문학작품의 말안장가방이 가득 차기를 바란다.

2018. 7, 10
강벌드 서닝바야르

хадны зургийг судлахаар ирсэн франц бүсгүй, со
лонгос залуу хоёрын адал явдал, хайр сэтгэлийг
Монгол орны эрс тэс уур амьсгалт өвлийн улира
л, монголчуудын эгэл амьдрал, хүн чанар, сайха
н сэтгэл, байгалийн бэрхшээлийг даван туулж б
уй эр зориг, тэвчээр хатуужилтай сүлэлдүүлэн х
үүрнэсэн нь сонирхолтой шийдэл болжээ. Үүнээ
с цааш уншигч таны эрхэд халдан зохиолыг тайл
барлан нуршихаас татгалзлаа. Харин эрхэм зохи
олч Ким Ханчан докторын цаашдын уран бүтээл,
судалгаа шинжилгээний ажилд нь амжилт хүсч,
сайн сайхны ерөөл өргөе. Монголын хөх тэнгэр,
хөдөө тал, говь, хангайд сэтгэл зүрхнээсээ дурла
н тэмүүлж, Монголын түүх, хэл соёл, зан заншл
ыг хичээнгүйлэн судлагч энэ эрхэм хүмүүний д
араа дараачийн зохиол, бүтээлүүдийг шимтэн хү
лээнэм. Монгол, Солонгос хоёр ард түмний түү
х, зан заншил, урлаг, утга зохиолыг харилцан та
ниулж, сурталчлах соёлын элч, гүүр болж яваа К,
зохиолчийн оюуны эрлийн зам олз омог арвин, б
үтээл туурвилын богц дүүрэг байг ээ.

2018, 7,10

Г.Сонинбаяр

| 목차 |

1. 사슴 돌

буганЧулуу / 보강촐로

МОНГОЛ
УГСААТНЫ
БАГА
НЭВТЭРХИЙ
ТОЛЬ
I

몽골의 작은 백과 사전 / 고서

「사슴 돌」관련지역

1. 아르항가이, 이흐타미르 2. 어워르항가이 바트얼지. 하르허룽 호찌르뜨. 3. 볼강아이막

1

사 슴 돌

буганЧулуу
보강촐로

"르블랑, 르블랑, 정신 차리고 눈 좀 떠봐요. 제발."

결코, 눈길 한 번 주지 않고 수수방관 냉소로 외면하는 운명에게 울부짖듯 나는 애원했다. 이렇게 그녀 르블랑과 생사위기가 닥쳤을 때, 한없이 내려간 몽골의 기온은 툰드라의 강추위를 능가하는 영하 54도 였다.

영하 38도 혹한을 견디다가 26도로 기온이 웃돌자 울란바타르[1] 도심에서는 한국의 겨울에 봄같은 기온을 느꼈다. 하지만 그렇게 믿고 가볍게 준비를 하고 간 것이 정작 목적지에 가서는 속수무책이었다.

---

1) 울란바타르/Улаанбаатар : 몽골의 수도

기온이 내려간 대지에 조금만 눈이 쌓여도, 시외로 나가는 버스는 아예 운행을 하지 않았다. 다행히 내가 길을 나섰던 날은 모처럼 버스가 운행되고 있었다.

드라곤테흐링으로 불리며 종합터미널구실을 하는 울란바타르 외곽광장에는 시외로 나가려는 버스들과, 도심근교 지근거리를 오가는 작은 미크로버스, 그리고 승용차로 영업하는 차량들이 그 광장을 잔뜩 매우고 있었다. 버스차장들은 저마다 행선지를 외쳤고, 마치 우리의 설날과 같은 몽골의 대명절 차강사르[2] 하루전날처럼 넘쳐나는 인파로 들끓고 있었다. 그 광경은 한국의 60년대 섣달그믐 버스터미널을 방불케 했다.

그 분주하고 번잡스러운 인파 속에서, 나는 여덟 시간이 걸리는 어워르항가이 아이막[3] 하르허릉으로 가는 버스를 찾고 있었다. 아르항가이 접경지, 어워르항가이 바트얼지의 '어르헝강 유역 사슴 돌' 탐사길에 발길을 뗀 것이다.

배낭을 멘 나의 모습은 쉽게 눈에 띠는 여행자복장이어서, 승용차를 가진 기사들이 다가와 호객에 열을 올렸다. 바트얼지를 갈 수 있는 그곳 하르허릉은 몽골제국의 옛 수도 카라코롬으로, '검은 자갈 땅'을 뜻한다.

---

2)차강사르/Цагаансар : 우리의 설날과 같은 몽골의 설 명절
3)아이막/аймаг : 우리의 道에 해당하는 몽골의 가장 큰 행정 단위

이곳을 중심으로 과거에 각지로 향하는 도로망이 뻗었고, 정치, 경제, 사회 문화가 번성했던 곳이다. 몽골통일전쟁 때는 전쟁물자를 보급했고, 역참驛站 중심지였다. 그러나 하루 단한차례, 편도뿐인 버스는 일찍부터 손님이 들어차자, 시간개념 없이 떠나버렸다.

실망을 감추지 못한 나는 정오가 훨씬 지난시간까지 광장마당을 떠돌다가 어디로든 갈 것인지 말 것인지, 좀 생각해 볼 여유를 갖기로 했다. 수태채4)를 마실 수 있는 주변식당을 찾아 자리를 잡았다. 실내로 들어왔지만 차장들이 외치는 소리는 경쟁하듯 끊임없이 들려왔다.

그리고 주문한 수태채가 너무 뜨거워 입술 끝으로 홀짝거리며 식기를 바라고 있었다. 그 때 몽골에서 알게 된 노점상소년이 들어와 활짝 미소를 짓고 맞은편 의자에 아주 편한 자세로 몸을 부렸다.

그를 처음 알게 된 것은 강추위가 본격적으로 시작되는 지난해 10월의 일로, 그는 나랑토5)장터와 이곳 광장마당을 오가며 성냥이나 값싼 중고 코담배6)병 따위와, 손수건 크기의 면포에 여러 고물 뱃지를 매달아파는 열두

---

4)수태채/сүүтэйчай : 우유에 차잎을 함께 우린 우유차
5)나랑토/Нарантуу : 사방 400m 면적 울란바타르 몽골 전통 재래시장,
6)코담배 병 : 허어륵(Хөөрөг)이라 부르는 연갈색 담배가루가 들어있는 작은 병으로 유목민들이 인사를 나눌 때 쓰는 필수 용품.

살 정도의 어린소년이었다.

숙소인근 나랑토시장은 사방400m 면적 몽골전통재래
시장으로, 장날이 따로 없이 많은 사람들로 늘 붐빈다.
네 곳의 출구에서 소액의 입장료를 내고 들어가면 유목
민들이 게르를 세울 수 있는 모든 가재도구와 설짝 등
생필품은 물론, 양고기를 거래하는 대형 푸줏간건물과
가공된 양털가죽 등, 없는 게 없는 평지에 조성된 유래
깊은 시장이다.

처음 그곳에 갔을 때, 장바닥에 좌판을 펼친 소년의 앞
을 지나자, 뱃지가 매달린 면포를 얼른 내밀며 하나 사
주기를 바라는 어린소년의 눈빛이 애석한 생각이 든 나
는, 면포에 매달린 모두를 통째로 사준 적이 있었다.

그것이 고마웠던지 소년은 바로 좌판을 접고 넓은 시
장 구석구석을 안내해 주었다. 그런데 하필 그날 호주머
니에 들어있던 러시아산産 휴대용 고급손난로를 감쪽같
이 소매치기 당하고 말았다. 소매치기는 소년이 짐작하
는 또래의 장마당아이였다. 소년은 손난로를 훔쳐간 소
매치기로부터 되찾아 가지고 있다가, 후일 다시 보게 되
자 나에게 전해줬다.

그 뒤, 차강어트겅(ЦагаанОтгон/하얀악기)이라는 소년이
말하는 멋진 그의 이름을 기억해 두었고, 만나면 반가운

사이가 되었다. 부렸던 몸을 고쳐 앉으며 소년이 말했다.

"아까 하르허릉 가는 버스를 타려고 했죠? 지금 버스를 타지 못한 몇 사람이 아르항가이로 갈 사람들을 불러 모으고 있어요. 미크로버스하나를 대절하는 거지요. 그걸 타고 기사에게 부탁하면 하르허릉에서 내릴 수 있어요. 어차피 그곳을 거쳐 가니까요."

하고 귀띔을 해줬다.

물론 소년의 말은 옳았다. 그러나 일반버스와 달리 작은 미크로버스로는 아주 늦은 밤에 도착할 것 같아 나는 그것을 매우 걱정했지만, 배낭여행에 생기는 착오는 항상 크고 작게 일어나는 일이어서 그냥 그것을 타기로 했다. 한 번 길을 나서면 중간에 되돌아오는 법이 없는 가공할 정도로 무모한 고집을 나는 가지고 있었다.

하지만 그 고집덕분에 전혀 상상하지도 못한 새로운 체험을 얻게 되는 이익도 있었다. 또 나는 꼭 몽골뿐 아니라, 홀로 해외여행을 즐기는 배낭족으로의 기질이 적어도 베테랑급에는 속한다고 자인하고 있었다.

나는 모험과 호기심에 늘 가득 차 있었고, 한 곳에 머물지 못하는 집시처럼 평소 어디로든지 떠나고 싶은 역마기를 주체하지 못해, 좀 겁없이 행동하는 편이었다.

특히, 초원에 노출되어 있는 몽골대륙고대인들이 새겨

놓은 바위그림(암각화岩刻畵)탐사에는 늘 혼이 빠져있었
다. 무한한 미지의 세계로 떠나는 거칠고 낯선 몽골 땅
에서 홀로 떠나는 배낭여행은 의례 차질도 생긴다.

그러나 예상치 않게 닥친 위기상황을 겪다보면 그것이
소중한 체험적 자산으로 남는다. 그 기억들을 추억박스
에 잘 간직해 두었다가 나중에 꺼내보면서,

'그 때 그 여행 힘들었지만 참 잘했어.'

혼자 말하며 회상에 젖는다. 그래서 나의 거실귀퉁이
에는 언제나 떠날 수 있도록 배낭과 코펠, 야영에 필요
한 것들이 늘 정돈되어있다. 나는 소년의 새참으로 수태
채 한 대접과 보쯔[7]한 접시를 주문해주면서, 미크로버
스에 자리하나를 마련해줄 것을 부탁했다.

소년이 자리를 마련해준 미크로버스는 작고 낡았지만
잔설이 남아있는 초원을 배경으로 달렸다. 도심을 벗어
나면 아스콘이 깔린 도로는 비포장신작로로 변한다. 그
마저 길이 끝나면 구릉능선사이로 펼쳐진 초원흙길로
달려야하는 느린 속도와 뒤늦은 출발은 밤을 꼬박 새워
도 다음날 아침에야 겨우 도착할 것 같았다.

───────────
7)보쯔/Буу3 : 양고기를 다져넣은 우리의 만두같은 음식.

항가이의 봄 / 어워르 항가이 (56 x 36cm   water color)

더구나 지붕까지 실린 짐보따리 때문에 파도치는 바다에 쪽배하나가 흔들리는 것처럼, 버스는 초원바다의 쪽배가 되어, 석양의 긴 그림자를 끌고 기우뚱거리며 달렸다. 멀리 보이는 겨울초원은 온통 은빛실로 촘촘히 수놓은 것 같은 광막한 설원으로, 여름에는 마치 초록빛 비단자리가 드넓게 내려덮인 것처럼 환상적이다.

　하지만 정작 초원으로 들어가면 대지의 요철이 심하기도 할뿐더러, 이렇게 잔설이 남아있으면 자칫 차가 빠지는 위험도 도사린다. 방향을 알리는 표식하나 없는 초원 흙길을 기사는 망망대해에서 키를 잡은 선장처럼 초원 바다를 항해했다. 그는 지루했던지 음악테이프를 틀고 흘러나오는 몽골에서 한참 유행하는 대중가요를 흥얼거렸다. 그러자 앞에 앉은 사람들이 너나없이 노래를 따라 불렀다. 무료한 나도 흥얼거렸다. 신바람이 난 기사는 장단에 맞춰 고개와 어깨를 흔들었다.

　그리고 낮은 능선에 세워진 어워[8]를 방향자 삼아 핸들을 꺾었다. 추호의 오차 없이 목적지를 향해 기사는 차를 몰았다. 흙길을 달리던 버스가 다시 나타난 도로위로 오르면 그것은 다음 솜[9]에 곧 도착한다는 것을 말한다.

　거쳐 가는 볼강아이막 라샹뜨 간이정류소 길가식당에

────────────
8)어워/Овоо : 우리의 성황당과 같은 돌무지
9)솜/Сум : 우리의 市나 郡을 지칭하는 행정단위.

서 모두는 저녁식사를 했고 버스는 다시 달렸다.

최종목적지 아르항가이까지 가는 사람들은 다음날 오전에야 도착한다고 했다. 기사는 잊지 않고 하르허링 솜, 길가에 나를 내려주고 다시 어두운 밤길을 떠났다.

설사 기사가 깜박 잊고 아르항가이까지 데려간다 할지라도, 나는 기사를 탓하지 않고 닥쳐진 상황대처를 잘 해낼 것이다. 왜냐면, 배낭여행을 하면서 예견치 못한 돌발상황을 여러 번 겪어온 나는, 그것을 늘 염두에 두고 행동해왔기 때문이다. 정해진 시간에 정상버스를 탔다면 적어도 해지기전에 도착했을 테지만, 밤 12시가 다되어 목적지에서 내렸다. 저편 길 건너에 불 꺼진 몇몇 단층가옥과 어둠에 잠긴 몽골전통가옥인 게르[10] 몇 채가 희미하게 눈에 띄었다.

3월의 문턱에 서 있지만 몽골의 봄은 아직 멀다. 울란바타르 도심의 기온보다 훨씬 차가운 초원바람과 추위에 나는 두발을 계속 동동거렸다. 일정한 방향에서 일정한 속도로 불어오는 귓불시린 찬바람이었다. 검은 장막을 친 것처럼 식별이 불가능할 정도로 까만 어둠이 대기에 잔뜩 묻어있었다. 멀리, 별처럼 반짝이는 정착민마을 불빛이 나의 시선을 끌어갔다.

---

10)게르/Гэр : 둥근 천막의 몽골전통가옥

고원지대여서 손에 잡힐 듯 가깝게 보이는 하늘의 별빛과, 마을의 불빛이 구분되지 않아 내 몸은 허공의 별사이에 떠있는 것처럼 느껴졌다.

정착민마을로 가야 할지, 가까운 길가의 가옥을 기웃거려 볼 것인지 망설이는데, 길 건너에서 한 여인이 다가와 잠잘 곳을 찾는지 물으며 말을 걸었다. 당연히 그렇다고 말하자 그녀는 손짓으로 안내했다. 당장 숙박이 필요한 나는 그녀의 등장이 더없이 반가웠다.

하지만 일순, 창기娼妓로 안내하는 고독한 육장녀肉場女는 아닌지 의심했다. 그러나 앞서 걷던 그녀가 곧 자신에 대해 말해줬기 때문에 그 오해는 바로 풀렸다.

그녀의 말로는, 목동 몇 명을 고용하고 목축을 하는 자신의 남편은 겨울이면 남는 시간으로 이곳을 찾아오는 외국여행자들을 위해 가이드봉사를 하고 있다고 말했다. 때문에 남편을 돕는 그녀는 영어도 약간 구사하게 되었다면서 남편이 스스로 이일을 하게 되자, 그것을 알게 된 하르허링행정부는 솜의 발전을 바라는 차원에서, 몽골을 연구하는 외국인들에게는 무료로 재워줄 수 있는 러시아식목재건물까지 세워줬다고 자랑삼아 말했다.

몽골초원 여러 곳에 노출되어있는 돌 그림 탐사열정 하나로 막연히 떠나온 내가, 그것을 알고 온 것처럼 때맞춰 그녀를 만난 것은 이만저만한 행운이 아니었다.

행운이라고 할만 한 것은 이웃에서 늦도록 놀다가 집으로 가려던 참에 내가 그녀의 눈에 띄었기 때문이다. 그러지 않았다면 당장 닥친 잠자리는 물론, 안내자를 구해야 하는 등 여러 어려움이 따랐을 것이다. 무작정 갔다가 고생을 한 적이 여러 번 있었기 때문이다.

한참동안 뒤따라간 곳은 하얀 게르와 일반가옥들이 섞여있는 정착민마을 가장귀초원에 세워진 그녀의 외딴집이었다. 판자울타리 넓은 마당에 솜 행정부에서 지어줬다는 20평 규모의 러시아건물양식 목재건물 한 채와, 자신들이 기거하는 몽골전통가옥 게르한 동이 세워져 있었다. 먼저 그녀가 안내하는 게르안으로 들어가자 추위와 바람에 발갛게 양 볼이 물들어 있고, 침대에 걸터앉은 푸른 두건을 쓴 할머니가, 호르강말가이[11])를 만드느라 양털가죽을 천 끝에 덧대고, 골무를 낀 손으로 바느질을 하고 있었다. 할머니는 나의 인사에 방긋 미소를 짓고 바느질손을 멈추고 얼른 난로에 불을 지폈다.

나를 데리고 온 그녀의 이름을 묻자 뭉흐바양(МөнхБаян/영원한 부자)이라는 자신의 이름을 말하면서 난로 옆 의

11)호르강말가이/ХурээганМалгай:새끼양의 털가죽으로 만든 전통모자

자를 당겨주며 나의 계획을 물었다. '바트얼지 어르헝강 유역 사슴 돌'을 찾아간다고 말하자 그녀는 타라끄보따[12]한 사발을 내밀면서 말했다.

"저의 남편 바트통갈락(БатТунгалаг/강하고 맑은)은 지금 러시아에서 온 몇 사람을 안내하고 있어요. 내일 오후에 돌아오니까, 오신 김에 내일 하루는 에르덴죠사원을 구경하고 오세요. 모레 원하시는 곳을 데려다줄 거예요. 그렇게 하실 수밖에 없어요."

하고 말했다.

에르덴죠사원은 인근지역 2천 년 전 적석묘積石墓 답사를 왔던 길에 들려간 터여서, 일정 중 하루의 착오가 생겼지만 다른 도리는 없었다. 그날 밤, 목재건물에서 보내는 밤은 영하로 계속 내려가는 추위와 싸우는 일이었다. 한쪽에 진열된 하르허룽 유적지를 소개하는 여러 홍보 책자를 들춰보다가, 그녀가 피워주고 간 난로에 장작을 좀더 몰아넣고 잠을 청했다. 불이 꺼진 뒤에는 냉엄한 강추위가 송곳처럼 살 속을 파고들었다.

몸과 정신을 투자하는 나의 여행은 결코 단순하지는 않다. 몽골고대인들이 새겨놓은 인류미술의 유적이라 할 수 있는 여러 유형의 바위그림을 찾아다니는 것은, 집필

---

12)타라끄보따/ТарагБудаа : 야구르트에 쌀을 넣어 끓인 음식

중인 이야기에 모티브를 던져주기 때문이다.

더불어 낯선 땅, 체험과 모험에서 얻어지는 기획할 수 있는 이야기꺼리들을 주워 모아, 글 바구니에 따로 담아오는 것 또한 꽤 괜찮은 소득이 되었다. 더구나 이렇게 길을 나선 것은 관련자료 부족으로 막힌 글귀가 풀리지 않아서다. 여행은 이럴 때 필요했다.

UB 대학 연구교수부임 후, 주어진 학과의 다음주 금요일 강의가 있지만 몽골여성의 날 휴무여서 족히 보름여 동안이나 이처럼 여행을 떠날 수 있었다. 벼르고 있던 황금연휴다. 그러나 일정을 초과하게 되고 부득불 결강을 하게 될 경우도 생길지 모른다. 그래서 여행을 떠날 때는 다음 강의내용을 프린트해두었다가 혹여 내가 일정에 오지 못할 경우 학생들에게 나누어주고 익혀두도록, 조교에게 미리 준비해주고 오는 것을 나는 항상 잊지 않았다. 하지만 지금까지 여러 번 답사여행을 해왔지만 결강을 한 적은 한 번도 없었다.

나는 또 배낭을 꾸렸고, 푸른 빛이 도는 기모청바지와, 까만 폴러 스웨터에 밤색가죽 점퍼는 정해진 여행복장이다. 그리고 푸르샨 블루우 빛깔이 도는 두건용 머플러를 목에 두르고, 털모자를 눌러쓰고 길을 나선 것이다.

그러니까, 처음 말했던 그녀 르블랑을 운명적으로 만난 것은 바로 다음날 에르덴죠사원에서다. 만약 일정대로 목적지를 바로 가게 되었더라면 아마 그녀와 인연을 맺을 일은 결코 없었을 것이다.

에르덴죠사원에 간 것은 다음날 오전 11시경이었다. 칭기즈 칸의 셋째 아들 어거데이 칸이 카라코롬 궁전을 세웠고, 그 궁전이 파괴되면서 나온 벽돌로 라마사원을 세운 것이 에르덴죠사원이다. 사방 4백 미터 넓은 대지의 장엄한 경내로 들어섰다. 그곳에는 과거 라마불교의 전성기를 여실히 드러내는 사원건물들이 세워져있다. 넓은 사원마당 한쪽에 길게 늘어서 있는 좌판대 앞에 여행객들이 서 있었다. 그들은 진열된 자질구레한 몽골토산품이나, 오래된 놋쇠주물로 된 여러 골통품 따위를 구경하고 있었다. 그곳에 끼어들었다. 어느 결에 또 다른 여행자들이 내 옆으로 줄지어있었다.

정착민들이 모여사는 곳이나 몽골초원에서도 때로는 들개를 자주 본다. 넓은 사원 안에서도 유독 많이 눈에 띄었다. 그 때, 목덜미와 눈썹에 흰털이 박힌 검은 들개 한 마리가, 갑자기 거친 포즈로 날듯이 나에게 뛰어들었다. 일순 위험을 느낀 나는 재빠르게 몸을 돌려 들개를 피했다. 그 바람에 대열에 서 있던 누군가가 갑자기 휘도는 나의 배낭에 맞고 넘어지고 말았다.

당황한 나는 몸을 숙이고 그를 내려다보았다. 넘어진 사람은 나처럼 배낭여행 중인 프랑스여인으로 숙녀였다. 그녀가 프랑스인이라는 것을 바로 알아볼 수 있었던 것은, 파리 몽마르뜨에서 수년간 생활했기 때문에, 그녀가 풍기는 외양을 보고 단번에 알아차린 나는 나도 모르게 불현 듯 튀어나온 불어로,

"엑스뀌즈므아, 엑스뀌즈므아, 마드므아젤."

(Excusez-moi, Excusez-moi, Mademoiselle)

아가씨, 미안합니다. 미안합니다. 하고 거듭거듭 사과했다. 그녀는 몽골에서 듣는 프랑스 말이 반가웠던지 전혀 화를 내지 않았다. 어쩔줄 모르는 나를 보고 오히려 의외라는 표정을 잠깐 짓더니,

"아-! 시트하뀌트."

(Ah-! C'est correct)

"아! 괜찮아요." 하며 이내 방긋 웃었다. 그리고 내미는 손을 붙잡고 일어서며 옷을 털었다.

여행을 떠날 때 언제나 나는 김밥이나 주먹밥 몇 개씩을 비상용으로 뭉쳐왔다. 배낭 속 음식냄새를 맡은 굶주린 들개가 덤벼든 것이다. 그러면서 우리는 자연스럽게 말벗이 되었다. 언어가 통하자 대화를 이어가며 사원을 함께 둘러본 우리는, 점심을 먹자며 사원내 귀퉁이 빈 건물 양지바른 곳에 자리를 잡았다.

Айлчин Урих
2016 KimXanbyn

술을 따른 은잔을 권하는 바트얼지의 유목민 촌장 사롤달라이 (56 x 36cm water color)

나처럼 청바지에 가죽고탈[13]을 신은 그녀를 보면 잠깐 다녀가는 여행자는 아니었다. 하므로, 그녀가 몽골 어디에선가 생활하고 있다는 것을 나는 미루어 짐작했다.

왜냐면, 오래 생활하면서 겨울초원을 다니자면 따뜻한 몽골전통가죽고탈 한 켤레 정도는 대부분 마련해두기 때문이다. 참 주제넘은 생각이지만 둘의 같은 복장은 커플복장으로 보였다. 더구나 가죽고탈의 색깔마저 같았기 때문이다.

여름관광 철에는 사원 앞 넓은 공터에 토산품가게나 간이식당도 마련된다. 하지만 비수기여서 그런 편의는 기대할 수 없었다. 때문에 간편한 먹을거리정도는 비상용으로 마련해올 줄 안다면, 그 사람은 겨울에도 몽골에서 배낭여행을 즐길 줄 아는 사람이다. 그녀는 준비해 온 따뜻한 블랙커피와 한 뼘 길이의 바게트 빵 한 조각을 꺼내었다.

나는 캔 콜라에 길게 말아 온 김밥 한 개를 통째로 손에 쥐고 식사를 하면서, 대화 중에 똑같은 관심사를 가지고 여행하고 있는 것을 알게 되자 서로 놀랐다. 그녀는 파리한 화랑의 전속화가로 작가생활을 했던 나의 과거이야기를 먼저 들었다. 그리고 몽골에 오게 된 이유를 말하자 경이의 표정으로 말했다.

---

13)고탈/Гутал : 목이 긴 전통신발

"오-! 이런, 므슈[14]! 제 이름은 르블랑(Leblanc)이에요. 고향은 아비뇽이죠. 므슈가 파리 한 화랑의 전속화가였다니! 게다가 지금은 몽골바위그림에 얽힌 이야기를 쓰려고 탐사 중에 있다니까 놀라워요. 글은 아니지만, 저는 사슴을 새겨 놓은 몽골암각화의 회화적繪畫的 연구논문을 쓰려고 답사 중에 있거든요."

"아! 그러세요? 반가워요. 르블랑! 고향이 아비뇽이라면 남프랑스 아주 먼곳이군요."

"오-! 그곳을 알고 계시나요?"

"알다마다요! 아비뇽쌀롱전에 참가했었거든요. 보름 동안 머물렀는데 인상 깊은 도시죠."

"그래요? 놀라워요. 아비뇽쌀롱전은 백년이 넘게 열리고 있는 국제미술제랍니다. 중세기작품들이 전시된 아비뇽미술관도 보셨겠군요."

"물론이죠. 램블란트의 작품은 기억이 생생하죠."

이렇게 대화의 통섭은 서로의 간격을 좁히는데 크게 일조했다. 게다가 같은 목적의 암각화를 찾아다니고 있다는 공통사는 경이로 다가 섰고, 이점을 가지고 서로는 반가워했다. 대화가 한참 무르익어갈 무렵 음식냄새를 맡았는지 아까 덤벼들었던 들개가 허겁지겁 다가오자, 그녀가 내 곁으로 바짝 다가앉으며 말했다.

---

14)므슈/Monsieur : 남성의 존칭(프랑스 어)

"므슈, 아까 그녀석이잖아요. 무서워요."

내가 먹던 김밥조각을 내밀자 녀석은 다가와 냉큼 한입에 먹어치웠다. 그녀가 바게트 빵 한 조각을 얼른 나에게 내밀었다. 그것을 또 먹여주며 목을 만져주고 자꾸 머리를 쓸어주자 그 뒤부터 녀석은 아예 우리 곁을 떠나지 않았다.

그녀는 미래의 내 계획과 일정을 물었다. 나는 지난번 보지 못한 사원에서 좀 멀리 떨어져있는 거북돌과 고대 남근석男根石을 찾아보고, 어제 숙박했던 곳에서 다음날 바트얼지에 있는 어르헝강 유역 사슴 돌을 찾아갈 것이라고 말하자 그녀는,

"그래요?"

하고 눈을 크게 뜨고 묻고는,

"므슈가 말씀하신 사슴 돌이 있다는 곳은 제가 모르는 곳 이예요. 저의 연구목적도 있고 함께 가기로 해요. 지금 저는 톱 아이막[15] 밍조르사원 암채화岩彩畵[16] 답사를 가는 길이었는데 계획을 바꾸겠어요. 괜찮죠?"

하고 서슴없이 청했다.

"잘됐군요. 밍조르사원 암채화를 저는 진즉 보았지요.

---

15)톱 아이막/Туваимаг : 울란바타르 수도가 있는 아이막.

16)암채화/岩彩畵 : 암각화에 채색을 한 것.

흙길이지만 그곳은 사원아래까지 택시가 들어갈 만큼 길이 나있죠. 밍조르사원은 2천 명의 승려들이 안거했는데, 사회주의시절 소련군에 의해 모두 총살되었고, 오래된 법당하나에 무너진 토벽들만 남아있지요. 하지만 뒷편 돌산바위에 새겨진 여러 암채화가 보존되어있죠. 기회가 된다면 언제라도 그곳을 안내해드리죠."

하고 친절한 말과 제스추어로 그녀의 간청을 받아들였다. 초면에 국적도 다른 이성관계를 전혀 의식하지 않고, 서슴없이 사슴 돌 탐사길 동행을 원하는 것을 보면, 몽골바위그림 탐구열정을 그녀가 얼마나 강하게 가지고 있는가를 여실히 보여주는 대목으로, 그녀 자신이 연구하는 학문적 목표달성 의지가 그만큼 강하다는 것을 의미했다. 하물며, 고대인들이 유목길에 새겨놓고 간 초원에 흩어져있는 돌 그림을 찾아보기란, 여자 혼자서는 엄두도 내지 못할 일이었다. 하지만 본의 아니게 그녀를 넘어뜨린 일이 몹시 미안한 터에, 마지못한 보상심리로 막상 동행요구를 받아들이고 나자, 오히려 나는 안전에 걱정이 되고 여러 노파심이 들었다.

그래서 바트얼지의 어르헝강 유역 사슴 돌은 알려져 있는 곳도 아닐뿐더러, 그곳에서 태어나 어릴 적에 보았다는, 유목민부모를 둔 학생의 한 마디 말만 듣고 가는 것이므로, 넓은 대지를 헤매기만 할 뿐, 헛될 수도 있다는 것을 경험을 토대로 충분히 설명해주었다. 더구나 관광지도 아닌 초원에서 예상하지 못한 감당할 수 없는 돌발 상황의 위험성 또한, 결코 간과할 수 없다는 것도 일러주면서, 무모하게 덤벼서는 안 된다는 것을 이렇게 저렇게 군색한 핑계를 대가며 피력했지만, 그녀는 조금도 아랑곳하지 않고,

"사슴 돌을 볼 수만 있다면 어떤 것도 마다하지 않겠어요."

하고 재삼 의지를 드러내며 다시 간청했다.

그녀는 내가 암각화탐사에 넋이 나가있는 만큼이나 그 열정에 깊히 사로잡혀있었고, 그녀가 지니고 있는 열망의 그 불꽃을 나는 결코 끌 수 없었다.

이렇게 같은 목적을 두고 공감대형성이 되면서 의기를 투합하게 되고, 서로는 바트얼지 어르헝강 유역 사슴 돌 탐사를 함께 하는 것은 물론, 특히 거기에서 만들어지게 될 자료 또한 공유하기로 동의했다. 하므로, 이번 탐사의 사슴 돌 만큼은 공동연구자관계가 되었다.

나는 그녀의 몽골체류와 관련된 신상에 관한 어떤 것도 묻지 않았다. 무관심이라기보다 그녀역시 나와 같은 범주에 속하는 인물이라는 것 외에, 그 이상은 차차 알게 될 터이기 때문이다.

그녀 또한 같은 생각이었는지 나에 대한 어떤 것도 더는 묻지 않았다. 서로 지닌 사슴 돌 탐사욕망에 동화되어 사소한 것들은 자연스레 유보된 것이다. 앞서 말해온 그녀와의 관계는 이렇게 인연의 시발점이 된다.

그리고 곧바로 그녀가 다시 물었다

"무릉초원 사슴 돌은 보셨나요?"

"진즉 보았죠. 선이 무딘 석기시대바위그림과 선과 면이 비교적 정교한 철기시대바위그림이 함께 있죠. 이것을 두고 혹자는 모두를 같은 년대로 보지만, 선돌의 경우 엄격히 년대를 다르게 봐야죠."

하고 말하자 그녀는,

"오-! 므슈! 울란바타르에서 가자면 삼일이 넘게 걸리는 그 먼 곳의 사슴 돌까지 보셨군요. 몽골여행길에 이렇게 뜻이 같은 대단한 분을 만났어요. 바위그림에 대한 지적知的 관심이 같은 분을 만나게 되다니! 깊이 있는 분석이 저보다 훨씬 앞서있는 전문가를 만났어요. 선돌의 외형에서 시대구분까지는 저는 미처 생각하지 못했거든요. 제가 구성하는 논문을 재정리를 크게 해야 하는 과제를 주었어요."

하며 자그만 일에도 넘치는 감동을 숨기지 못하는 프랑스여성 특유의 호들갑스럽기까지 하는 양팔을 벌린 제스추어로 경탄했다.

바트얼지의 사슴 돌 1 (36 x 56cm   water color)

윤이 흐르는 금발의 그녀는 정면의 모습보다 측면프로
필이 훨씬 넓어 보이는 개성있는 원숙한 얼굴로 높은 코
와 투명한 코발트빛 동공이 수정처럼 맑아보였다.

이렇게 같은 목적을 가지고 길동무가 되어 사원 밖으
로 나온 우리는 각자의 배낭을 메고 다음 목적지를 향해
눈 덮인 초원을 걸었다. 눈이 녹아 드문드문 대지가 드
러난 곳도 있지만 거반 지그재그로 숫눈길을 내며 가야
했다. 그런데 동행자하나가 늘어있었다. 아까의 검은 들
개가 줄곧 우리 뒤를 졸졸 따라나선 것이다.

그러자 그녀가 한 가지 제안을 내놓았다.

"저 녀석이 줄곧 따라오는데 아예 이름을 지어주고 데
려가기로 해요."

그녀가 하는 말에 내가 소리 내어 웃으며 물었다.

"그래요? 뭐라 지을까요?"

"몽골개니까 몽골어로 지어야겠죠?"

"어떻게요?"

"몽골사람들은 자연과 사물에 비유해서 이름을 지으
니까 므슈가 한번 생각해 봐요."

"그래요? 음……, 그럼 온통 검은색이니까 보이는 대

로 하르옹고(ХарѲнге/검은 색), 거기에 우스(γс/털)를 붙이면 이름이 너무 길고, 붙여 발음하면 하롱고, 어때요?"

"하하하─순전히 몽골식으로 잘 지었어요."

"프랑스어 같은 뜻으로 느와-르(noir/검은색)도 생각해 보았는데 발음이 너무 부드러워서 들개모습과는 전혀 어울리지 않아요."

그 녀석은 귀에 익도록 새롭게 지은 '하롱고' 이름을 자꾸 부르자 고개를 갸우뚱거렸다. 그리고 곧 알아들었는지 이내 뒤따르기 시작했다. 하롱고는 우리를 목동이 양을 치고 있는 곳으로 데려다주기까지 했다. 목적지를 찾지 못해 눈 속에 발목을 빠져가며 구릉능선을 거푸 헤매자, 하롱고가 발길을 멈추고 고개를 상·하로 흔들며 자꾸 짖어댄 것이다.

그러자 그녀가 말했다.

"아무래도 영리한 하롱고가 우리가 길을 잃은 것을 안 것 같아요."

그러면서 발길을 멈추고 바라보자 하롱고는 다른 방향으로 앞서 갔다. 하롱고의 발자국을 따라 능선을 넘어가자, 평원 양떼 무리 속에 어린양 한 마리를 안고, 눈 녹은 대지에 솟은 너럭바위에 앉아있는 나이든 목동이 눈에 띄었다.

정착민 마을 상점 / 하르허름 (56 x 36cm water color)

그녀가 말했다.

"세상에, 그렇지 않아도 잔뜩 추운데 하롱고가 우리를 이곳으로 안내했잖아요."

목동에게 다가가 "샤인 베이노." 하고 인사를 하자 그는 자리에서 일어나자마자 새끼양을 불쑥 그녀에게 안겨주며 방긋 웃었다. 그러자 그녀는 엉겁결에 덥석, 새끼양을 받아들고는,

"오우—, 므슈! 새끼양이 따뜻해요. 꼭 화로를 껴안은 것처럼 따뜻해요."

하며 잠시 후 새끼 양을 나에게 건네주었다.

그녀의 말대로 새끼양의 몸통은 그녀가 감탄할 정도로 따뜻했다. 그녀가 추위를 타고 있는 것을 목동은 단박에 알았던 모양이다.

그리고 우리는 구릉에 가려 보이지 않던 목동의 집, 게르 안으로 안내받았다. 양지바른 우리에는 아직 보호가 더 필요한 앙증맞게 생긴 갓태어난 아주 어린양들이 폴짝폴짝 뛰며 반겼다. 목동이 내미는 뜨거운 우유차로 몸을 녹였다. 그리고 우유가루로 말려 만든 새큼한 맛이 나는 아롤을 먹으며 한참동안 휴식을 취했다. 낭심囊心까지 표현된 고대남근석男根石과 거북돌은 목동의 안내로 볼 수 있었다.

그녀와 하롱고를 데리고 숙소로 돌아온 것은. 태양이
자외선을 거두고 대기가 검기우는 어슬녘이었다.

하롱고는 먹을 것을 자주 던져주자 우리 곁을 떠나지
않고 이제 순종하는 자세를 보였다. 둘이 자게 될 통나
무목조건물 연통에서 하얀 연기가 피어오르고 있었다.
러시아연구자들의 안내를 마치고 돌아온 뭉흐바양의 남
편 바트통갈락이, 토릌[17])에 불을 지피고 한쪽에 장작을
쌓고 있었다. 여섯 개의 침대 중 우리는 한 침대에 배낭
을 풀었다. 그리고 각자 자신의 침대를 정하고 이불을
정리했다. 곧 바트통갈락의 게르에서 그의 아내가 조리
한 뜨거운 반춰[18])로 저녁식사를 하면서 포크로 양고기
덩이를 찍어먹는데, 바트통갈락이 번갈아보며 국적을
물었다.

"설렁거서스 이르셍."

(Солонгосоос ирсэн)

하고 한국에서 왔다고 말하자 르블랑은 미소로,

"비 프란챠스 이르셍."

(Би Францаас ирсэн)

---

17)토릌/Тулга : 무쇠 난로
18)반춰/Баньц : 우리의 만둣국과 같은 보쯔가 들어있는 음식.

하고 자신은 프랑스에서 왔다고 말했다.

아내의 말을 들었는지 바트통갈락은 나의 여행목적지와 그 이유를 알고 있었다. 하지만 나는 노파심에 지도를 펼쳐놓고 목적지를 손으로 꼭 짚어 확실하게 위치를 강조해주었다. 그러자 그는 다행히 내가 짚어준 곳에 바위그림이 있는 곳을 알고 있다며, 서너 명의 다른 러시아 연구자들의 가이드약속이 삼일 후로 이미 정해져있다고 말했다. 그러면서 다음날 일단 그곳에 데려다 준 후, 사슴 돌 탐사를 하며 기다리면 다시 들어가 데려오겠다고 말했다.

물론, 그동안의 숙식문제는 현지유목민을 통하여 보장했기 때문에 그 말을 믿고 따를 수밖에 없었다. 그녀는 모든 것을 나에게 맡겼다. 옆 숙소로 돌아와 먼저 난로에 장작불을 다시 지피고 양치와 세면을 했다.

각자 주어진 물은 한 컵씩의 물이었다. 물이 귀한 탓으로 그것으로 양치와 세면까지 해결해야 했다. 분말소금으로 칫솔질을 한 후 한 모금의 물로 입가심을 했다.

그리고 남은 물을 입에 넣고 손에 받아 얼굴을 문지르고, 나머지 물을 모두 손에 받아 다시 얼굴을 헹군 다음 수건으로 닦는 모습을 본 그녀가 말했다. 물을 많이 소비하는 치약이나 비누사용은 불가능했다.

"한두 번 몽골초원을 다녀본 솜씨가 아니군요. 물 한 컵으로 능숙하게 세면하는 방식도 그렇고, 바트통갈락과 말씀하시면서 현지숙식문제 등, 여러 사정을 자세히 묻는 걸 보고 므슈를 믿게 되었어요."

"어느 아이막 유목민 게르에서 지내면서 그들의 세면방식을 보고 배운 거예요. 또, 앞뒤 사정을 살피지 않고 여행을 해서는 안되는 곳이 몽골이거든요. 더구나 스쳐가는 관광여행도 아니고 탐사라는 육중한 목적이 있잖아요."

도시의 호텔이 아닌 이상 그녀 역시 세면의 별 방법은 없었다. 하롱고는 그녀가 자주 던져주는 먹이를 받아먹으며 확실한 주인으로 여겼는지, 문밖에서 아예 앞발로 턱을 고이고 엎드려있었다. 그녀는 먹이를 가지고 하롱고를 길들이는데 퍽 능숙했다. 하기야 프랑스인들은 우리와 달리 아주큰 개를 집안에서 기른다.

보온구리주전자인 덤붜(Домбо)에 담긴 뜨거운 우유차를 따라 마시며 우리는 많은 이야기를 나눴다. 대화 후에는 각자의 침대에서 자게 되겠지만 잠옷을 생각한다면 그것은 꿈같은 사치다. 옷을 입은 채로 자야하는 추위 때문이다.

미학美學을 전공했다는 그녀는 주로 바위그림의 미적 고찰에 대한 자신의 논리를 피력했다. 이를테면 형태가 불규칙한 바위에 새겨진 테마의 황금분할 등, 한참동안 설명한 그녀는,

　"므슈, 저의 논리에 충분히 공감하실 거예요."

　하며 자신의 이론에 대한 동조를 구했다.

　"물론이죠. 더욱 놀란 것은 고대바위그림을 보면, 세계적인 작가들이 전시하는 파리 그랑팔레미술관 전체면적에 바위그림덩어리를 몽땅 가져다 놓고 본다면, 반추상적인 형상은 미로나 마티스 같은 세계적인 현대미술에 조금도 뒤지지 않을 정도로 손색없는 완벽한 형태의 작품이죠. 특히 선돌암각화에서는 여러 마리 사슴모양이 사면 전체에 하나로 연결된 비율이나 간격 등, 빈틈없는 연속문양은 그림에 소질을 가진 제작자의 작품에 대한 이론은 성립된 것으로 봐야죠. 다만, 문자가 없던 석기시대의 경우 더욱 그렇지만 언어나 다변해온 몽골문자역사를 보아도, 완벽하게 성립되어있지 않은 문자로는 이론에 대한 학문적 기록이 불가능 했다고 여길 수 있는 거죠. 그렇잖아요?"

　"예, 그래요. 므슈의 이론대로라면 몽골이 사회주의

계몽정책을 쓰기 이전엔 거의가 문맹자였다고 하니까
요."

"그렇다고 고대인들이 언어를 선호하지 않은 건 아니
고, 문자를 선호하지 않았다고 봐야지요. 또 몽골을 인
류미술의 발생지로 여기는 것과 맞물려, 문화역량만큼
은 대초원 여러 곳에 노출된 반추상적인 바위그림솜씨
하나를 보아도, 정말 소름이 돋을 정도로 충분히 내재
되어있다고 여길 수 있는 거죠."

하고 말하자 그녀는 더욱 경이로운 표정으로 말했다.

"원— 어쩜 그렇게 이론에도 밝죠? 므슈가 본래 화가
여서 제가 연구하는 것이 무엇인지를 놀랍게도 꿰 뚫어
보고 있어요."

하고 찬탄했다.

그녀는 항상 내가하는 말들을 기록했다. 이해가 되지
않는 부분은 다시 되물었다. 그 모습은 공부를 잘하는
청순한 학생처럼 보였다.

밤이 깊어가자 바위그림에 대한 담론을 떠나 남男과 여
女의 이성 속으로 접근되어가는 분위기도 은연 중 느낄
수 있었다. 서로의 호감에서 오는, 이럴 때 누구나 가질
수 있는 감성일 테지만 나는 결코 그 이상의 섣부른 생
각을 갖지 않았다.

왜냐면, 적어도 내가 저속한 속물이 아닌 이상 그렇게 어리석고 통속적인 생각보다는, 고대몽골 인들이 바위에 새겨놓은 그림, 즉 암각화라는 개체하나를 가지고 갈수록 깊이 있게 나누는 담론이 너무 재미있었고, 바트얼지 사슴 돌 탐사가 우선이었기 때문이다. 또 그것을 토대로 기록해둘만한 암각화에 대한 이론의 교합형성, 그리고 서로 함께 이어갈 지식의 통섭에 더 중요한 가치가 추구된다는 사실이었다. 또 내가 지향하는 암각화를 가지고 혼자 생각하는 것보다, 모처럼 학문적 담론을 나눌 대상이 생긴 것을 나는 더 반가워했다. 아울러 나에게는 일어날 수 없는 일로 생각했지만, 그녀의 마음은 애초부터 달랐는지 모른다. 지금 내가 줄곧 하는 이야기를 계속 듣다 보면 더 구체적으로 알게 되겠지만, 사슴 돌 탐사지에서 그녀는 이성적 접근방법에 포착했고, 대담하게 먼저 행동으로 옮겼다.

그 때 나는 그녀가 충분히 그럴 수 있는 여자라고 여겼다. 물론, 그녀의 인격을 비하하지 않는 것을 먼저 전제로 두고 말하면,

첫째, 그녀는 프랑스인 특유의 개방적 사고를 지니고 있었다.

둘째, 상호 가지고 있는 지식교류와 진행하는 사슴 돌 탐사까지 그녀가 연구자로서 얻어갈 수 있는 충분한 자

료 획득이 나로 인해 보장되어있었다.

셋째. 거친 몽골 땅에서 홀로 배낭여행을 할 수 있는 여자로서의 대담한 성격과 욕망이다. 그녀 눈빛에 비치는 카리스마가 그녀의 대담성을 여실히 입증했다. 여하튼 둘의 동행 자체는 서로의 관계가 익어갈 수록, 이런저런 여건들은 남男과 여女로써 일을 저지를 수 있는 개연성이 충분히 내재되어 있었다.

바트통갈락의 러시아산중형차를 타고 다음날 이른 새벽 우리는 목적지로 향했다. 그리고 이제 눈에만 띄면 꼬리를 치며 따르는 하롱고를 태워가기로 바트통갈락의 양해를 구했다. 그녀의 뜻에 따라 하롱고를 데려간 일은 나중에 참 잘한 일이 된다.

그곳은 몽골중심 사막지대로 홍고린 엘스(Элс/사막)면적에 버금갈 정도로 넓은 사막으로, 흙과 모래가 섞인 반사막지대로 이어지다가 완전한 사막으로 변했다.

먼저 하르허링에서 호찌르뜨로 간 다음 그곳 사막을 가로질러야만 최종 목적지를 갈 수 있었다. 듬성듬성 마른풀이 눈 밖으로 솟아있는 차창 밖 경사진 능선에, 수많은 낙타 떼들이 코를 박고 풀을 뜯고 있었다.

호통트의 아침 / 어워르 항가이 (56 x 36cm   water color)

유목민이 사육하는 말馬의 숫자는 몽골에서 부富의 정도를 말한다. 바트통갈락이 머문 자신의 목축지에는 백 마리 가까운 말떼가 그의 부富를 상징하고 있었다.

말은 몽골사람들의 활기의 상징이다. 말馬없이 몽골남자를 생각할 수 없고, 또 말을 다룰 줄 알아야 진정한 유목민이다. 고용한 목동들에게 그날 말과 양떼를 방목할 장소를 일러준 바트통갈락은 우리에 메어놓은 다섯 필의 말을 살폈다. 그 중 말안장이 올려있는 세 필의 말을 끌고 오며 말했다.

"가는 길이 모랫길도 나있지 않은 사막이어서 지금부터는 말을 타고 가야해요. 사막을 피해가자면 이틀이 걸리지만 사막을 질러가면 그곳에 데려다주고 늦게라도 제가 돌아올 수 있어요. 러시아사람들이 바로 올 테니까요."

하며 말고삐 하나씩을 건네줬다.

르블랑이 알아듣고 단번에 말위에 올랐다. 나 역시 말안장고정대에 배낭을 걸고 말에 올라 멋대로 움직이는 말머리 고삐를 이리저리 당겼다. 그리고 바트통갈락이 가는 쪽으로 방향을 잡았다. 손에 익은 말 다루는 솜씨를 본 그녀가 엄지를 세우며 생긋 웃었다. 바트통갈락은 길도 없는 방향으로 말을 몰았다.

반사막지대를 벗어나자 바람물결이 스쳐간 자국이 선명한 황금사막이 점차 시야에 들어왔다. 자외선을 뿌리며 떠오른 태양을 등지고, 우리는 터벅거리며 음지에 흰눈이 박혀있는 사막으로 들어갔다. 헛헛하고 창백한 사막에 보이는 것은 푸른 하늘뿐이었다.

하지만 시야에 보이는 층층이 이루어진 모래표면의 부드러운 바람물결 무늬와, 음지 흰 눈의 가장자리에 결정된 얼음입자들이, 떠오르는 태양빛에 보석처럼 반짝이는 모습을, 하이퍼리얼리즘[19]을 표방하는 화가가 캔버스에 표현한다면 회화성繪畫性 높은 하이퍼 작품이 될 것 같았다.

그 막막하고 허허로운 풍경 속으로 바트통갈락은 우리를 안내했다. 강·약 차이 없이 일정한 속도로 끊임없이 불어오는 찬바람에 날리는 모래알이 사정없이 숙인 얼굴을 할퀴며 스쳐갔다.

사막이나 초원이나, 시각에 비친 자연의 모습은 마치바람 속에 한편의 서사시가 흐르는 것처럼 아름답고 환상적이기 그지없다. 하지만 막상 이렇게 그 아름다운 풍경 속으로 몸을 내던져, 대자연의 한 생명체로 존재하고 보면, 숨어있던 크고 작은 고난의 복병들이 바로 눈앞에 등장하였다가 사라지기도 한다.

18)하이퍼리얼리즘/Hyperrealism : 사진처럼 극명한 사실주의적 화면구성을 추구하는 예술양식(1960년대 후반부터 1970년대까지 세계적으로 유행)

차양모를 눌러쓴 고개를 모로 숙이고 가야하는 사막 지대을 관통하는 데는 수 시간이 소요되었다.

시야를 가로막는 모래능선을 넘을 때, 뒤따르던 하롱고는 데굴데굴 구르다가 뒤집어쓴 모래를 털며 열심히 뒤따라왔다. 점차 반사막지대로 다다르면서 파스텔 톤 갈색초원이 멀리 펼쳐보였다.

아스라이 보이는 설산봉우리를 바라보며 조금씩 달릴 수 있었다. 바트통갈락은 태양의 위치와 일정한 방향에서 불어오는 바람의 각도 하나만을 가지고도, 끝이 보이지 않는 막막한 초원길을 안내하는 탁월한 능력을 보여줬다. 하기야 유목민들은 오랜 고대부터 자연의 움직임에 따라 나침판도 없이 대초원 유목지를 찾아 이동했다. 바트통갈락 역시 그 후예로서 가공할 능력을 지닌 유목민이었다.

그들은 별자리를 보고 길을 찾는다. 오른쪽 어깨에 북극성이나 남극성을 두고 바라보는 곳이 어디이며, 왼쪽 어깨에 두고 바라보는 곳은 어디인지와, 북두칠성의 머리와 꼬리에 양 어깨를 두고 바라보이는 곳이 어디인지를 알아내고, 유목민들은 그렇게 계절마다 변하는 별의 위치을 찾아 초원영지營地 목축지로 이동하는 능력을 지니고 있었다.

Монгол Тэрэлж
2011. 7 Кимханычан

테렐지의 7월 / 톱 아이막 (56 x 36cm water color)

녹지 않은 눈 사이로 갈색초원이 펼쳐있는 대지를 다시 달려간 곳은, 항가이산맥 끝자락 광활한 대초원으로, 수많은 말떼와 양과 소들이 방목된 곳이었다.

 흑화黑花의 땅으로 불리는 웅대하고 막막한 대지에, 사막이 끝나는 곳에서부터 회색 바위산맥이 벨트처럼 아스라이 이어진 먼 곳이, 꿈에나 보는 것처럼 아름다운 모습으로 시야를 가득 덮었다. 태양과 바람이 부드러운 선으로 조각해 놓은 바위투성이 돌산아래, 유목민의 경험과 지혜가 집약되어있는 곳, 옛 모습 그대로 형태가 남아있는 이동식 하얀 게르가 평화롭게 마을을 이룬 촌락이었다.

 21세기 문명사회를 등지고 갑자기 2천 년 전으로 되돌아가, 몽골 한 부족의 천연의 요새를 보는것 같은 유목민들의 자연방목장이었다.

 "여기가 사슴 돌을 찾아갈 수 있는 바트얼지예요."

 바트통갈락은 초원이 드넓게 내려다보이고, 솟아 오른 잿빛바위산이 거친 바람을 막아주는 곳에 자리 잡은 게르 안으로 먼저 우리를 안내했다. 입구에 찬장이 있고, 중앙연통이 세워진 난로에 조리 가능한 물솥과 여섯 개의 침대가 여유 있는 간격으로 배치될 만큼 게르 공간은 넓었다. 게르 안팎으로는 한겨울을 날 수 있는 땔감으로 자작나무장작더미가 쌓여있었다. 우리는 한곳에 짐을 풀었다. 다시 풍요를 상징할 만큼 커다란 게르안으로 안내한 바트통갈락은 게르촌의 가장 어른이 된다는 사룰달라이(СалуулДалай/맑은 바다)라는 이름을 가진 촌장에게 우리를 소개하고 그에게 방문목적을 말했다.

건장한 체구에 60대 후반으로 보이는 그는 대장군 같은 당당한 면모에 초원의 귀족이요, 장대한 대초원의 최고 경영자다운 품위가 있어 보이는 인물이었다. 그는 칭기즈 칸의 초상이 새겨진 양탄자가 걸린 게르벽 앞에 앉아, 자작나무장대 끝에 낙타가죽 오르히[20] 끈을 손질하고 있었다. 오르히는 말馬 목을 걸 때 쓰는 올가미를 말하는 것이지만, 그 의미는 실로 크다. 왜냐면, 오르히를 자식에게 줄 때는 그 순간부터 모든 재산을 상속한다는 의미를 지녔기 때문이다.

칭기즈 칸의 이미지는 몽골 어디를 가나 시선을 끌고, 아직도 그의 숨결이 호흡하는 땅이며 바람의 나라다.

윤이 나는 적갈색 비단 델[21]을 걸치고 노란 부스[22]를

19)오르히/УРХИ : 올가미
21)델/Дэл : 한복 위에 입는 우리의 마고자같은 몽골전통의상
22)부스/Бүс : 델을 입고 허리에 두르는 천.

허리에 두른 모습은 전장터의 영웅같은 그의 위엄을 강하게 격상시켰다. 넓은 실내는 그가 지닌 엄숙한 품위에 걸맞게 정갈하고 깨끗했다.

손님이 앉는 자리에 우리가 나란히 엉덩이를 붙이자, 그는 화려한 무늬의 탁자가 있는 중앙의자에 앉도록 권했다. 외국인에 대한 특별한 예우였다. 주물로 찍어낸 것 같은 탄탄한 구릿빛 얼굴에 굵은 주름은, 유목민으로 그가 살아온 세월의 중첩을 말하고 있었다.

자리를 옮겨 앉자 사롤달라이는 코담배 병으로 부르는 허어륵을 나에게 정중하게 내밀었다. 나는 허어륵 뚜껑을 열고 미세한 분말로 된 연갈색 담배가루를 손등에 조금 묻힌 뒤, 코로 훅—들여 마시고 겸손하게 다시 건네줌으로서 사롤달라이의 인사를 받았다. 그리고 내가 지닌 허어륵을 꺼내어 건네주자 사롤달라이 역시, 같은 방식으로 나의 인사에 응했다. 이것은 유목민과 나누는 예법이며 절차다.

주먹 안에 들어오는 크기의 코담배 병을 주고받는 예법에는 의미가 있다. 방문한 사람이나 손님을 맞이하는 사람 모두 우호적이고 다정하게 서로를 대하고 있다는 친근감의 표현이다. 서로에 대한 존중과 진실한 우정을 나타낸다.

바로이어 유목민을 방문할 때 필수적으로 갖추어야 하는 선물로, 치흐르(Чихзр/설탕)와 커다란 다워스(Давс/소금) 봉지 서너 개를 배낭에서 꺼내어 탁자에 놓아주었다.

그러자 그는 무엇보다도 소금봉지에 눈을 크게 뜨고 활짝 웃고는, 게르벽 쪽에 놓인 설짝문을 열고 문양이 화려하고 고급스럽게 보이는 비단쌈지 하나를 꺼내었다. 그는 내가 내밀었던 코담배 병을 쌈지에 넣어주며 미소를 보였다.

그들이 신성하고 소중하게 여기는 코담배 병을, 그냥 호주머니에서 꺼내주는 것이 그가 볼 때는 못마땅했을 뿐더러, 담배쌈지가 없는 것을 알고 선물의 보답으로 내민 것이다. 주인과 손님이 선물을 주고받는 것 또한 유목민의 풍습이다. 사롤달라이가 소금선물에 기뻐한 것은 사람이 먹을 설탕 뿐 아니라, 가축에게 꼭 필요한 소금까지 챙겨왔기 때문이다.

왜냐면, 몸집이 큰 가축에게는 나트륨을 보충해 줘야 젖이 마르지 않는다. 소금물에 가축먹이를 몽땅 버무려 주먹밥처럼 뭉쳐 큰 광주리에 담아놓으면, 해질녘 초원에서 돌아온 낙타나 소들이 나트륨이 섞인 주먹밥냄새를 맡고 몰려든다. 그것을 하나 받아먹은 가축이 더 바라지 않고 자리를 비키는 것을 보면 가축들도 질서가 있다.

우드쉥토야의 펠트 작품 (180 x 110cm / 양털)

뒷마당 넓은 양지마당에서는 뒷머리를 길게 따내린 머리 꽁지에, 갈색천이 댕기처럼 매달린 장성한 두 딸과 사롤달라이의 부인이 열심히 무슨 작업을 하고 있었다.

자작나무로 깎아 만든 살대로 바닥에 펼쳐놓은 넓고 하얀 양털펠트에, 갈색양털로 바위에 새겨진 사슴문양을 새겨 넣는 작업이었다.

밑그림도 없이 공간에 배열한 여러 마리의 사슴과 수레표현에 내가 크게 놀란 것은 그녀의 미적 감각이었다. 어미사슴과 숫사슴 한 쌍을 테마 중심에 둔 것이나, 암각화에서 볼수 있는 정제된 반추상표현의 사슴문양은 순전히 그녀의 머리에서 나온 나무랄데 없는 솜씨였다.

이 광경이야말로 바위에 새긴 고대 사슴 돌을 두고 많은 학자들이 인류미술의 발생지라 여기는 몽골유목민의 뿌리 깊은 근간根幹을 보여주는 놀라운 장면이었다. 그 펠트는 난방용으로 게르 벽에 두를 것이라고 사롤달라이가 말하면서 부인의 이름은 우드셩토야(Υдшийн Туяа/저녁노을)라고 소개했다. 그 솜씨에 경탄하자 우드셩토야는 완성된 그 펠트를 나중에 선물로 주었다.

나는 그것을 가져와 그대로 서재 벽을 장식했다. 곧 알게 되었지만, 그곳은 사롤달라이의 두 딸과 사위, 그리고 그의 또 다른 모든 인척들이 촌락을 구성할 만큼 대가족을 이룬 목축지였다.

"므슈, 유목민풍습에 아주 능숙하더군요. 어떻게 예의를 지켜야 하는지, 유목민들에게 무엇이 필요한지, 준비가 철저하고 완벽했어요. 놀랐어요."

하고 나중에 그녀가 칭찬했다. 사롤달라이에게 우리를 맡긴 바트통갈락이 말했다.

"여기 유목민들이 열흘 후면 모두 이동을 한다네요. 이들이 떠나기 전에는 서둘러 데리러 올게요. 모든 게르를 거둬서 가져가지만 두 분이 쓰게 되는 게르는 그대로 두기로 했으니까 여기서 생활하세요. 그 때까지 식사는 해결해 주도록 말해 뒀어요. 연구목적이 분명하고, 몽골을 연구하는 학자들의 경우에는 솜에서 지원이 되니까, 아이막 행정부에 신청할 체류등록증을 주세요. 그리고 말을 멜 때 게르에 메서는 안 되는 것 알고 있죠? 말을 멜 때는 꼭 양우리에 메시고 들판에서 쉴 때는 앞 다리를 느슨하게 고삐로 감아두세요. 그러면 말이 풀을 뜯으면서도 멀리 가지 못하니까요."

하며 당부를 했다.

게르에 말을 매 둘 경우 말이 튀기라도 하면 게르가 내려 앉기 때문으로, 땅만 보고 풀을 뜯는 말의 보폭이 자유로우면 아주멀리 가버릴 우려가 있기 때문이다.

하지만 여러 번 유목민 게르에서 생활했기 때문에 알고 있는 터였다.

빨간 호르강말가이에 화려한 적갈색 비단의상을 차려 입은 사롤달라이의 두 딸이, 방긋 웃는 미소로 눈인사를 던지며 우리의 캠프로 음식쟁반을 들고 들어와, 뜨거운 우유차가 담긴 덤붜와, 언제 조리를 했는지 초이방[23] 세 접시와 아이락[24]을 탁자에 차려주고 나갔다.

식사를 마치자 바트통갈락은 밖으로 나와, 평원멀리 돌산 끝자락에 아스라이 보이는 어르헝강 물줄기가 아름답게 흐르는 곳을 손으로 가리켰다. 그리고 사슴 돌 군락지 찾아가는 방향을 알려준 뒤 자신의 말을 몰고 서둘러 되돌아갔다. 시야를 방해하는 티끌먼지하나 없는 투명한 대기는 어르헝강 물이랑이 가깝게 보이지만 바람보다 빠른 속도로 말을 달려도, 족히 한 시간 넘게 가야하는 거리다.

말과 양떼가 풀을 뜯는 잿빛 항가이산맥 아래로 펼쳐진 초원이다. 온 몸의 털이 늘어뜨려진 초원의 집시 야크 떼들도 무리를 지어 풀을 뜯어먹으며 주린 배를 채우고 있

23)초이방/Чуйбан : 양고기와 칼국수를 기름에 볶은 음식.
24)아이락/Айрар : 말젖으로 만든 술. (우리 말/馬乳酒)

었다. 참으로 평화로운 풍경이다.

초원의 집시라는 말은 오래전 내가 야크에게 붙여준 애칭이다. 그 이유는 간단하다. 땅에 닿도록 긴 털을 끌고 다니는 야크의 외양에서 내가 프랑스에서 보았던 자유 분방한 복장에 관리를 전혀 외면한 집시들의 긴 머리칼이 연상되었던 까닭이다.

"정말 아름다운 곳이예요. 므슈를 만나 여기까지 오게 되다니, 어르헝강까지 우리 가보기로 해요." 르블랑은 매우 만족해 했다.

우리에 메어 놓은 말고삐를 풀고 말에 오른 우리는 내리막초원으로 달렸다. 유목민들이 키우는 다른 개들과 뒤엉켜 정신없이 놀던 하롱고가 우리가 이동하자 재빠르게 달려왔다. 그리고 우리가 달리는 속도에 조금도 뒤지지 않고 하롱고는 검은 털을 휘날리며 가는 곳마다 뒤쫓아왔다. 들개였던 그에게 이제 의지할 수 있는 주인이 생긴 것이다. 너무 빠르게 말을 몰다가 미처 바위를 보지 못하고 넘어질 뻔했지만 장애물을 단숨에 뛰어넘었다. 바짝 뒤따르던 그녀 역시 바윗귀에 걸려 넘어지지 않고 탈 없이 뛰어넘은 걸 보면 대단한 승마솜씨다.

대지의 바람처럼 자유로운 존재가 되어, 웅대한 항가이 산맥초원을 배경으로 말에 오른 우리의 이미지, 꼬리

치며 뒤따르는 들개 하롱고, 모두 여행길에 우연히 만나
친해진 우리 셋의 장면은 마치 화목한 한 가족처럼 보였
다.

"야—호"

말에 오르면 질주본능이 일어나고, 우리는 인디언처럼
탄성을 지르며 해가질 때까지 드넓은 초원을 달렸다.

초원은 그런대로 눈은 많이 녹아있었다. 그러나 일정한
속도로 불어오는 바람은 겨울바람이었다. 어르헝강 물줄
기의 아름다움에 경탄이 터져 나왔다.

고원지대에서 내려다보이는 드넓은 대지복판으로 장엄
하게 흐르는 어르헝강 물이랑를 타고, 상상을 초월할 정
도로 길게 뻗은 하얀 자작나무숲 또한 장관이었다. 차가
운 냉기에도 대지의 양지에는 끈질긴 생명력으로 아주
연한 새순빛깔이 번지고 있었다.

그날 밤, 사롤달라이의 가족과 촌락의 대가족들이 마을
회관을 연상하게 하는 가장 큰 게르에 모두모여 우리의
환영만찬을 마련해 주었다. 몽골유목민들은 손님이 찾아
오면 좋은 일이 생긴다는 신앙적 개념이 있기 때문에, 그
만한 의례를 마련한 것이다. 더구나 국적이 서로 다른 외
국인이라는 점에서 그들은 우리의 방문을 신기하게 느끼
며 더없이 기뻐했다. 우리를 위한 여러 음식을 차리는데

네 마리의 양을 잡아 음식을 마련했다고 말했다. 인상적인 것은 이렇게 손님을 맞을 때는 어린아이들까지 모두 전통복장을 갖추고, 촌장이라 할 수 있는 어른이 되는 샤롤달라이가 먼저 귀하게 손님을 맞이하는 뜻으로, 차강 하닥(흰색 비단 천)을 목에 걸어주고 은잔에 술을 권하는 풍습이었다. 그들의 생업은 목축에 있지만 비단 그것만은 아니다. 내면에는 예술적감성과 서정적 낭만을 지녔기 때문에, 하얀 양털펠트에 사슴문양을 새겨 넣을 줄 알았으며, 양떼를 몰며 토올[25)을 노래했다. 거기에 더하여 어지간한 현악기하나 정도는 다룰 줄 아는 그들이었다. 사롤달라이의 두 딸이 2현으로 된 오르팅과 머링호오르馬頭琴를 합주하고, 사롤달라이의 부인 우드성토야가 따라 부를 수 없는 특유의 고음으로 환영의 토올을 노래해준 것은 최상의 대접이었다.

그녀와 함께 지내는 일에는 지켜줘야 하는 최소한의 배려와 예의도 필요했다. 피로하다고 침소에 아무렇게나 몸을 부리는 것도 조심스럽고, 매너가 손상되지 않도록 세심한 주의를 해야만 했다.

24)토올 : 양을치며 부르는 전통노래로 알탕호약 본문에서 자세히 설명

그러나 장시간 말을 타는 것도 몸에 무리가 따랐다.

저녁이면 다리가 뻐근했고, 사소하지만 이런 작은 문제들이 심리적으로 여행자의 피로를 누적시킬 수도 있었다. 하지만 우리에게는 서로의 이성을 탐색해 가는 즐거움 또한 있었다.

솔직히 마음한편으로는 좀 더 툭 터놓고 허물없이 지낼 수 있기를 바라는 생각이 내 마음 속에는 스며있었다. 어느 정도 가벼운 스킨십까지는 자연스럽게 용인되는 편안함과, 또 이대로 생활하다 보면 보이지 않는 이성의 벽을 누군가는 허물어야 하는 과제가 서로에게 주어질 것이라는 생각도 가져봤다. 그것이 꼭 잘못된 생각이거나 불가능한 것을 속되게 욕심 부리는 것은 아니라고 속으로 역설도 해보는 이유는, 내가 느낄 만큼 그녀가 던지는 이글거리는 푸른 눈빛 속에 그 가능성이 충분하게 서려있었다. 거기에 그녀의 개방된 행동과 진전된 어투, 숨기지 않는 감동표현 같은 것들이 내가 가진 생각을 뒷받침 하고 있었다. 내 생각은 근사치를 두지 않고 적중했다.

왜 그러냐 하면, 이곳에온 뒤 시간이 갈수록 더 허물없이 지내게 되었고, 그쯤 되었을 때, 이성적 생각이 드러나는 표정을 그녀는 자주 흘렸다. 더구나 이성의 벽을 과감하게 허물어버리고 덤벼든 것은 종래 나보다는 오히려 그녀가 먼저였던 것이다.

МОНГОЛ ОВОО
АРХАНГАЙН ИХТАМИР
2016. Кии Хонъ Чой

길 어워 / 아르항가이 이흐타미르 ((56 x 36cm   water color)

그러니까, 종래 우리가 서로에게 무너져버린 날 밤은 이미 사슴 돌 군락지 탐사는 물론, 그곳을 기점으로 형성하는 적석묘와 일종의 돌 무지로, 우리의 성황당뿌리라 할 수 있는 신앙적대상물인 어워(Oboo)까지 탐사를 마친 날이었다. 그렇게 되기까지 일정이 좀 걸린 것은 사슴 돌 군락으로부터 형성되는 사슴 돌-적석묘-어워의 기점까지 탐방했기 때문이다.

바위그림이 존재하는 곳에는 일정거리에 돌무덤이 산재해 있고 어워가 세워져있다. 이렇게 이들 세 유적은 관련성이 함께 존재하고 있다. 평면상으로 볼 때 이것들은 일직선상에 놓여있고 이러한 관련성은 팔로유적지 등에서도 나타난다.

『몽골의 암각화』(열화당/이호투를지 팔로유적의 현장조사연구-옮긴이 주)

모두 물水과 밀접한 관련이 있다는 공통점이 있다. 다만, 관련성에 대한 깊이 있는 학술적 소명은 궁금한 사안이다. 언젠가는 더 깊이 있고 구체적인 상관관계가 밝혀질 테지만, 신성함을 기초로 하는 자연신앙의 의미가 바탕이 되어있는 것은 분명하다.

왜냐면, 세 가지 중 어워는 6월 말부터 8월 말 사이에 가축의 번식, 안전한 말 타기, 부락의 안녕과 목초가 잘

자라기를 바라는 제의祭衣를 올리는 풍습이 존재해 왔고, 어워를 만나면 그곳에 차찰(고시래)을 올리고 세 바퀴를 돌며 축원을 올리는 신앙적대상물이기 때문이다.

이는 어워의 여러 유형에서 물을 숭상하는 물어워가 존재하는 것으로 미루어 짐작하는 것이다.

어워(Oвоо)는 산이나 물에 대한 자연신앙의 한 형태로 어워신앙이 존재한다. 어워는 무엇을 쌓아올린다는 어월러흐(овоолох)라는 단어에서 비롯되었다. 역사적으로 보면 13C 자료에 나타나지만, 이것은 신앙의 발전단계로 보아 훨씬 이전시대에 세워졌을 것으로 추측하고 있다. 다시 말해 어워는 지신신앙의 종교적신앙물로 세워졌다가 다음 단계의 천신신앙을 흡수한 종교적대상물로 본다.

『몽골인의 생활과 풍속』(저자/울란바타르대학 이안나. -옮긴이 주)

즉, 몽골의 어워는 최소한 샤머니즘의 초기단계 즈음에는 존재했을 것으로 본다. 또, 어워는 유목생활과 밀접한 관련성을 가지고 있으며, 어워에서 제의를 지내는 풍습은 지금도 이루어지고 있다.

길일吉日에는 무복巫服을 갖춘 수많은 샤먼들이 어워

앞에서 집단으로 북을 두드리거나 작은 호오르[26])를 입에 대고 떨판을 튕기어 신비한 소리로 신을 부르며 제의를 올린다. 그 모습에서 과거 성황당에서 굿을 벌이는 우리의 무당을 연상할 수 있다.

몽골의 샤먼은 여섯 살 어린 샤먼부터 나이 칠십이 넘은 샤먼까지 있고, 제의 현장을 보면 제의를 지낼 수 있는 길일에 집중되고, 수많은 샤먼들과 제의를 청한 가족모두와 참배를 온 일반인들까지 참여하기 때문에 많은 사람들로 붐빈다. 이렇게 고대부터 자연신앙으로 존재해온 어워제의는 21세기 현대문명 속에서도 뿌리 깊게 공존하고 있다. 어워제의의 근본적인 축원 내용으로는,

　　많은 것은 당신에게. 이익은 나에게
　　존귀함은 당신에게, 행운은 나에게
　　영광은 당신에게, 유쾌함은 나에게

라는 뜻이 있다. 그녀와의 문제를 논하다가 이야기의 본질이 엉뚱하게 어워이야기로 비켜가 버렸다. 여하튼 그녀와 내가 서로 무너진 날은 유목민들이 본래 일정보다 일찍 이동준비를 시작한 때로, 일정대로라면 바트통갈락이

26)호오르/xyyp : 현악기

오기로 약속한 5일 전 쯤 밤이었으니까, 우리가 함께할 수 있는 만 4일 동안의 일정이 꼬박 남아있던 것으로 기억하고 있다. 반면 바트통갈락이 온다는 것은 서로의 작별을 의미했다. 나도 물론이지만 그녀는 다가올 그 사실을 무척 아쉬워했다. 그녀는 포도주한 병을 자신의 배낭 깊은 곳에서 꺼내며 말했다.

"므슈와 함께 하는 아름다운 초원의 밤 분위기, 이렇게 낭만적일 수가 없어요. 아껴두었던 포도주예요. 아이락(마유주/馬乳酒)보다는 훨씬 돗수가 높아요. 며칠 후면 헤어질 텐데, 너무 아쉬워요."

르블랑은 그렇게 다가올 이별을 아쉬워하며 포도주 병 모가지를 야무지게 틀어쥐고 코르크마개를 힘있게 돌려 뺐다. 상표를 보자 프랑스산 매독이었다. 매독은 내가 파리에서 즐겨 마신 고급포도주 였다.

그녀가 걸개고리가 달린 스뎅 컵에 포도주를 따르며 물었다. 포도주 따르는 투명한 소리가 적막초원의 침묵을 깼다.

"여기를 나가면 어디로 가실 거죠? 저는 이흐타미르에서 암각화를 연구하는 저희 학술 팀과 합류할 거예요. 게르를 캠프로 생활하면서 아홉 달 동안 그곳 바위그림들을 연구해 왔거든요. 이제 모두 철수하고 곧 귀국하는데 일행들이 떠나면, 저는 아름다운 러시아 바이칼호수를 들려갈 참이거든요."

그 말에 놀란 내가 되물었다.

"이흐타미르? 게르를 세웠다구요? 그곳은 두 달 전 제가 다녀갔던 곳인데……, 이흐타미르 강변 가까운 초원에서 네 동의 게르를 캠프로 암각화를 연구하는 프랑스 분들을 만났지요. 맞나요? 유목민외가를 둔 학생의 안내로 말을 타고 다녀갔거든요. 그렇잖아도 그분들 일행이 아닌지 물어볼 참이었어요."

"예? 이럴 수가! 그래요? 그럼 두 달 전, 그곳 사슴 돌 탁본을 모두 떠갔다는 꼬레(한국)학자가 므슈?"

"네, 그래요. 제가 탁본을 모두 떠왔죠!"

그러자 그녀는 벌떡 일어나더니 더더욱 놀란 표정으로 몸둘 바를 모르며 말했다.

"뭐라구요? 원— 세상에, 그 때 저는 생필품을 구하러 엉더르올랑 솜에 나가있던 날이었어요. 이럴 수가, 제가 그곳에 있었다면 므슈를 보았을 텐데. 탁본 뜬것을 여러 장 주고 가셨죠? 맞죠?"

"맞아요. 그랬죠. 그 때 탁본지가 바람에 자꾸 날리는 통에 포기해버렸는데, 삐예르벵쌍이라는 단장과 다른 분들이 모두 나서서 도와줬지요. 그 보답으로 여유 있게 탁본을 떠줄 수 있었죠. 내일이나 모레는 여기 사슴 돌 탁본작업을 할거예요."

"내일이나 모레 탁본작업을 한다구요? 원, 이런! 그분을 만나 함께 생활하게 되다니, 그 탁본들은 제가 모두 가지고 있어요. 연구논문을 쓰는데 사진보다는 실제크기여서 저에게는 아주 긴요한 자료가 되고 있어요. 콤파스로 선돌에 새겨진 사슴의 간격을 측정비교하는 불편이 탁본으로 한꺼번에 해결 되었잖아요."

"그래요? 아주 잘 됐군요."

그러면서 그녀는 배낭 속 지갑에서 명함하나를 꺼내 보이며 다시 물었다.

"그럼, 우리 일행들에게 주고 간 이 명함이 므슈의 명함 맞나요?"

"맞아요. 명함을 달라기에 모두에게 주고 왔죠."

"세상에 이럴 수가! 그 때 자문을 받으려고 탁본을 주고 간 분을 만나보고 싶다고 했더니, 단장인 삐예르벵쌍 교수께서 꼭 만나고 오라며 제게 명함을 줬어요. 이참에 톱 아이막 밍조르사원 암채화 답사를 가는 길에 명함에 써 있는 몸담고 계시는 UB대학연구실로 찾아가 상담할 참이었는데, 이렇게 만날줄이야……."

감동을 견디지 못한 그녀는 새로운 사실에 놀라 양팔을 벌린 제스추어로 고개를 좌·우로 흔들며 거푸거푸 감탄사를 연발했다.

그러면서 거듭 말하기를,

"오-! 이런, 므슈! 이럴 수가 없어요. 생각해봐요. 우리도 모르게 짜여진 인연이었어요. 운명적으로 정해진 인연의 퍼즐이 몽골 땅에서 이렇게 절묘하게 맞추어지다니……."

하고 우리의 만남을 절묘한 인연의 퍼즐이라는 것으로 의미를 크게 부여했다. 그 전제하에 그녀는 눈에 띠는 말이나 표정을 자주 흘렸고, 경이한 그 사실은 그렇게 서로의 간격을 이성적으로 좁히는데 망설이지 않는 촉매제가 되었다. 밤이 깊어갈 수록 기온이 내려갔다.

긴 이야기에 불을 자주 지피며 새롭게 알게 된 소재를 가지고 포도주를 마시며 늦도록 대화를 즐겼다. 어제도 그랬지만 그 분위기는 쉽게 누릴 수 없는 아주 특별한 낭만적 환경이 되었다.

이제 우리는 단순한 공동연구자 틀을 벗어나 아주 근접된 이성의 토대위에서 그 낭만을 즐겼다. 하지만 어디까지나 힘들여 몸과 정신을 투자하는 탐사목적이 컸던 만큼, 몽골암각화에 대한 이론적 담론을 나누는데 더 큰 비중을 두었다. 그녀 또한 지금까지 노력해온 자신의 연구 논문의 결론을 나로부터 얻어내 총체적으로 매듭지으려는 욕구를 비치며 여러 질문을 던졌다.

반면 그녀는 대화 중에도 내면에 잠재된 자신에게 스며

있는 이성적 감정을 숨기지 못하는 말들을 불현듯 흘려
놓고 나의 표정을 슬며시 엿보았다.

초원의 밤은 더 깊어지고 어둠이 대지를 삼켰다.
술잔을 거두고 난로에 마지막불을 지펴 실내온도를 높
였다. 그리고 불이 꺼진 뒤 살 속을 파고드는 추위에 옷
을 입은 채 이불 속에 몸을 접어 넣고 잠을 청했다.

이정도의 추위로 옷을 입고 잠자리에 드는 것은 유목
민들에게는 우스운 일이다. 구르반사이항 유목민 게르
에서 생활하면서, 추위를 견디다 못해 여벌로 가져온 옷
까지 모두 껴입고 잠자리에 든 것이 그들에게는 웃음거
리가 된 적이 있었다. 그들은 팬티 바람에 우리의 한복
마고자 같은 델 한 장을 덥고 바닥에서 잘 정도로 추위
에 강했던 것이다. 그녀 역시 이불을 뒤집어썼던 것을
보면,

"술링 머드니 갈."

(Сүүлийн модны гал)

하고 마지막장작불이라고 말하면서 불을 지폈는데 즉,
마지막장작불을 지피므로 빨리 잠을 청하라는 나의 암
시를 바로 알아들은 것이다.

바가노오르의 초원 / 헹티아이막 (56 x 36cm water color)

난로의 열기 속에 눈을 붙였다. 하지만 겉잠이다. 밤이 깊어지면 끊임없이 일정한 속도로 불어오는 밤바람에 날리는 모래알이 게르벽을 때렸다. 낙타와 말떼의 투레질소리가 들려왔고 이따금 하롱고가 짖었다. 그녀 역시 그 소리를 들으며 눈만 감고 있을 터였다.

러시아 툰드라의 거친 눈보라와 강추위 속에서도 잠이 몰려온다. 그러나 잠이 들어서는 안된다. 죽음을 불러오는 잠이다. 움직여야만 얼어 죽지 않고 생존하는 것이다. 그러나 바람을 막아주고 불씨가 난로에 남아있는 게르에서 잠이 드는 것은 죽음을 부르지 않는다. 어떻든 나는 넓은 대지를 수 차례나 배낭여행을 하면서 몽골강추위를 견뎌내는 방법이 터득되어있었다.

돗수가 높은 여러 잔의 포도주를 마신 탓인지 난로의 불씨마저 꺼진 냉기 속에서도 어느덧 깊게 잠들었던 모양이다. 그러나 갑작스런 냉기에 나는 눈을 번쩍 떴다. 꺼져있어야 할 등불이 밝혀있었다. 그녀가 차갑게 언 몸으로 나의 이불 속으로 파고들어와, 내가 잠에서 깨기를 바라고 있었다. 무겁게 내리덮인 눈꺼풀을 치켜 올리며 의아스런 표정으로 바라보자 그녀가 무안했는지 빠르게 말했다.

"너무 추워서 도저히 견딜 수가 없었어요."

하지만 나는 아무렇지도 않은 듯 태연하게 물었다. 체면을 불사해야 할 정도로 한없이 내려가는 밤 기온이 견디기 벅찼을 뿐더러, 이제 어지간한 정도에서는 어떤 모습을 보여도 크게 부끄럽지 않고 수용되기 때문에, 늘 그래온 것처럼 이불을 여며주며 나는 이렇게 말할 수 있었다.

"옷을 껴입고 이불까지 덮어쓰고도, 그렇게 추웠어요? 깨웠으면 불을 지펴줬을 텐데."

"깊이 주무시는데 깨울 수가 없었어요. 이렇게 추운데 어쩌면 그리 잘 주무시죠? 제가 몇 번 불을 지폈지만 허사였어요."

"다음부터 춥거든 저를 깨우세요."

하고 말하자 그녀는,

"꼭, 추워서만 므슈의 침대 속으로 들어온 건 아니예요."

속내를 드러내는 말을 불쑥 던져놓고 부끄러웠는지 얼른 시선을 거두었다. 꼭, 추워서만 그런 것이 아니라는 것을 나는 익히 눈치 채고 있었지만,

"꼭, 추워서만……, 제 침대 속으로 들어온 게 아니라구요?"

하고 너스레를 떨며 짓궂게 되물었다.

그러자 그녀는 자그만 놋쇠불기에 솟은 희미한 심지불빛 속에서 푸른 눈을 여러번 깜박이는 것으로 대답을 대

신했다. 그리고 부끄러운 듯 품안으로 파고드는 표정에 여태 느끼지 못했던 그녀의 관능미가 흘렀다.

뭉클, 첫 키스에 대한 호기심이 일어난 나는 의식적으로 이불을 머리위로 끄잡아 몸을 가리며, 내심 탐스럽게 느껴온 볼륨이 살아있는 그녀 입술에 짙은 키스를 했다.

사실, 우리의 미래는 이렇게 경작되는 과정을 자연스럽게 거치며 단물이 가득 밴 목화송이처럼 무르익어 있었고, 서로의 내면에는 이성의 마찰욕구가 농도 깊게 발아發芽되어 있었다. 그녀는 조금도 숨기지 않는 반응을 맹렬히 보이다가 속삭이듯 말했다.

"므슈-, 온도를 높여줘요."

난롯불을 지피자 온도가 상승했다. 기다려온 듯 추위로 껴입었던 옷을 마구 벗어던지며 달아오른 우리는 밀가루반죽처럼 마구 하나로 버무려졌다. 그리고 자연발화된 대지의 들불처럼 서로를 뜨겁게 불태웠다. 난로의 장작불꽃 튀는 소리와, 격정의 불꽃 튀는 소리가 서로 다투며 한동안 경쟁했다.

깊은 밤 초원의 낭만 속에 타오르는 장작불의 열기만큼이나 뜨거웠던 열정이, 종래 촛농이 소진되어 꺼지는 심지불빛처럼 사그라 들었다.

후의를 받던 그녀는 부끄러웠는지 바라보는 나의 시선

을 얼른 피했다. 대신 나의 귓가에 닿도록 아직도 불타는 뜨거운 입술을 대고 작고 허스키한 목소리로 속삭였다.

"추워서 당신 침대 속으로 들어왔다는 말은 순전히 핑계였어요."

그녀의 말이 핑계라는 것 또한 알지만,

"아……봉?"

(Ah…… bon/그랬……어요?)

하고 억양을 높인 엉큼한 능청으로 그녀의 애교를 받았다. 그런데 나에 대한 호칭이 존칭어인 므슈가 브(Vouc/당신)로 금방 바뀌었다. 하기는 서양문화가 그런데다가 특히 풍부한 감정에 충실한 프랑스인들은 더 솔직하다. 아직도 식지 않은 몸으로 품속에 안긴 그녀는 자신의 속내를 가감없이 드러냈다.

"예! 도저히 당신을 이대로 그냥 보낼 수는 없었어요. 이렇게 만난 것이 정말 쉽지 않은 인연이잖아요. 그래서 처음부터 당신을 사랑할 수밖에 없었어요. 아니, 사랑해요. 더구나 석기시대부터 14세기 바위그림까지, 제 과제의 답안을 당신이 모조리 가지고 있었지 뭐예요."

"오- 그렇게…… 까지나요?"

"예! 그것도 모범답안으로 말이에요. 지금까지 몽골암각화에 대해 말씀해 주셨던 많은 이론들, 모두 노트에 기록해 뒀어요. 당신이 한편 프로화가이기 때문에 가능한 그 이론들이, 마지막 제 논문의 결론까지 냈지 뭐예요. 지적세계의 틀이 이처럼 서로 같은 당신을 만나, 이렇게 넓은 대륙 아름답고 홀연한 항가이초원에서, 두 개의 점이 하나가 된 일, 이건 분명 아무나 가질 수 없는 운명적인 일이예요. 저에겐 행운이었어요. 그래서 저는 당신과 사탕수수처럼 달콤한 사랑도 이렇게 나누고 싶어졌어요. 엇그제 만난 것 같은데 아주 오래 함께 살아온 것처럼 여겨지는 건 뭐죠?"

하고 계속 말을 이어가려는 그녀 입술에 나는 기습적으로 숨이 멎도록 한바탕 키스를 퍼붓다가 쪽-, 소리가 나도록 입술을 떼면서 말했다.

"르블랑, 그만! 칭찬이 지나쳐요."

"지나치지 않아요! 그런 당신을 그냥 보낼 바보는 없을 거예요. 이런 경우라면 누구라도 당신을 그냥 놔두지는 않아요."

나에 대한 가치인식을 그녀는 대단히 높게 평가했다. 주어진 환경과 정서적 친밀감은 서로 지닌 지식을 하나로 융합했고, 서로의 정신과 육체적 통섭까지도 과감하게 허용했다. 우리는 바람 속에 서사시가 흐르는 아름답고 웅대한 항가이초원에서, 낭만 속에 버무려진 두 영혼이 하나로 율동하는 아름다움을 느꼈다.

형광연둣빛 오로라가 되어 고원의 밤하늘을 유영하는 환상의 극치를 맛 보았다. 그것은 필연의 환경적 조합이 이렇게 이루어져 있을 때만 가능했다. 허약하고 희미한 등불 속에서도 그녀의 금발이 윤이 흘렀다.

침대는 이제 하나만 필요했다. 자연이 보여주는 낭만적 환경은 둘의 사랑을 한껏 부추겼다. 어르헝 강 물이랑이 자작나무숲사이로 반짝이는 능선양지에, 막 번지기 시작하는 그린빛깔 풀밭머리에서 연초록 베개를 베고, 우리는 더 깊은 정을 주고받았다. 사랑에 빠지자 서로는 활기가 넘쳤다. 강도 초원도 더 아름답고 새로워보였다.

드넓은 대지의 하늘이 심상치 않았다. 코발트빛 하늘에 조용히 떠있던 하얀 구름송이들이 무슨 꿍꿍이로 서로 당기고 밀며 바삐 모여들더니, 초원에 내려덮일 듯 두터운 먹구름이 되어 갑작스럽게 베일을 쳤다. 추위가 휘몰아치고 급격히 기온이 내려가기 시작했다.

봄의 길목을 막고, 순행궤도順行軌道를 이탈한 몽골의 계절이 한겨울로 되돌아가고 있었다. 건조한 대기로 밀가루 같은 분말로 뿌리는 눈발이 세찬 바람에 흩날리기 시작했다. 이토록 갑자기 추워지는 날씨를 예상이나 한 것처

럼 그녀의 도움을 받아 여섯 기의 선돌인 사슴 돌 탁본
을 떠둔 것은 다행이었다. 거기에 탁본마다의 부호를 정
하고 사슴문양 간격과 넓이를 콤파스로 측정기록하는 일
까지 모두 마친 것이다.

이로써, 본래목적인 바트얼지 어르강 유역 사슴 돌 탐
사여정은 모두 마쳤다. 이제 결론을 내리자면, 이곳 사
슴 돌이 쉽게 알려지지 않은 까닭은 지형적인 환경에서
비롯되어 있었다.

왜냐면, 아르항가이 아이막에서 어워르항가이 아이막
으로 이어지는 산맥과, 어르헝강 줄기가 그 일대를 가로
막고 있고, 반대편에 펼쳐진 호찌르뜨 사막이 그 곳을
초원의 섬처럼 고립시키고 있었다. 때문에 유목민의 이
동길목역할 정도의 지세는, 유목민의 눈이 아니면 찾아
보기 어려운 곳이라는 것이다.

한 곳에 집약되어있지 않고 흩어져 있는 선돌들은 표
면형태가 마모된 석기와 철기시대를 가늠할 수 있는 바
위그림들과, 무작위한 바위더미에서도 암각화의 흔적을
찾아볼 수 있었다. 이 외에도 몽골 땅 어딘가에는 아직
도 발견되지 않은 많은 바위그림이 존재하는 것으로 나
는 믿고 있다.

바트얼지의 사슴 돌 2 (36 x 56cm   water color)

이 또한 왜냐면, 14세기에 영웅칭호를 받은 조상의 업적을 기리기 위해 구르반사이항 아르갈리산양 서식처의 바위동굴에 그 후손들이 암각화를 새겼다는 찾지못한 전설의 현장을 찾아가는 여정의 이야기를 『솔롱고』라는 제하의 장편소설로 필자가 썼기 때문이다. 어르헝강 유역 사슴 돌의 추정년대와 회화적繪畵的 분석 자료는 탁본 이미지와 함께 후일 르블랑의 연구논문에 게재되었다.

며칠 동안 바쁘게 움직이던 유목민들의 대이동은 장관을 이루며 시작되었다. 서너 가족의 목민들이 몸집이 큰 말떼와 야크떼를 몰고 서둘러 출발했다.

이어 마지막으로 사롤달라이와 그의 부인 우드성토야가 우리의 캠프로 찾아와 작별을 아쉬워하며, 서로의 가슴을 껴안고 인사를 나누었다. 그 때 우드성토야가 바트통갈락이 올 때까지 먹을 음식과, 선물로 내민 것은 그녀가 만든 사슴문양을 새겨 넣은 양털 펠트였다.

그리고 여러 가구를 올려 묶은 소떼를 몰고 손을 흔들며 다음 목영지로 서둘러 떠났다. 여기에서 심각한 문제는 이들이 바트통갈락이 말했던 본래의 일정보다 며칠이나 앞당겨 이동을 한 싯점부터 기온이 내려가고, 눈발이 뿌리기시작하는 갑작스런 기후변화의 불안한 조짐이었다.

식물을 순화시켜 식량을 생산하는 것이 농경이라면, 유목은 동물을 순화시켜 식량을 생산한다는 점에서 양자 모두 식량생산단계에 속한다는 학자의 견해가 있다. 그래서 유목민의 이동은 결코 목적 없는 방랑이 아니라 정확한 계절이동 이라고 말한다.

『유목민 이야기』(저자 김종래. —옮긴이 주)

서로 팔짱을 끼고 부족의 대이동 같은 그들이 떠나는 장엄한 모습을 바라보면서, 불안한 기색으로 르블랑이 입을 떼었다.

"갑자기 추워지는데 바트통갈락은 왜 오지 않는 거죠?"

"일정대로라면 삼일 후에 그가 오기로 되어있어요, 유목민들이 앞당겨 이동을 했으니까요."

유목민들이 떠난 텅 빈 대지에는 우리에 매어놓은 두 필의 말과 하롱고와, 우리의 게르 한 채만 덜렁 남아있었다. 황량한 대지에 홀연한 밤이 되자 겁이 났던지 그녀가 품속으로 파고들며 걱정했다.

"유목민들이 없으니까 무서워요. 배고픈 늑대라도 오면 어쩌죠?

"하롱고가 있잖아요. 본래 야생들개여서 늑대가 나타나면 가만히 있지 않고 우리를 지켜줄 거예요. 우리를 지키

는 것처럼 항상 문밖을 떠나지 않잖아요. 영리한 녀석이
죠. 데려오길 참 잘했어요. 하찮은 들개지만 의지가 되잖
아요. 최하 모레쯤은 그가 올 테죠."

바람과 눈발은 갈수록 거세게 대지를 집어삼키기 시작
했다. 설사 바트통갈락이 온다할 지라도 밤에 눈이 쌓이
고 이렇게 지속된다면, 되돌아가는 것도 요원한 문제였
다. 신 새벽에 일어나 품밖으로 나갔던 그녀가 휴대용 작
은 온도계를 들고 눈을 털며 들어오며 불안한 기색으로
말했다.

"지금 밖에 온도가 영하 38도로 내려갔어요. 온통 눈이
쌓여서 가는 것도 문제예요."

이대로라면 바트통갈락이 오는 것은 불가능한 일이었
다. 눈바람소리만 들려왔다. 그에게 연락을 취할 어떤 방
법도 없었다. 항가이 깊이 들어오면 헨드폰은 먹통이 되
고, 밧데리 전력마저 빠르게 자연소멸 되기 때문이다.

날리는 눈발은 건조한 대기에 눈의 입자가 함박송이로
결정結晶되지 않는 미세한 가루눈발로, 양우리에 메어놓
은 두필의 말이 보이지 않을 정도로 눈발은 거세게 휘몰
아쳤다.

Суурьшилгүй улирал домжлога 2015 ТУРВОН Сайхан ВатХанбуч

유목민의 계절 이동/ 돈드고비 구르반사이항 (56 x 36cm water color)

바트통갈락과 약속된 일정이 지났지만 서둘러 오겠다던 그는 결코 오지 않았다. 아니 올 수 없었다. 조금만 눈이 쌓여도 모든 버스의 운행이 멈추는 곳이 몽골이다.

그가 거친 눈발 속을 한필의 말로 사막을 건너온다는 것은 죽음을 자초하는 일이다. 몽골의 자연환경이 그렇기 때문에 나는 그것을 이해는 했다. 잦아질 줄 모르는 눈발이 멎고 다시 해가 뜨기만을 기다리는 수밖에 어떤 방법도 없었다. 다만 이제 바트통갈락이 오기까지 죽지 않고 견디는 일이었다. 불안해진 그녀가 초조한 표정으로 말했다.

"어떻게 하죠? 내일아침 말을 몰고 그냥 가기로 해요."

"그건 위험해요. 끊임없는 초원바람은 사막의 지형을 시시각각 제멋대로 변화시켜버려요. 표식도 없고 방향도 알 수 없는 사막을 통과하기란 어려워요. 더구나 건조해서 온도를 느끼지 못하는 몽골추위는 내장으로 먼저 파고들어요. 만약 뇌수막이 얼면 그 땐 치명적이죠. 영하 20도에서도 30분 이상 나가 있으면 뇌수막이 얼어도 모르는 게 몽골날씨예요. 처음 제가 부임한 뒤 겨울이 오자, 울란바타르 도심에서도 밖에서 일을 보다가도 30분이 지나면 무조건 주변건물 안으로 들어가라는 주의를 받았어요. 날씨가 잦아진다면 그가 곧 올 테죠. 기다리는 수밖에, 일단 먹을 걸 살펴봐야겠어요."

"불안해요, 유목민들이 미리 떠난다면서 주고 간 음식도 곧 바닥날 거예요."

불안해진 우리는 서로의 배낭을 털었다. 르블랑의 배낭에서 자르지 않은 허리가 휘어진 바게트 빵 한 줄. 끓는 물에 데워먹을 수 있는 포장이 쭈그러진 여행용 햇반 하나가 나의 배낭 속 바닥에서 나왔다. 남아있던 김밥과 주먹밥은 진즉 하롱고의 몫으로 사라진지 오래였다. 그 외 다른 것으로는 유목민가족이 간식으로 주었던 과자 같은 아롤 한 봉지와 보쯔 몇 개, 그리고 저민 양고기를 반죽된 밀가루로 감싸 기름에 튀긴 손바닥 크기의 먹다 남긴 호쇼르 두 장. 구리주전자에 반쯤 담긴 우유차와 식수통이 입구 찬장 옆에 놓여있는 것이 전부였다.

눈발이 계속되는 한, 바트통갈락은 사막을 건너는데만 수 시간도 더 걸리는 이곳을 오기란 불가능 했다. 언제 올지 모를 그가 올 때까지, 조금 남은 먹을거리 조차도 아껴 먹어야 하는 지혜가 필요했다. 이럴 줄 알았더라면 유목민들에게 마른음식이라도 더 받아둘 일이었다.

하지만 그들은 바트통갈락이 일정을 맞추어 올 것으로 믿고, 그간 먹을 음식을 마련해 주고 마음 놓고 떠난 것이다. 후일 돌이켜 보건데, 곧 닥치는 자연의 변화를 읽어낼 줄 아는 유목민들로서는 서둘러 이동을 할 수밖에 없었을 것이다. 이런 사태가 예측하지 못한 배낭여행의 돌발 변수다. 남은 음식을 조금씩 쪼개 먹으며 우리는 견뎌야만 했다. 식수를 아끼려고 세면과 양치는 눈 녹인 물로 하기로 했다.

난롯불을 지피며 숯 검댕이가 된 더러워진 서로의 얼굴을 바라보며, 우리는 위기 속에서도 잠시 불안을 잊고, 짓궂은 아이들처럼 한바탕 속없이 깔깔대며 박장대소拍掌大笑하기도 했다. 만약을 위해 밖에 쌓여있는 장작더미를 허물어 게르안에 쌓아 놓는 일도 생존을 위한 방법이었다. 하지만 될수록 우리는 장작을 아끼며 이불 속에서 서로의 체온을 유지하며, 시간을 보내고 밤을 지새웠다. 허기를 느낄만큼 갈수록 우리는 배가 고팠다.

나중에는 만두 크기의 딱딱하게 마른 보쯔 하나로 하루를 견뎠다. 굶주린지 나흘이 지나자 추위와 배고픔을 유독 참지 못하는 르블랑은, 현기증을 느낀다며 시들거리더니, 나중에는 불길하고 창백한 얼굴로 드러눕고서 일어날 줄을 몰랐다. 식수통마저 바닥을 드러내자 나는 긴장하기 시작했다. 게르 지붕에 쌓인 눈을 쓸어내려 난로에 녹여 식수를 확보하고 떠마시며 물배를 채웠다.

그녀 입술에도 적시고 스푼으로 떠먹였다.

그녀의 탈수만큼은 막아야겠다는 노파심에 물을 자주 떠먹였다. 하지만 맹물만 먹이는 것으로는 연명도 보장할 수 없다는 생각에, 종일 자작나무장작껍질을 벗겨 잘게 잘라 씻어 말려, 뜨거운 솥에 작설차 잎처럼 아홉차례 덕군 다음 차茶로 만들어 우려 먹였다. 그 생각이 불현듯 든 것은, 본래 자작나무는 고대인들이 신목神木으로 여겼고, 자작나무에 피어나는 호씽먹[27]은 차茶로 만들어 마실 뿐더러, 특히 말발굽 버섯은 신약 神藥으로 쓰이고 있다는 데에서 비롯했다.

코담배분말가루처럼 미세하고 건조한 가루눈발이 하염없이 뿌리는 죽은 듯 고요한 드넓은 대지에서, 우리는 고립무원孤立無援에 빠져있었다. 시간의 변위현상變位現象이 일어난 것처럼 대지는 시간을 멈췄다.

기온도 한없이 내려갔다. 신체적 한계를 극복하지 못한 그녀는 결코 눈을 뜨지 않는다. 세찬 눈바람이 휘몰아치면, 눈발 속에 섞인 사막에서 날려 온 모래가 게르벽 옆구리를 사정없이 후려쳤다.

---

27)호씽먹/хусны мөөг : 우리말 차가버섯을 말함

이흐타미르의 아침 / 아르항가이 (56 x 36cm water color)

굶주린 위장의 요동소리가 들린다. 그녀를 죽도록 놔둘
수만은 없었다. 물론 나도 살아야 한다. 어떻게 해서든 생
존방법을 찾아내야만 했다. 대기는 쉬지 않고 계속 우리
를 위협했다. 초원은 살아남아야하는 생존교장이 되어있
었다. 나는 애절하게 그녀를 깨웠지만 반응이 없다.

"르베-브, 르베-브, 르블랑!"

(Leblanc, Levez-vous, Levez-vous / 르블랑, 일어나요. 일어나요)

위기상황의 변곡變曲은 없는 것인가, 심장이 떨리며 힘
이 빠진다. 쓰러질 것 같다. 그리고 춥다. 장작을 지펴 실
내온도를 높이고 그녀의 이불속으로 기어 든다.

그녀의 체온은 아주 미약하고 냉기가 있다. 꼭 안고서
체온을 나누어 준다. 연통이 솟구친 게르천장 채광창으로
보이는 회색하늘에 눈발이 사선을 그리며 날리고 있다.

이렇게 침대에 누워 눈을 뜨면 보이는 것은 천창天窓으
로 보이는 하늘조각뿐이다. 유목민들은 그곳으로 들어오
는 빛살로 시각을 알고, 태양의 방향이나 초원의 식물이
자라나는 곳까지 읽어낸다고 하지만, 나는 지금 천창의
하늘을 보고도 뛰어난 통찰력도, 인식력도, 한 생명을 구
할 수 있는 어떤 수완이나 재간도 없는 속수무책의 무능
자일뿐이다.

그녀를 흔들어 본다. 숨을 거둔 것도 아닌데 반응이 없

다. 그녀의 주검을 볼 것만 같아 나는 육체와 정신적 긴장에 사로잡혀가고 있다. 생존을 위한 어떤 방법도 전혀 먹혀들 것 같지 않은 돌발적인 고원의 강추위와, 게르를 뒤흔드는 거센 눈폭풍이, 기온을 한없이 끌어내리는 몽골의 무서운 한파 쪼드[28])가 아니기를, 만약 쪼드라면 이곳이 쪼드의 진원지가 아니기를, 그래서 경악할만 한 재앙이 되지 않기를, 목숨을 걸어가는 자연 파괴의 대재난이 오지 않기만을 나는 지금 절절히 바라고 있다. 쪼드가 닥치면 초원의 생태계마저 무너져, 몸집 큰 가축들마저 한순간에 곧추선 채 동사凍死해버린다.

그것이 쪼드다. 대지는 탁 트인 마음을 걷어가 버렸고 황량한 땅으로 변해버렸다. 그리고 주체 못할 어떤 힘이 우리의 정서를 가로채버렸다.

웅대하게 넓은 가슴으로 한없이 포용하고 관대할 줄만 알았던, 또 마냥 초원의 진수처럼 아름답게만 보였던 대지에, 이토록 가공할 무서운 추위와 바람 속에 악마의 영혼이 마귀처럼 숨어살고 있었다.

아무 일도 없는 것처럼 두 팔로 기지개를 펴며 일어나기를 바라는 그녀는 아무 기척이 없고, 자연의 위협에 나는 속수 무책, 어떤 대안도 내놓을 수 없었다.

28)쪼드/Зуд : 살인적인 몽골의 무서운 한파

게르가 흔들릴 정도로 무섭게 휘몰아치는 눈폭풍은 대지와 하늘의 경계를 여지없이 집어삼켰다. 견디기 힘든 극심한 고립감 속에서, 비현실세계 같은 허공에 떠있는 가련한 생명체로 유리되어버린 나는 지금, 출구 없는 무한한 고독감의 성城안에 갇혀있다. 하늘도 땅도 모두 막힌 성벽 안에서 한없이 이어지는 이 고독은, 통속적 현실 속에 만들어진 세속세계의 천박하고 값없는 그런 고독은 아니다. 생존의 위협 속에서 느끼는 홀연하고 눈처럼 하얀 이 고독은, 나의 무의식지층 속에 퇴적되어 있다가 후일 어느 순간, 어떤 자극에 의해, 순간적으로 나의 의식세계로 떠오르는 영감의 원천이 되고, 영속할 가치가 있는 그런 고독으로 존재 할 것이다.

　바트통갈락은 섣부른 짐작만으로, 우리가 스스로 살길을 찾아 이동하는 유목민들을 따라나선 것으로 믿고, 아예 오지 않을지도 모른다.

　나마저 신체의 한계를 극복하지 못하고 목숨을 거둔다면, 지금 한없이 외롭고 힘든 우리는 마지막 고난에 찬 생애가 함께 마감되고, 건조한 대기로 두 몸뚱이는 썩지도 않고 그대로 말라갈 테지, 종래 탈수 끝에 수액이 고갈된 피하세포는 마른 과자처럼 부스러져 살 거죽이 뼈에 달라붙고, 그렇게 피골이 상접된 인종이 다른 두 남녀의 시신은, 초원에 딩구는 아르갈리산양의 마른시체처럼, 그렇게 바싹 마른 미이라로 변해버릴 것이다. 만약 굶주린 잿빛늑대들이 주검의 냄새를 맡고 어슬렁거리며 나타나면, 주인이 안에서 잠자는 줄만 알고 있는 하롱고는, 사생결단 으르렁대고 짖어대며 죽은 우리를 지키려고 피가 튀게 늑대와 싸운다.

결국, 풍요로운 초원영지營地를 찾아 나섰던 유목민 사롤달라이 가족들이 돌아오거나, 아니면 뒤늦게 찾아온 바트통갈락이 장작개비처럼 말라 비틀어진 시신을 치우고, 칭기즈 칸에게 붙잡힌 자모카를 끝까지 지켰던 부하들처럼, 우리가 죽은 줄도 모르고 끝까지 지켜온 하롱고는, 그때서야 주인 잃은 슬픔에 젖어 늑대처럼 울부짖는다. 그리고 이내 처진 몸을 이끌고 쓸쓸한 뒷모습으로 자꾸 뒤돌아보며, 대초원 가련한 들개의 신세로 회귀할 것이다.

이렇게 우리의 정서마저 건조하게 메말리고 무자비하게 침탈한 대기는, 자연스럽게 점차 말라죽어가는 과정을 바라보는 그런 풍경의 관찰자인가, 아니면 최악의 조롱인가, 깨고 싶어도 깨어지지 않는 꿈인가, 우리에 대한 자연의 질투인가 심술인가, 제발 그것이 아니라면, 이 모든 상황들이 몽유병환자의 눈에 비친 허구의 세계로 국한 되기를, 아니면 깨어날 수 있는 꿈속에 지나지 않는 일이기를 지금 나는 절절히 염원念願한다. 이토록 냉염하게 표변해버린 대지가 증오라면 증오를 거두고 초원의 진수로 되돌아와, 관용을 베풀어주기를 갈망하는 것이다. 고난이 큰 만큼 염원도 컸다. 죽음의 공포가 넘실대면 심장이 고동쳤다.

낙타는 두 달 동안을 먹지 않고도 견딜 수 있고, 말은 앞발로 눈을 헤치고 눈 속에 묻힌 마른풀을 뜯어먹으며 생존한다. 하지만 지금, 눈 속에 빵조각 하나가 묻혀 있다 한들, 그것을 꺼내먹을 미력조차도 나는 없다.

행여 그녀가 잘못될까봐, 마음만 안절부절 그녀 옆 침대 끝 모서리에 어설프게 누워, 천창으로 보이는 회색하늘만 두 눈을 껌벅거리며 대안 없이 바라본다. 밖으로 나가보는 것도 한순간에 곧추선 채 얼어버리는 쪼드일 것만 같은 공포를 대기는 한없이 조장했다.

체념은 경우에 따라 때로는 받아드릴 수 있지만, 지금 내가 체념한다면, 그녀는 물론 바로 나의 삶마저 포기하는 것과 다름 아니다. 야만적인 야수로 변해버린 자연에게, 이대로 굴종할 수밖에 없는 희망이 사라진 절벽의 끝에서, 결코 살아야한다는 삶의 욕구는 용광로불꽃처럼 다시 치솟고, 허기진 몸을 추스르고 일어나, 휴대용온도계를 막대 끝에 매달아 문밖으로 내밀고 바깥 온도를 확인했다. 난롯불이 꺼진 실내온도는 견딜수 있는 영하 온도지만 영하 48도로 푹 내려갔다. 그리고 다시 동맥혈관 같은 붉은 수은이, 몸뚱이가 허방으로 빠지는 것처럼 영하 54도 아래로 단숨에 곤두박질쳤다. 기온은 이제 발밑 영하 60도를 향해 내려가려는지 밧줄을 붙잡고 대롱거리고 있다. 살인한파 러시아툰드라의 평상기온을 앞질러가고 있는 이것은 분명 살인한파 쪼드다.

살인적인 강추위가 도무지 끝나지 않을 것처럼 지루하게 이어지는 아침에, 난롯불에 쪼여 따뜻해진 마스크에 털모자를 눌러쓰고 밖으로 튀어나갔다. 다른 때와 달리, 묵묵히 문밖을 지키던 하롱고가 이른 새벽부터 쉬지 않고 짖어대는 소리가 의문스러워서다.

일순, 호흡이 탁 막히며 극 냉동실로 몸이 던져진 것 같았다. 하지만 문을 박차고 나온 처음 때와 달리 금세 실온을 느끼지 못하는 것은 대기가 그만큼 건조하기 때문이다. 위협도 모자랐는지 대기는 그렇게 사기꾼처럼 속였다. 살인적인 영하의 기온으로 대기는 명태포를 뜨

듯, 무감각한 살갗을 뚫고 체내로 파고들어, 내장을 얼리고 뇌수막을 얼려도 느끼지 못한다. 대기가 이를 악물고 나를 무참히 쓰러트리기 전에, 최소한 30분 이내로 일을 보고 나는 들어와야 한다. 시간이 경과되고 만약 현기증을 느낀다면, 그것은 뇌혈관이 얼어가는 과정으로 치명적이다. 살인적인 쪼드의 냉기를 버틸 수 있는 신체의 한계는 30분의 짧은 시간이기 때문이다.

영하 38도 혹한 끝에 한국의 겨울에 봄같은 기온을 느끼던 날, 모처럼 종일 울란바타르 시내를 멋모르고 싸돌아다니다가, 풀리지 않고 오랫동안 병적으로 지속되는 내장의 고통으로, 결강을 해야할 정도로 죽도록 고생한 적이 있었다. 나를 관리하는 학교의 국제교류처 담당과 학과장이 숙소로 달려와, 주의를 지키지 않은 꾸중과, 처방해온 약을 주면서 하는 말이, 그날 기온이 영하 26도라고 말했다. 그러나 나는 실온을 전혀 느끼지 못했다. 대기가 건조해서다. 만약 지금 나도 모르게 뇌수막이 얼고, 현기증 끝에 눈밭에 쓰러지기라도 한다면, 설원의 대지에서 나는 이대로 얼어 죽고 말 것이다. 무슨 일이 닥친 것처럼 문 밖에서 짖어대던 하롱고가, 튀어나온 나에게 힐끗 의미있는 눈길한번 던지더니, 우리 끝을 향해 눈밭 속을 치달아 뛰었다.

건조한 눈발이 먼지처럼 날린다. 우리에 메어놓은 눈에 띤 두필의 말고삐를 얼른 풀어주었다. 눈밭을 헤치고 주변의 마른풀이라도 찾아서 뜯어먹어야 생존하기 때문이다. 나는 하롱고가 무엇인가 중요한 것을 알려주고 싶어 한다는 것을 일순 깨달았다. 우리 끝에 판자로 지어진 창고까지 달려간 그가 앞발로 빈 창고 문을 긁어대며 더 큰 소리로 짖어댔다. 하롱고가 무엇인가 알려주고 싶어 한다는 생각이 맞아떨어졌다는 것을 나는 단박에 알았다. 왜냐면, 말린 양고기를 저장하는 창고이기 때문이다. 나는 그것을 지금까지 전혀 생각하지 못했다. 아둔하기는……,아무리 추워도 주변을 한번 쯤 돌아 볼 일이었다.

얼른 창고 문을 열었다. 날린 눈발이 저 먼저 들어간다. 그곳에는 호르강모자를 만들려고 앞·뒷발이 붙어있는 건조하게 마른 새끼양의 하얀 털가죽이 넉 장이나 마른 피 빛깔로 철사 줄에 매달려있었다. 유목민들이 떠나면서 미처 가져가지 못한 것이다. 눈이 번쩍 뜨였다.

나는 그것을 통 채로 삶아 우러나온 국물을 그녀에게 먹일 생각을 당장 해냈다. 달리 먹을 것은 아무 것도 없었다. 그러나 창고바닥 어두운 구석에서 발에 걸린 오래된 고갈색 낙타가죽자루 속 손 끝에 닿은 건, 아— 양고기 가루가 담겨있다.

바트얼지의 겨울 1 / 어워르항가이 (56 x 36cm water color)

그것은 버르츠[29])다. 유목민의 전통음식으로 소한마리 분량이 소의 방광 안에 들어간다. 이 분량은, 몽골통일전쟁 때 병사 한사람의 1년 전투비상식량이었다.

버르츠가 있었기 때문에 칭기즈 칸은 중앙아시아를 휘어 잡을 수 있었고, 유럽원정길에 식량문제를 버르츠로 해결하여 승리를 거둘 수 있었다. 적어도 세 되 가 옷 가량이나 되는 양으로 큰 수확이다. 영특한 하롱고는 먹이를 주지 못하자 배가 고팠던지, 주변을 헤매다가 냄새로 그걸 알고 사생결단 짖어댄 것이다.

나는 행여 하롱고가 곤추선 채 얼어 죽을까봐 노파심에 게르안으로 데리고 들어왔다. 그리고 찬장아래 놓여있던 빈 솥에 눈 녹인 물을 붓고 다리뼈가 붙은 털가죽 모두를 골수가 우러나도록 오랫동안 삶았다. 거품이 일면서 뜨거운 장작불에 구수한 냄새가 우러나온다. 한동안 끓여지자 누런 거품을 걷어 낸 뜨거운 국물을, 보온용 구리주전자 덤벅에 가득 부어 소금으로 간을 맞추고 얼마정도 식혔다. 나머지는 여기저기 그릇마다에 담아놓았다.

그리고 그녀를 반쯤 일으켜 스푼에 떠 입에 댔지만, 건조하게 하얗게 마른입술로 희미한 의식의 그녀는 입가로

29)버르츠/Борц : 말린 양고기나 가루

116 사슴 돌

국물이 흐를 뿐, 단한모금도 목에 넘기지 못했다. 그녀를 다시 자리에 눕히고 입가와 가슴까지 흘러내린 국물을 닦아냈다. 잔뜩 긴장된 나는 버르츠를 한 웅큼 입 속에 털어 넣고, 국물 한 모금을 마신 다음 오글거렸다. 그리고 오물인 입술로 힘을 주어 물총을 쏘듯 국물을 그녀의 입안으로 쏘아 넣고, 가슴을 마구 흔들었지만 초미의 반응도 보이지 않는다. 수전증처럼 그릇을 쥔 팔이 멎지 않고 자꾸 떨린 것은 극도의 긴장 때문이다.

그녀의 주검을 거두어야 하는가, 무반응에 순간 불안이 밀려오고 가슴마저 떨렸다. 하지만 나는 결코 포기할 수 없었다. 그녀를 마구 흔들며 소리쳤다. 여러 차례 반복한 끝에 반응이 없던 그녀가 한참동안 쿨럭거리더니 괴로운 듯 온몸을 뒤틀었다.

"르블랑, 르블랑, 정신 차리고 눈 좀 떠봐요. 제발."

결코, 눈길한번 주지 않고 수수방관 냉소로 외면하는 운명에게 울부짖듯 나는 애원했다. 절박감에 찔끔 눈물이 솟는다. 그렇게 그녀를 살려내려는 욕구가 그토록 절박했던 것은, 애정 이전에 경시할 수 없는 인간존재의 본질이 먼저 내면으로부터 강하게 작용했기 때문이다.

이불 속으로 파고들어가 체온을 나누어주다가, 영원히 깨어나지 않을까봐 잔뜩 긴장된 나는 한참동안을 미친듯이 전신을 주물러 몸의 긴장을 풀어주었다.

비로소 입으로 넣어준 버르츠 국물이 목으로 넘어가고 혈행血行이 순조로워졌는지 가까스로 그녀가 눈을 뜬 것은, 눈발 속 어둠의 세력이 장장만리長長萬里 드넓은 설원을 온통 뒤덮은 자정이 넘은 시간이었다. 이마와 속가슴을 만져본다. 다행히 열은 나지 않았다. 희미하게나마 그녀가 눈을 뜨자 그토록 반가운 나는 따뜻한 뼈 국물에 버르츠를 풀어 넣고 미음으로 만들어 떠먹이며 말했다.

"르블랑, 르블랑, 부푼 버르츠가 뱃속에 들어가면 허기를 채워줘요. 양고기는 내장을 덥혀주고 혈액순환이 잘 되니까 조금이라도 삼켜 봐요. 자."

비로소 핏기 없는 얼굴의 그녀가 미음을 조금씩 삼키기 시작했다.

"옳지! 르블랑, 걱정하지 말아요. 우리는 살아 돌아갈 수 있어요."

흐린눈동자의 그녀가 두리번거리더니 들릴 듯 말 듯 겨우 입을 떼었다.

"바야–를라, 바야–를라."

(баярлалаа, баярлалаа,/고마워요. 고마워요)

같은 뜻으로 불어 메르씨(Merci)가 있지만 굳이 몽골어로 말함으로써, 의식이 돌아왔음을 시사해준 그녀의 첫마디는 마음 졸이고 있던 불안과 초조를 밀어냈다.

아픈 몸에는 날도 빨리 새지 않는다. 밤이 길게만 느껴진다. 그렇게 길게 느껴지던 밤이 가고 천창으로 투사된 빛줄기가 잠을 깨웠다. 눈을 뜨자마자 밖을 내다보았다. 칠흑 같았던 어둠이 증발되고 휘몰아치던 눈바람이 비로소 멎어있었다.

바위투성이 능선으로 기어오르는 태양을 검회색 구름덩이가 떠오르지 못하도록 짓눌렀다. 그러자 우리 편에 서 있던 화가 잔뜩 난 푸른 하늘 한 조각이 저쪽에서 달려와, 흑구름덩이의 머리채를 휘어잡고 멀리 내동댕이치고서야 비로소 은빛대지는 눈이 부셨다.

마치 보라는 듯 거들먹거리며 떠오른 태양에, 봄 기운이 묻은 기온이 오르기 시작했다. 봄의 순행궤도를 이탈한 기후가 다시 본자리로 되돌아오고, 자외선이 활 빛으로 설원에 퍼졌다. 그녀가 눈을 뜨자 미음을 또 떠먹이며 말했다.

"르블랑, 눈바람도 멎었고 해가 떠올랐어요. 기운을 차려야 돌아가지요. 자, 좀 더 먹어 봐요. 이제 바트통갈락이 올 거예요."

어제보다 미약하게나마 그녀는 기운을 차렸다.

기력이 회복되도록 양고기가루를 듬뿍 섞여 먹였다. 위장에서 부풀어 오르는 버르츠를 더운물에 불려놓았다가, 미음으로 만들어 체할까봐 조금씩 양을 늘려가며 먹였다. 나도 같이 최소한의 근기를 유지했다.

버르츠를 약간 섞어 삶은 초벌국물과 나이프로 잘게 자른 익혀진 털가죽과, 골수가 우러난 양다리뼈다귀는 하롱고의 몫이 되었다. 눈빛이 살아난 그녀는 이제 스스로 미음을 떠먹었다.

"당신에게 이렇게 흉한모습을 보이다니……."

의식이 돌아온 그녀가 탄식했다.

은빛설원에 찬란한 햇살이 내려퍼지는 다시 이틀이 지난날 정오였다. 찬장 앞 바닥에 쪼그리고 앉아 딸그락거리며 눈 녹인 물로 코펠을 닦던 나는 손을 멈추고 청각을 곤두세웠다.

"츄츄-, 츄츄[30]-."

여러 사람의 말 모는 소리가 희미하게 들리다가 허공에 물결치는 밤하늘 오로라처럼 이내 또 흩어져 버린다.

"르블랑! 들려요? 말 모는 소리!"

---

30)츄츄 츄츄/цуу цуу : 말을 몰때 내는 소리

침대에 누운 그녀가 고개를 저으며 힘없이 말했다.

"아뇨, 아무소리도 들리지 않아요."

생존의 위협 속에, 간절함에서 헛들리는 환청이거나 이명증耳鳴症일 것이다.

'그래…… 그럴 리 없어, 아닐 거야. 올 사람은 바트통갈락 한사람인 걸, 환청이겠지.'

몸과 마음이 지쳐버린 나는 체념으로 중얼대면서, 이명증을 털어내려고 먹먹해진 머리를 마구 흔들었다. 그러나 환청이 아니었다. 이명도 아니었다. 말떼의 거친 호흡소리, 채찍을 내리치며 말 모는 소리가 스피커 볼륨이 갑자기 높여진 것처럼 코 앞까지 크게 날려 온 것이다.

"츄츄-, 츄츄-."

그녀가 소리쳤다.

"들려요! 말 모는 소리가 들려요!"

하롱고가 문 쪽을 향해 짖어댔다. 그 때서야 정신이 번쩍 든 나는 얼른 문을 박차고 경사진 설원을 내려다보았다. 햇살 바스라지는 은빛대지에 양털말가이[31])를 눌러쓴 바트통갈락이, 여섯 명이나 되는 사람들을 이끌고 능선을 휘돌아 달려오고 있었다.

말채찍을 휘두르며 전장 터로 출정하는 장수들처럼, 그들은 긴장된 모습으로 선두자리가 뒤바뀌어가면서, 눈 먼

31) 말가이/малгай : 전통모자

지를 날리며 세차게 달려오고 있었다. 따라나온 하롱고가 짖어대며 그들을 향해 바람무늬 진 설원으로 꼬리를 치며 뛰어 내려갔다.

"르블랑! 바트통갈락이 오고 있어요."

그러자 힘없는 몸을 일으킨 그녀가 어지러웠는지 비틀거렸다. 다가가 그녀를 부축하고 잿빛담요로 감싸 안고 게르문에 기대고 멀리 그들이 달려오는 모습을 내려다본다.

"저기-맨 앞에 오는 게 바트통갈락이예요."

가쁜 숨을 들이쉴 때마다 하얀 콧김을 토해내는 그들이 몰고 온 말 코숭이에, 모두 고드름이 매달려있었다. 말 가슴마다 서린 땀은 참혹할 정도로 하얗게 얼어붙어 있었다. 바트통갈락과 동행한 일행들의 눈썹과 콧수염에도 서릿발이 하얗게 서려있었다. 말 잔등에 마른음식을 잔뜩 담은 포대자루와 구명기구가 걸려있었다.

맨 먼저 말에서 내리자마자 달려와 우리를 맞이한 사람은 바트통갈락이었다. 우리의 모습을 본 그는 안도의 표정으로 살아있음을 확인하는 것처럼, 차가운 손으로 얼굴을 매만지며 감싸 안고 뛸 듯이 기뻐했다. 그는 우리가 두른 담요를 여며주며 내장의 냉혈순환에 좋다는 낙타 젖으로 만든 시럽한 병씩을 먹였다

바트얼지의 겨울 2 / 어워르항가이 (56 x 36cm water color)

그의 일행들은 바트통갈락의 목축지목동들과, 하르허 릉 솜 행정부 담당 한사람, 그리고 군청색제복을 입은 또한 사람은, 하르허릉의 착다(цагдаа/경찰)라고 바트통 갈락이 말해주었다. 이처럼 행정부담당과 착다까지 달 려온 것은 우리의 사태가 밖에서는 극명하게 심각해 있 었다는 것을 의미했다.

생사위기를 벗어나 그들의 호위 속에 파도치는 눈 바 다 같은 창백한 사막을 건넜다. 최후에 책임 있는 처신 을 그렇게 보여준 바트통갈락에게 고마움을 느꼈다. 또 그렇게 사람이 반가운 적은 아마 다시는 없을 것이다.

관용은 커녕, 우리를 자연의 구성원으로 여겨주지 않 고, 오히려 비정한 방관자가 되어 끝까지 친화를 거부한 대지에게 버림받고 쫓겨나, 가까스로 바트통갈락의 집 으로 돌아오고서야 우리는 휴식을 취하며 굶주려 요동 치던 위장의 허기를 제대로 달랠 수 있었다. 잔뜩 가드 라 붙었던 심리적 긴장도 풀 수 있었다.

그 때 그 추위는 국지적 쪼드지만, 몽골북쪽 볼강아이 막 에르데네뜨가 진원지로, 그 여파는 인근 헨티아이막 과 셀렝게, 그리고 흡스굴아이막을 거쳐 러시아 바이칼 호수까지 미쳤고, 아래로는 우리가 생활했던 항가이 전 역과, 울란바타르 수도가 있는 톱 아이막 남쪽아래 돈드고비까지, 그리고 서쪽 홉드 아이막까지 이르렀고 여러 아이막이 쪼드의 영향권에 들어있었다고 바트통갈락이 말했다. 몽골대륙 거반이 쪼드의 영향권 속에 있었다. 또 말하기를, 영향권 내 송아지 꼬리가 모두 얼어 떨어졌으며, 쪼드의 진원지중심부 에르데네뜨 목축지 대부분의 양들은 앉은 채로, 혹은 곧추선 채 그대로 동사凍死했다고 말하면서, 1990년 몽골민주화 이후 처음 닥친 쪼드였다고 말했다. 쪼드에 곧추선 채 동사한 가축을 볼 수는 없었지만 말로만 듣던 몽골 쪼드의 위세를 절감 했다.

그와 그의 부인 뭉흐바양의 극진한 간병 끝에 하롱고를 그곳에 놓아두고, 탈진된 몸이 회복된 그녀와 헤어진 뒤, 우리가 다시 만난 것은 얼마 후 울란바타르에서였다. 며칠 동안이나 결강된 학과를 보충강의로 모두 마친 날, 연구실로 들어서면서 그녀의 전화를 받았다.

"캠퍼스 앞 플라자카페에 르블랑이 와있어요."

"오! 르블랑? 바로 나갈게요."

카페 문을 열고 들어가자 창가에 앉아있던 그녀가 얼마나 반가웠는지, 얼굴가득 넘친 기쁨으로 달려 나와 서슴없이 품에 안겼다. 우리는 주변의 눈길도 아랑곳없이 한참동안이나 서로의 볼에 입술을 맞추며 떨어질 줄을 몰랐다. 그녀의 푸른 동공이 다시 만나는 감격의 눈빛으로 반짝였다. 커피 잔을 들고서 배낭여행옷차림의 그녀가 말했다.

"저희 연구원들은 파리행비행기를 타려고 울란바타르로 나와 열차를 타고 모두 러시아로 떠났어요. 그들을 보내고 당신을 보려고 곧바로 왔어요. 저, 샤워부터 할래요."

"알았어요, 르블랑, 제 숙소로 가요. 타미르캠프에서는 씻을 곳도 없었을 텐데."

샤워를 끝낸 푸른 눈빛 그녀 모습은 아름다웠다. 그리고 몽골전통씨름경기장 옆 인도레스토랑에서, 인도전통음식과 전통무용을 곁들인 음악 속에 멋들어진 만찬을 즐기고 돌아온 우리는, 주체할 수 없이 치솟는 욕정을 불에 녹은 납보다 더 뜨겁게 불태웠다. 진실한 사랑의 연정이란 이래야 된다는 듯 황홀한 표정의 그녀가 나의 연한 속살에 입술을 맞추며 속삭였다.

"단 하루도 당신생각이 떠나지를 않았어요. 힘없는 초식동물처럼 생존을 위한 어떤 저항도 할 수 없는 속수무책 속에서, 당신은 세살아기처럼 저를 달래가며 버르츠로 만든 미음을 떠먹이며 끝내 저를 살려냈어요. 당신도 힘들었을 텐데, 그 때 혼신을 다하는 당신의 애절한 노력과 온갖 시중에 전율을 느꼈어요. 바트통갈락의 집으로 돌아와, 당신 자신보다 저를 더욱 보살펴주실 때에는 묵묵한 당신의 진실을 보았어요."

"르블랑이 잘못될까봐, 얼마나 걱정이 컸는지 몰라요. 조바심에 자작나무껍질을 차로 덖궈 줄곧 우려먹인 것도 효과가 있었나 봐요."

"당신에 대한 생각은 그뿐만이 아니예요."

"으흥! 또 뭔데요?"

하고 묻자 그녀는 서로 얽힌 다리를 풀며 다시 말했다.

"기운을 차리지 못하는 저를 말안장 앞자리에 앉혀, 어린애처럼 저를 안고 돌아올 때에는 얼마나 행복했는지 몰라요. 그런 당신을 이렇게 보고가지 않으면 저는 병이 들고 말거예요."

그러면서 그녀는 말이 채 끝나기 무섭게 탐스런 입술을 내 입술로 가져와, 입술촉감을 음미하며 사탕 맛이 나도록 짙은 키스를 거듭했다. 그리고 한참 만에 뜨거운 입술을 거두면서 말했다.

"나의 뇌 속에 주물로 찍어낸 무쇠처럼 각인될 수밖에 없는, 그런 당신은 도대체 저에게 누구인거죠? 아- 이토록 찰진 인연의 고리가 우리에게 있었다니……."

거듭 말을 이어갈수록 감정이 북받치어 오른 그녀는, 푸

른 눈 속으로 내 얼굴이 빨려들어 갈 정도로 뚫어져라 바라보며,

"밤이든 낮이든, 당신 곁에만 있고 싶어지는데, 아ー! 이제 난 어떻게 하죠? 돌아가면 당신의 갈망을 견디지 못할텐데……."

하는 그녀 눈동자에 금세 차오른 눈물이 글썽였다.

"영리한 들개 하롱고가 아니었더라면 당신을 살릴 수 없었을 거예요. 창고에 먹을 것이 있는 것을 용하게도 그 녀석이 알려줬잖아요. 주인공은 우리였지만 결정적으로 녀석은 조역역할을 아주 잘해줬어요. 당신의 뜻대로 그 녀석을 데려간 것은 참 잘한 일이었어요."

하며 나는 그녀 푸른 동공에 고인눈물을 찍어내 주었다. 애잔하게 보이는 그녀가 눈동자로 말하는 것처럼 여러 번 깜박이면서, 조금은 기분이 전환된 어조로 내 입술을 손가락으로 가볍게 매만지며 또 말했다.

"참, 그리고 말예요. 그 때 당신과 나누어 마셨던 포도주 있잖아요."

"으흥! 그게…… 왜요?"

"당신이 우리 연구캠프를 다녀가신 뒤, 제가 톱 아이막 밍죠르사원 암채화 답사 길에, 당신이 몸담고 계시는 대학연구실로 찾아갈 계획이었다고 했었잖아요? 그때 선물로 드릴 포도주를 가져간 건데, 묘하게 에르덴죠 사원에

서 당신을 만나, 어르헝강유역 사슴 돌 탐사지에서 그 포도주를 결국 당신과 함께 마시게 된 일……."

"으흥! 그래서요?"

"처음부터 지금까지, 우리 자신도 모르게 운명적으로 짜여진 인연의 퍼즐이 절묘하게 그렇게 맞추어졌잖아요. 당신은 우리 연구캠프를 다녀가시면서 당신도 모르게 인연의 끈 한 자락을 흘려두고 간 거예요. 나는 그 끈을 붙잡고 당신을 만난거구요."

"당신이 지금 하는 말, 모두 동의해요."

"놀랍잖아요! 도대체 이게 무슨 조화인지, 이걸 어떻게 해석해야죠? 영리한 들개 하롱고도 잊을 수가 없어요. 생각해봐요. 모두 여행길에서 만나 한 가족이 되었잖아요."

그랬다. 내가 당초 아르항가이 이흐타미르 암각화탐방지에서 그곳 프랑스연구자들의 캠프를 다녀갔던 처음부터 지금 이 순간까지, 한 치의 오차 없는 인연의 퍼즐이 우리에게 짜여져 있었다. 푸른 눈을 매혹적으로 또 깜박이며 그녀는 다시 말을 이어갔다.

"참, 그리고 우리가 처음 만났을 때, 기회가 되면 툽 아이막 밍조르사원 암채화 안내를 해주신다고 했죠? 거기를 마지막으로 다녀오면 아름다운 러시아 바이칼호수를 거쳐 귀국할거예요."

하고 말했다.

다음날, 수흐바타르 구역 러시아대사관에 그녀의 비자를 신청해 놓고, 네시간 거리 밍조르사원 암채화 답사를 다녀왔다, 그리고 며칠을 함께 보낸 뒤 비자를 찾은 그녀는 러시아로 떠났다. 물론, 아름다운 바이칼호수여행만큼은 꼭 함께 하기를 간곡하게 원했지만, 짜여있는 학기 일정에 나는 결코 동행할 수 없었다. 하지만 나는 울란바타르 기차역에서 그녀를 그대로 보낼 수는 없었다.

그녀와의 작별이 역시 아쉬웠던 나는, 그녀의 여권을 받아 러시아행 열차표를 손수 끊었다. 그리고 열차에 올라 침대가 있는 특급 지정 룸을 찾아들어가, 그녀의 배낭을 내리고 자리에 앉혔다. 열차가 곧바로 출발을 시도했다. 그녀 여권에 열차표를 끼워주며 내리지 않고 벤치에 앉자 두 눈을 크게 뜨고 물었다.

"브(Vouc/당신)……, 내리시지 않아요?"

"르블랑, 바이칼호수여행은 함께할 수 없지만 다르항까지 만이라도 같이 갈래요. 표를 끊었어요."

"오-이런! 제 마음을 읽고 행동해 주시는군요. 항상

닥치는 일에 언제나 최선을 다해주시는 자상한 당신, 저
는 어쩔 줄을 모르겠어요. 고마워요. 다르항까지 걸리는
일곱 시간 동안이나 당신을 사랑할 수 있게 만들어 주시
다니…… 도어를 닫아줘요."

다르항 역에 도착할 때까지 그녀는 평생 떨어지지 않을
것처럼 시종 내 가슴에 묻혀 작별을 아쉬워 했다. 다르항
역에서 열차가 움직이자 그녀가 다급하게 창문을 열고,

"르블랑 브 쨈무-, 르블랑 브 쨈므-."

(Leblanc vous aime, /르블랑은 당신을 사랑합니다)

하며 손 키스를 날렸다.

거역할 수 없는 필연의 작별이 아쉬워, 눈물이 곧 터질
듯 슬퍼 보이는 그녀의 푸른 눈동자를 바라보면서, 무쇠
덩이 같은 무거운 애정의 무게를 느꼈다. 또 알게 모르게
그녀에게 정이 깊게 들어있다는 것을 새삼 알았다.

마지막 작별의 순간이 오자, 나도 그녀만큼 가슴이 시
렸기 때문이다. 사랑은 이렇게 헤어질 때 더욱 강렬해지
고 애정의 깊이를 안다.

그 뒤, 르블랑의 소식을 이메일로 접한 것은 그녀가 프
랑스로 귀국한 후였다. 다시 얼마 후 그녀가 보낸『몽골
사슴 돌의 회화적 고찰 - 황금분할연구』라는 하드카바
로 묶은 박사학위연구논문과, 프랑스연구자들과 펴낸 공

저학술지를 펼쳤다. 논문에는 손수 해주었던 이흐타미르 선돌탁본은 물론, 바트얼지 어르헝강유역 사슴 돌 탁본까지 이미지로 게재했고, 몽땅 챙겨준 암각화자료들을 바탕으로 세기世紀별로 비교분석하고, 자료출처를 나의 이름으로 밝혀두고 있었다.

얼어붙은 초원지대 강물이 녹을 사이 없이 짧은 여름이 가고, 9월로 접어들자마자 첫눈이 내렸다. 이어 강추위가 다시 몰려오고, 영하 30도 아래로 기온이 급격히 내려가는 12월이 되면서, 방학과 함께 연구교수임기를 마쳤다. 다르항 역에 열차가 도착할 때까지, 그녀가 속삭여준 간절한 한마디와 줄곧 보내온 이메일 내용이 오버랩되었다.

'임기 마치는 날 만을 기다리고 있겠어요.'

더는 망설이지 않았다. 러시아대사관에 비자를 신청한 나는, 비자가 나오기 바쁘게 울란바타르에서 러시아행 열차에 몸을 던져 싣고 몽골대륙을 횡단했다. 그리고 모스크바여행사에서 항공권을 구입하고, 비행기를 타는 날까지 며칠을 머물다가, 최단 시간에 유럽으로 향하는 아에로플로트 직항로 항공으로 파리로 향했다.

어르헝강 유역 사슴 돌 탐사지에서 그녀와 겪었던 생사고난의 기억들이, 나의 뇌 속 인지계認知系에 충격으로 저장되고 트라우마로 남았는지, 말떼의 거친 호흡소리와, 갑작스럽게 들리는 때 아닌 말 모는 소리, 그리고 들개 하롱고 짖는 소리가 무의식속에서 이명처럼 재생되고 활성화 되면, 수세월이 지난 지금도 나는 숙면을 이루지 못하고 놀라며 잠을 깬다.

지워지지 않고 얼룩하나 없이 또렷한 그 기억들……,

나는 돌이켜 본다. 이별의 아픔에 측은한 눈빛마저 흘렸던 그녀 르블랑, 그리고 들개 하롱고, 처음부터 그 모든 일들이 그녀의 말처럼 우리도 모르게 짜여진 인연의 퍼즐이, 그렇게 맞추어진 것인지 모른다. 나는 그녀와의 지난 일들을 변명하지 않는다. 누가 묻고 다시 묻고, 또 묻고 되물어도, 여태 말해온 것처럼 그대로 말할 것이다. 눈폭풍 속 들개 하롱고 짖는 소리, 그리고 말 모는 소리가 이명처럼 다시 또 들려온다.

"츄츄-츄츄-."

2. 목요일 처음 핀 꽃

ПүрэвийнАнхцэцэг/푸렙앙흐체첵

「목요일 처음 핀 꽃」 관련지역

1. 옵스아이막 2. 주웅고비 3. 울란바타르, 톱아이막

2

목요일 처음 핀 꽃

ПγрэвийнАнхцэцэг
푸렙 앙흐체첵

내 이름은 '푸렙 앙흐체첵'이다. 아버지의 이름 푸렙(Пγрэв/목요일)은 성姓이며 앙흐체첵(Анхцэцэг/처음 핀 꽃)은 이름이다. '목요일 처음 핀 꽃'이라는 뜻을 가진 여자이름으로 아주 예쁜 이름이다. 그리고 부유한 유목민의 딸이다.

나는 몽골동쪽 옵스아이막 러시아국경 가까운 주웅고비에서 유년시절을 보내며 성장했다. 몽골의 수도 울란바타르에서 다녀오자면 몇 개의 아이막을 거쳐, 가고 오는데 거의 한 달이 넘게 걸린다. 때문에 한번 고향을 떠나면 평생 가지 못할 수도 있는 아주먼 곳이다.

내가 태어났을 때 몽골은 사회주의였다.

여덟 살 때 나는 삶이 무엇인지 존재이유가 무엇인지 모르는 나이었다. 부모 그늘 속에서 먹고 입을 것만 있으면 그것으로 족했다. 모든 사람이 잘살거나 못살거나 다 똑같이 사는 때였다.

나는 학교에서 공부를 잘하는 편은 아니었다. 그러나 나름대로 중상中上은 넘었다. 그 때 몽골에는 고급공직 자가정에 배급된 흑백 TV만 있을 뿐 컴퓨터나 핸드폰은 없었다. 몽골은 러시아와 가깝게 지냈다.

어릴 때부터 나는 외국어에 관심이 많았다. 러시아아이들과 러시아어로 편지를 주고받을 정도였다. 그리고 아빠와 우리 동리에 살던 러시아사람 집에 놀러 갔는데 러시아사람들의 삶이 색다른 것이 퍽 신기했다.

아버지는 학교 선생이었기 때문에 공부를 많이 시키는 편이었다. 어머니는 후흐딩체체륵(Хүүхдийн Цэцэрлэг/탁아소)에 나갔다.

그런데 아버지는 나라가 준 직장이 보장되어 있지만 사회주의 이전 가업이던 목축을 항상 꿈꾸어 왔고, 사회주의에는 불만이 컸다. 나는 왜, 아버지가 다 똑같이 잘사는 사회주의를 싫어하는지, 왜 유목민만을 꿈꾸는지 알 수 없었다.

어린 시절, 나는 남자아이들 하고 잘 놀았던 편이었다. 가장 가깝게 지냈던 남자친구는 뭉흐토야(МөнхТуяа/영원한 햇볕)다. 그의 아버지는 초원의 집단목축장 반장으로 유목민이어서, 토야는 학교기숙사에서 생활하며 공부했기 때문에 항상 혼자였다.

그런 토야는 언제나 나와 잘 어울렸다. 그러나 방학이 되면 나는 토야를 볼 수 없었다. 부모가 찾아와 초원목축지로 데려갔기 때문이다. 방학이 끝나고 돌아와야만 토야를 볼 수 있었다. 나는 언제나 그것이 퍽 아쉬웠다.

4학년 겨울방학이 되었을 때 부모의 허락을 받고 처음으로 토야와 함께 그의 부모를 따라 옵스에서 얼마 떨어진 초원목축지로 가게된 적이 있었다.

그 무렵 학교에서 바타(Бата/강함)는 투릉(Төөрөг/운명)을 좋아 하고, 보강촐로(БуганЧулуу/사슴 돌)는 엥흐타이방(ЭнхТаибан/평화정숙)을 짝사랑 하고, 하는 말들이 무성했다.

나는 토야를 따라 그의 부모목축지에서 방학을 지내고 올 정도로 토야를 무척 좋아했다.

혼자 학교생활을 하는 토야 역시 나를 많이 의지했다. 나는 옵스아이막 주웅고비 솜 소도시에 공직자에게 배급되는 러시아조립식아파트에서 생활했다.

  그런데 토야를 따라간 목축지 설원의 넓은 대지, 몽골
전통가옥인 게르의 침대에서 토야와 함께 잤고 그와 즐
거운 겨울방학을 보냈다. 유목민들이 겨울철에 즐기는
얼음놀이를 토야와 즐길 수도 있었다. 말을 타고 함께
설원을 달려도 보았다. 그 생활은 나에게 전혀 낯설지
않았다. 우리는 어렸지만 한 침대에 누워 자면서 서로
장래도 꿈꿨다.

  그때 나는 아버지는 남들에게 존경받는 선생님을 마다
하고, 왜 목축을 원하고 있는지 이해가 안 되었다. 어린
생각으로 이렇게 말을 타고 싶어서일까? 하는 생각도 했
지만 그건 전혀 이유가 안 되는 생각이었다. 여하튼 나
는 그 때를 기화로 방학이면 토야 부모의 목축지 초원에
서 토야와 방학을 보내며 함께 성장했다.

  8 학년이 되는 16세 때였다. 토야의 부모와 저녁식사
를 하면서 토야의 아버지가 처음으로 우리 집안사에 대
하여 전해주는 말을 듣고, 우리 아버지가 사회주의를 싫
어하는 이유와 왜 유목민이 되기를 꿈꾸는지 처음 알았
다. 토야의 아버지가 몽골의 실상을 말해주었기 때문이
다. 충격적인 집안의 내력을 소상하게 말해준 것이다.
내가 몰랐던 몽골의 사회주의는 나를 놀라게 만들었다

정착민 마을 / 체체를랙 (56 x 36cm   water color)

"앙흐체첵, 네가 이제 다 컸구나. 몽골이 사회주의가 되지 않았더라면, 아버지가 지금쯤 가장 많은 가축을 거느린 큰 부호가 되었을 게다."

"무슨 말씀이세요?"

"몽골은 수 천년 동안 목축으로 유목생활을 해왔다. 너희 선조 역시 대대로 목축을 해왔다, 덕망 높은 네 조부는 스무 명이나 되는 목동을 거느린 대부호였지, 목동들의 많은 가족까지 후하게 보살피며 먹여 살릴 정도였어. 그러니까 앙흐체첵, 넌 자랑스러운 몽골전통 유목민의 후손이다."

"그래요? 전 전혀 몰랐어요."

"넌 모르지, 1930년에 몽골이 사회주의가 되면서 사유재산 보유를 금지하는 법을 제정하고, 몽골전역 부유층의 가산과 모든 가축을 강제로 몰수하기 시작했다. 이뿐만이 아니라 국교가 불교인 사원의 재산도 남김없이 몰수했다. 재산을 숨기거나 내놓지 않으면 체포 감금했고, 인민혁명당은 중산층과 하층민까지 모든 재산을 몰수했다. 그때 너의 조부는 사회주의반대운동을 주동했다가 결국 반동분자로 몰려 소련 죽음의 군대에 의해 시베리아로 끌려가 본보기로 처형되고 말았어. 반대운동에 가담했던 스무명의 목동들은 물론, 다른 유목민들까지 초원에서 공개총살을 당한 이들이 정확히 5,191명에 이른다. 집단목축으로 남아도는 유목민과 몰수당한 초원 유목민들은 살길이 없자, 수도 울란바타르로 몰려들었다. 그 수는 십만명에 도달했고 공업화가 진행되고 도시사회 구조로 변화하면서, 몽골은 유목생활에서 거주정착 문화가 그때부터 뿌리를 내리기 시작했다."

"뭐라구요? 저는 전혀 모르고 있었어요. 우리나라에 그런 일이 있었나요?"

"너희 세대는 당연히 모르지, 아버지는 조부의 목축을 이어받지 못한 미련을 버리지 못하고 있을게다. 입을 막으려고 그 보상으로 직계 후손인 너희 아버지의 직장이 보장된 것은 정말 큰 다행이지만……."

"그럼, 인민들은 그냥 가만히 당하기만 했나요?"

"물론 아니지, 인민혁명당정책에 반대하는 소요사태가 크게 발생했다. 재산몰수, 가축집단화, 종교핍박, 사회계층 구분, 대량체포. 정치박해를 반대하는 민중소요는 아주 컸다. 이때 많은 사람이 목숨을 잃었다. 무종교사회 정책으로 2년 동안 3만 명의 사람들과 사원의 승려, 그리고 무당들까지 살해 되었고. 6천 여 개의 사원과 수백만 건의 불경과 문화재들을 불태워버렸다. 그러자 1932년 여름에 국민적인 소요가 크게 일어나, 비무장인민들이 금지 되어있는 우리민요 토올을 부르며 항거했다. 이에 맞서 정부는 탱크와 전투기까지 동원하여 무력으로 진압 했고, 내전형태로 확대되었다. 그 때 살기위해 3만 명이 넘는 사람들이 국경을 넘어 탈출하여 목숨을 부지했지 뭐냐. 그 난리 통에 뭉흐토야 두 삼촌이 죽었는지 살았는지, 아니면 국경을 넘어간 건지 지금도 행방을 모르고 있다. 이시기 몽골 성인남성 20%가량이 희생되었다. 1만 7천 명의 승려들이 사형에 처해졌지. 그런데 지도자 초이발상은 총56,938명이 체포만 되었다고 기록했다. 이때 몽골인구가 70만 명이었다. 이런 대량학살과 박해는 뒤에서 조종하는 소련의 주도적 역할이 있었던 거지."

"아버지께선 그런 말씀 단한마디도 해주지 않았어요."

"해줄 수가 없지. 사회주의를 가르쳐야 하는 선생인 걸……."

나는 아버지가 평소 어쩌다 초원으로 나가면 유목민들이 즐기는 톱쇼르를 연주하고, 특히, 사회주의체제에서 금지되어있는 토올을 부르는 모습을 자주 보았다. 그것은 유목민으로 회귀하고자하는 마음과 향수에서 비롯되었다는 것을 이해하게 되었다.

나는 집에 돌아와서도 토야의 아버지에게 들은 이야기를 말하지 않았다. 교사라는 신분 때문에 교육적으로도 사회주의를 미화하여야하는 그런 입장의 아버지의 내면을 혼자 가슴에 담아두고 아버지의 모든 생각을 존중하기로 마음먹었다. 그리고 과거와 같은 유목민이 되기를 꿈꾸는 아버지의 소원이 이루어지기를 바랐다. 아버지의 그 꿈은 1990년대로 접어든, 내가 17세가 되던 해 이루어졌다. 이때부터 동유럽국가들이 민주화와 자유화를 선택하기 시작했다. 공산주의국가들이 붕괴되기 시작한 것이다.

1989년 중국천안문사태가 발생했고, 소련사회주의가 붕괴되면서 소련위성국가였던 몽골에서 소련군이 급기야 철수했다. 그리고 1989년 12월 12일에 설립된 민주연합이 민주화운동을 주도하고, 대중적인 움직임으로 확산되었다. 이어 민주당, 사회민주당, 국민민주당 등이 창당되고, 사회체제 변화를 요구하며 수도인 울란바타르 수흐바타르 광장에서 단식투쟁을 벌였다. 그러자 1990년 3월 19일, 사회주의인민혁명당 정치상임위원회가 도망치듯 사퇴했다. 몽골에 대변혁의 소용돌이가 휘몰아쳤다. 때를 기다렸다는 듯 우리 몽골은 6월에 자유총선이 실시되고, 임시국회인 국가소회가 구성된다.

이렇게 몽골은 자유민주화 되어 개방사회시장경제 체제로 전환하여 완전한 자유국가로 변신했다.

이와 같이 소용돌이치는 나라의 큰 변화는, 아버지의 꿈이 실현되는 초석이 되었다. 왜 그러냐 하면, 1991년 5월 국민소회의는 공산주의식 네그델[32]을 철폐하고 가축사유화 결정을 내린 것이다. 이 때부터 93년까지 3년에 걸쳐 가축 사유재산화 결정에 따라 몰수했던 가축분배를 실시했다.

당시 2천 2백 만 두였던 가축수는 자유화이후 5천 만 두로 크게 증가했다. 사유화는 전체 가축에서 50%를 민영-사유화 하면서 아버지는 공산화 이전, 모범적 가축 사육으로 국가로부터 조부가 받은 여러 개의 훈장을 근거하고, 몰수재산기록부에 의해 가축재산의 60%를 후손의 자격으로 맨 먼저 돌려받은 것이다.

당초 조부가 몰수당했던 가축수가 워낙 많았기 때문에, 돌려받은 가축은 실로 엄청났다. 그러자 공식직업을 목자로 등록한 아버지는 모든 것을 팽개치고, 원하던 유목민이 되어 가축을 몰고 날듯이 초원으로 떠났다.

학교를 막 졸업한 나는 어머니와 함께 아버지의 목축에 편승해야 했다. 그러나 반면 그것은 유년기부터 성년기까지 항상 곁붙어 성장한 토야와의 뼈아픈 이별이 되

32)네그델/Нэгдэл : 통일, 단일화. 배급주의

었다. 그때 나는 이별이라는 것은 슬픈 것이며, 가슴을 쓰리게 한다는 것을 처음 알았다. 그것이 사랑이라는 것을⋯⋯, 나는 세상에 태어나 비로소 사랑이 무엇인지를 처음 느낀 것이다. 이제 많은 가축을 기르자면 풍성한 초지를 찾아 넓은 몽골대륙 광활한 초원으로 대이동을 거듭해야 했고. 토야는 토야대로 유목민아버지와 양떼를 몰고 몽골초원을 떠돌며 살고 있을 터였기 때문에, 그가 몽골 땅 어디에 있는지조차 알 길이 없었다.

　나는 아버지가 어릴 때부터 성년이 될 때까지, 방학을 토야 아버지의 목축지에서 토야와 함께 지내는 것을 반대하지 않은 이유도 알게 되었다. 이를테면 아버지는 장차 유목생활을 하는데 내가 그 생활을 익혀 두도록 함묵으로 일관해왔던 것이다. 어느 날 아침, 말에 올라 말떼를 몰아 강 건너 초원으로 방목하고 돌아오자 아버지는 말했다.
　"앙흐체첵, 말 모는 솜씨가 보통이 아니구나. 말 몰이가 가장 힘 드는데 저 많은 말떼를 혼자 강 건너까지 몰고 가는 솜씨가 사내 못지않구나. 유목민 딸답구나."
　하고 칭찬과 함께 만족해했다. 그러면서 다시 말했다.

몽골의 여인 1 (28 X 38cm water color)

　"네가 토야아버지 목축지에서 성년이 다되도록 매번
토야와 방학을 보내는 것을 그냥 놔둔 것이, 지금은 아
버지목축에 큰 도움이 되는 구나. 아버지가 그런 네 뜻
을 받아줬던 이유를 알겠느냐?"

　"……."

　"나는 몽골사회주의가 언젠가 이렇게 무너질 줄 예상
하고 있었다. 그리고 이런 날이 올 줄 알고 있었다. 몽골

경제기반을 다스리는 것은 초원에서 유목하는 목축에 있다. 몇 천 년 동안 집착해온 우리 몽골의 유목은 최상의 자유 안에서만 발전을 기약할 수 있는 것이다. 어떻게 집단화한 목축이 성공할 수 있겠느냐. 70년 간의 사회주의도 결코, 자유적인 몽골유목문화를 없애지 못했다. 사회주의 시절 네그델정책으로 가축이나 재산을 빼앗기고 살 길을 찾아 모두 울란바타르 수도로 몰려간 많은 목민들의 어려운 시련은 물론, 재산을 몰수당했던 사람들까지 지금 우리의 자급자족적인 목축이 아니면 당장 해결되지 않는게 국가의 현실이다."

이렇게 아버지는 처음으로 마음에 두었던 말을 하며, 자신의 부富를 뛰어넘어 몽골민족 전체를 생각하는 교육자 출신으로서의 사고를 보여줬다. 나는 아버지의 사고와 그릇이 크다는 것을 느꼈다.

아버지의 가축두수는 해가 넘어갈 수 록 늘어갔다. 가축이 새끼를 치는 봄이면 양이 먼저 새끼를 쳤고, 이어 망아지와 낙타, 야크까지 새끼를 쳤다. 봄이라지만 밤기온이 영하로 내려가기 때문에, 아버지는 새로운 게르를 세우고 난로에 불을 지폈다. 그곳에 새끼 양들을 넣어뒀으며, 아침이면 다시 꺼내어 어미 양을 찾아 젖을 먹이기에 온 가족이 항상 바빴다.

어머니는 종일 양젖을 짜서 샤르터스[33]를 만들었고. 말 젖 짜기에 바빴으며, 아이락[34]을 만들었다. 또 봄에는 온 가족이 며칠 동안이나 양털을 깎아 모아 인근 솜에 내다 팔았다.

갈수록 힘이 겨워지자 아버지가 말했다.

"목동을 구해야지 아무래도 안 되겠다. 네 엄마랑 네가 너무 힘들구나. 가축몰이도 힘이 드는데."

그런 다음 아버지는 말을 타고 인근 솜에서 일곱 명의 목동들을 솜에 등록하고 데려와 고용했다. 그 중 책임자로 지명된 목자와 또 한 목동은 가족도 있었다. 가족이 늘어남에 따라 여러 개의 게르를 더 세워야 했다.

그런 다음 아버지가 말했다.

"너희 조부는 스무 명의 목동을 고용할 정도로 가축이 많았는데, 이대로 가면 조부못지 않을 것 같다."

하며 만족해 했다.

아버지는 평소 가졌던 꿈과 소원을 이루고 있었다. 하지만 나는 토야가 견딜 수 없도록 그리웠다. 초원의 유목생활은 더더욱 토야를 그립게 만들었다.

그가 없는 초원의 삶은 외롭기 짝이 없었다. 토야의 그리움에 나는 초원을 떠나고만 싶었다.

---

33)샤르터스/Шартос : 버터
34)아이락/Айрар : 마유주(馬乳酎)

넓은 대지로 찾아 나서고 싶었다. 토야가 그리워지면 홀연한 구릉에 올라 바람무늬 진 드푸른 초원을 바라보며, 아버지가 그랬던 것처럼 톱쇼르를 연주하며 토올을 불렀다. 유목을 시작한 뒤 아버지는 톱쇼르 켜는 법과 토올을 내게 가르쳤다. 나의 토올소리는 슬프게 울렸다. 토올 소리는 토야를 부르는 소리였다. 짝을 찾는 늑대의 긴 울부짖음처럼, 토올 소리는 타미르 강줄기를 타고 멀리 흘러갔지만, 토야는 추억 속에만 존재될 뿐이었다.

가축을 몰고 대초원으로 이동하면서 멀리 보이는 유목민을 보면, 쏜살같이 말을 타고 달려가 행여 토야 가족이 아닌지 눈여겨 보기도 했다. 토야를 아는지 묻기도 했다. 그러나 토야를 말하는 유목민은 아무도 없었다.

내 나이 스무 살이 넘어서였다. 고용된 목동들이 여러 일을 하게 되자 여유가 생긴 나는 공부를 계속 하고 싶었다. 그렇게 마음먹은 결과 내가 몽골 국립 8번 대학에 입학하는 것을 아버지는 허락했다. 그것은 아버지가 고용한 목동들이 많았기 때문에 가능했다. 아버지는 어릴 적부터 나의 뜻을 한 번도 거절한 적이 없었다.

그리고 이렇게 말했다.

Монгол Богонуурний Гэр
2016. Ким Хонбуан

더르너드의 초원 / 헨티아이막 (56 x 36cm   water color)

"앙흐체첵, 겨울목축지는 울란바타르 가까운 톱 아이막 초원으로 정하겠다. 그래야만 겨울에는 너를 볼 수 있고 네 학비와 생활비도 마련해 줄게 아니냐."

아버지는 그 약속을 지켰다. 9월에 첫눈이 오고, 본격적으로 10월 추위가 닥칠 무렵이면, 가축 떼를 몰고 울란바타르에서 가까운 톱 아이막 초원으로 이동하여 자리를 잡았다. 그리고 며칠 동안이나 많은 양을 잡아 나랑토시장 고깃간에 내다 판 돈으로 학비와 기숙사비, 거기에 생활비까지 충분하게 주었다.

4학년 6월이 되어 졸업을 앞둔 방학이 되자 나는 결코 잊을 수 없는 토야의 졸업축하를 받고 싶었다. 토야를 단 하루도 잊은 적이 없었다. 그런 까닭에 한 달 동안의 방학을 토야를 찾는 일로 쓰기로 마음먹은 나는, 가고 오는데 한 달이 넘게 걸리는 고향 옵스아이막, 먼 길을 가기로 작정했다. 버스를 갈아타가며 몇개의 아이막을 거쳐야만 했다. 어떤 곳은 오후 4시에 출발하면 다음날 오전 9시에 다음 솜에 도착하는 곳도 있었다. 다른 승객들과 버스 안에서 자야 했고, 주행 중 기사가 머물러주는 솜의 식당에서 식사를 하며 버스는 다시 달렸다. 차창 밖 멀리 초원에 보이는 양떼 속에 말에 오른 토야와 내가 양떼를 모는 그림이 펼쳐보였다.

낭일翼日, 성년의 나이가 되었어도, 토야 아버지의 목축지에 가서도, 토야의 부모는 우리를 한 게르 한 침대에서 재웠다. 그것은 유목민의 전통이었다. 고대부터 이어오는 유목생활의 특성과, 칭기즈 칸 통일전쟁의 역사와, 사회주의로 급변하는 20세기 몽골역사 속에서 많은 성인 남성이 살해되었다.

그 결과 남성이 부족할 수밖에 없는 성비율의 부조화에서 오는 종족보존을 위한 방책으로 옛부터 전통이 되어 왔다는 것을 몽골역사학을 전공하면서 알게 되었다. 토야와 나는 한 게르 안에서 잠을 자게된 것을 처음부터 자연스럽게 받아들였다.

그 현실은 토야와의 일생이 자연스럽게 약속되는 지극히 당연하고 형이상학적인사고로 발전했다. 유년기부터 토야와 나는 오누이처럼 방학을 즐겼다. 학교생활을 하면서도 우리는 서로를 찾았고, 언제나 단둘이 지낼 수 있는 방학을 기다렸다.

고향 옵스아이막, 주웅고비에 도착한 것은 보름만이었다. 소도시 옵스는 사회주의시절과 달리 활기에 차있었다. 며칠을 머물면서 학교친구들을 찾았다.

겨우 하나 만난친구는 같은 반이었던 엥흐타이방이었다. 껴안고 양 볼을 맞추며 서로는 깜짝 반갑게 맞았다. 타이방은 몽골이 러시아킬릴문자를 받아들이기 이전에 사용하던 몽골비칙[35])과, 고어古語 연구에 빠져있었다.

나는 애달피 내 마음을 그에게 토로했다.

"타이방, 토야 소식 모르지? 아빠 따라 유목길을 떠난 뒤, 토야를 단한 번도 보지 못했어. 토야 아버지가 겨울을 보내는 목축지를 어디로 정했는지, 그것만 알아도 찾을 수 있을 텐데. 내가 미쳐 토야 아버지에게 그걸 묻지 못하고 떠났어. 토야가 보고 싶어 죽겠어. 혹시 토야 아버지가 고향인 여기 주웅고비초원으로 겨울목축지를 정해서 온다면, 네가 토야를 만나게 될지도 몰라. 그럼 내 말을 꼭 전해주렴. 아마 토야도 나를 찾을 거야."

"그래? 우리 몽골이 자유화가 되면서 유목민들이 분배받은 가축을 몰고 모두 초원으로 떠났는데, 주웅고비를 떠난 뒤 지금까지 누구한번도 여길 오지 않았어. 네가 처음이야. 이제 이 먼 곳에 올 일도 없겠지. 난 네가 토야와 함께 사는 줄 알고 있었어. 소문이 좀 났었잖니? 학교친구로 겨우 하나 자야가 여기 살고 있는데 자야를 만나보렴, 자야가 알지도 모르지."

"그래?"

---

35)몽골비칙/МонголБичиг : 내려 쓰는 몽골의 옛 문자

항가이의 봄 2 / 어워르항가이 (56 x 36cm   water color)

나는 다시 자야를 찾아갔다. 그가 말하기를,

"내가 오래전에 들은 바로는 토야가 열차기관사가 되었다더라."

하고 토야의 소식을 알려줬다.

그러고 보니 토야가 나와 같은 하늘, 울란바타르 수도에 들어와 있었다. 나는 다시 주웅고비를 떠나 울란바타르로 돌아왔다. 열차기관사라면 중국과 러시아를 오가는 몽골 중심노선으로, 열차의 통제와 모든 인력관리가 울란바타르 역에서 이루어지기 때문에 그를 찾는 일은 어렵지 않았다. 도착하기가 바쁘게 기차역으로 달려가 묻자 나이든 역장이 말했다.

"토야는 10일을 근무하고 몽골에서는 삼일을 쉬는데 보기가 어렵지. 마침 모레부터 쉬는 날이어서 내일 저녁 6시에 교대가 이루어지니까, 그 시간에 오려므나."

그러니까 토야는 몽골에서 쉬는 날을 제외하면 나머지는 중국이나 러시아역관사에서 숙박하는 것 같았다.

그날 밤 나는 잠을 이루지 못했다. 그리고 다음날 서둘러 역으로 향했다. 수흐바타르광장에서 미크로버스를 놓쳐 전차를 타고 가는 바람에 시간을 조금 지체하고 말았다. 전차는 역반대편에서 정차했다.

서둘러 길을 건너려는데 퇴근시간 때여서 열차에서 내

리고 타려는 인파와 도로에 붐비는 차량사이로 기관사 복장에 금테문양 차양모를 쓴 토야가 역 광장으로 나오는 모습이 보였다. 그가 눈에 띄자 나는 당장 뛸 듯이 기뻤다. 그가 붐비는 인파 속으로 일순간에 사라질 것만 같았다.

다급해진 나는 얼른,

"뭉흐 토야-."

한 손을 높이 들고 이렇게 큰 소리로 그를 부르다가,

'뭉흐……!'

하고 말문을 닫아야 했다. 두발이 더는 떨어지지 않았다. 갓난아기를 안고 토야에게 반갑게 안기는 다른 여인이 있었기 때문이다. 아기를 받아 안은 그가 기뻐하는 모습을 먼빛으로 마냥 바라볼 수밖에 없었다.

피빛처럼 붉게 물든 석양의 톨[36]강변을 거닐었다. 강바람이 불었다. 속울음에 입술이 떨렸다. 눌러쓴 호르강 말가이 차양에 붙은 양털 끝이 바람에 날려 눈을 가리면서, 뜨겁게 어린눈물에 젖었다.

---

33)톨강/Туул Мөрөний : 테렐지 방향에서 울란바타르를 거쳐 흐르는 강

3. 황금갑옷

АлтанХуюг/알탕호약

шинглээ, цомнол сайн бүрдээгүй, өгүүлэх эрхтнээрээ хүн авиа чимээ яа хөг,
ргэж эзэлсэн үесэ үүсчээ. Үг төрөлд исгрээ, хөөмий багтана.
Монголчууд исгэрээг «салхины уриа» хэмээн үздэг тул өвлийн улиралд ис-
рэхийг цээрлэдэг ёсон байв. Түүнчлэн ахуйн зарим ажил хөдөлмөрийн явцад,
хайлбал ноос савах, жин хийх үед, мөн гэр оронцоо исгэрэх цээртэй байжээ.
э бол байгалийг шүтэх үесэ улбаатайн хорпо илрэл юм. Амаараа хөг аял-
у гаргадаг исгэрээ нь монголд уруулын, шүдний, тагнайн хэмээн 3 хуваан-
ж, жинхэнэ язгуурын урлаг болон хөгжиж иржээ.

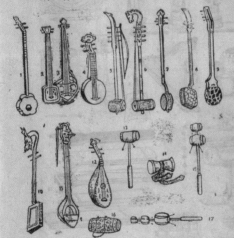

Зураг 45. Хөгжмийн ээмсэг: 1—4 Бивалиг, 5—6 Хийл, 7—8 Шударга, 9—
Ховис, 10—морин хуур, 11—Шанаган хуур, 12—Пийшаа, 13 — Аянгат хэнгэрэг,
4 — Загуу хэнгэрэг, 15 — Сажуур хэнгэрэг (замын), 16 — Араараа хэвтээ хэн-
эрэг, 17 — Аянгат сажуур хэнгэрэг

173

「황금갑옷」 관련지역

바이칼호수
러시아
흡수굴호수
항가이 산맥
3 ■울란바타르
2
알타이 산맥
1
중국

1. 알타이고비, 토트 2. 톱 아이막 3.울란바타르

3

황금갑옷

АлтанХуюг
알탕호약

"알탕호약! 세상은 만만하지 않다. 네가 그 길을 가는 것은 숙명이다. 이제 토올은 너에게 황금갑옷이 될 것이다."

*

기억나는 것으로, 아주 어린 갓난 시절 나는, 둥근 게르 침대에 누워있었다. 한정된 동작 외에는 더 이상 움직일 수 없었다. 그때 양 볼이 발갛게 물든 어머니가 다가와 하얀 잇빨로 미소를 짓고, 가슴 속에 담아놓았던 보름달처럼 커다란 유방을 꺼내어 젖꼭지를 내 입에 물리는 기억으로부터 내 어린 시절은 시작되었다.

어머니의 하얗고 풍만한 젖무덤은 나의 작고 작은 얼굴을 온통 뒤덮었다. 그 촉감은 정말 행복 그 자체였다. 그 젖무덤에서는 생명의 젖이 나와 나의 배를 불려주었다. 그가 나를 안고 밖으로 나갔을 때 나는 신비로운 세상을 처음 보았다.

투명한 차일이 펼쳐있는 것처럼 드넓은 대지 구름그림자 끝 자락에, 햇빛이 환하게 내려 비친 푸르디 푸른 초원빛깔은, 세상에 태어나 처음 보는 환상이었다. 그렇게 처음 본 세상에 눈에 띈 것은 초원의 흰빛 양떼였다. 하늘에 떠있는 흰 구름덩이는 어머니의 젖무덤처럼 부드럽고 커보였다.

보이지 않으면 한없이 불안하고 나에게 없어서는 안되는 어머니의 얼굴이 눈망울 속에 들어오면 나는 능력껏 몸짓을 보이며 반가워했다. 어머니는 자꾸 뭐라고 소리를 냈다.

"에쯔-에쯔."

(ээж ээж/엄마 엄마)

세상에 태어나 처음 듣게 된 소리는 에쯔다. 어머니가 서슴없이 젖꼭지를 입에 물리면 나는 한없는 행복에 젖었다. 나는 그를 에쯔라는 것으로 조금씩 인식하기 시작

했다. 두 번째 기억으로는 에쯔와 같은 하얀 미소로 자신의 가슴을 손으로 거푸 짚으며,

"아아브 — 아아브.

(aaв—aaв/아빠-아빠)

하는 소리다. 좀 더 자란 나는 앉아서 양팔을 흔들어도 넘어지지 않을 만큼 성장했다.

그 무렵 나는 '에' 라는 한 마디를 겨우 떼다가 너무 어려운 '쯔'는 더 자란 뒤에야 '에쯔'로 붙여 겨우 입에서 떼었다. 그러자 내가 인식하게 된 에쯔와 아아브가 환한 얼굴로 환호했다. 에쯔와 아아브라는 소리는 내가 이 세상에 태어나 맨 처음 익힌 말이다.

좀 더 자란 뒤 알았지만 에쯔는 어머니였고 아아브는 아버지였다. 세 번째 소리는 알탕호약(АлтанХуюг/황금갑옷)으로 평생 쓰게 되는 나의 이름이었다.

몽골의 어머니는 초원바다와 같은 넓은 마음이 있다. 유년시절 나는 언제나 어머니가 그리웠다. 그리고 나는 고비 알타이산맥 토트 솜 초원, 오랜 세월 바람이 조각한 부드러운 선으로 이루어진 바위산맥이 초원멀리 벨트처럼 이어져있고, 그 산맥이 시작되는 푸른 목초지 게르에서 가축들이 새끼를 치는 봄에 태어났다.

나의 존재가 생명을 얻어 태어난 게르가 세워졌던 작은

면적의 대지는 나에게 신성한 땅이다.

몽골의 말馬은 자기가 태어난 곳과, 처음 물을 먹은 곳
을 기억하며 언제라도 찾아간다. 하물며 인간인 내가 생
명을 얻은 신성한 땅을 외면할 수는 없다.

다섯 살이 되는 어느 날부터 아버지는 게르 앞 넓은 대
지에서 나를 말위에 올려놓고 말을 길들였다. 뛰는 말
위에서 나는 몇 번이고 떨어졌다. 그럴 때마다 흙투성이
가 되었다. 아버지는 단호하게 채근했다.

"알탕호약, 말을 타지 못하면 어른이 될 수 없다."

그 뒤 나는 곧 말을 타고 어린나이로 양떼를 몰아 초원
에 방목도 할 수 있게 되었다.

그 무렵 동생이 태어났다. 동생이 태어난 뒤로 어머니
는 나로부터 멀어지는 것만 같았다. 처음에는 그것이 얼
마나 섭섭했는지 모른다. 내게 쏟았던 모든 정을 동생에
게 빼앗기고 말았다.

그러나 동생이 생겼다는 기쁨은 어머니에 대한 섭섭한
마음을 상쇄시키고도 남았다. 얼마 안 되어 침대에 누워
잠이 들려고 할 때 아버지와 어머니가 도란도란 이야기

하는 소리가 들렸다.

"둘째가 태어 났는데 알탕호약은 토올학교를 보내는 게 좋겠어요."

어머니가 하는 말에 나는 토올이 무엇인지 궁금했다.

"그래. 목축은 막내가 상속받아야 하니까, 알탕호약은 토올학교를 보내기로 해. 총명한 알탕호약이 토올을 한다면 토올치로 이름을 날릴 거야."

—토올(Туул)은 본래 유목민들이 양을 치다가 부르는 노래이며, 토올치(Туулч)는 이를 전문으로 하는 사람을 일컫는다.

다양한 형태의 공명통과 머링호오르처럼 2현으로 이루어진 몽골전통현악기인 톱쇼르를 연주하며 부르는 노래를 토올이라 한다. 가사는 운문형으로 구전된 장편영웅서사시가 토올을 통해 구전으로 전해 온다.

노래를 직접 부르며 연주하며, 얼굴과 몸으로 표현한다. 마음으로 그 옛날 주인공들과 영웅들을 만나며 감정을 나눈다. 본래 무병장수와 토착신앙의 기원적 의미를 지니며 노래가 있는 마을로 알려지는 서몽골 알타이산맥의 깊은 곳 토트 에서는 가을에서 긴긴 겨울동안 토올을 즐겼다.

가을 첫 달이며 보름달이 뜨는 날 토올치들을 집에 모셨고, 몽골사람들은 토올을 들으면 마음이 편해지고 기분이 좋아진다는 신앙적 의미를 가지고 있기 때문에, 사회회주의인민공화국시절에는 이를 금지시켰다. 어느 집에서도 마음대로 토올을 할 수 없었다. 토올 자체를 배우기도 어려웠다.

6~70년대부터 토올을 다시 할 수 있었고, 목자들은 초원에서 가축을 몰다가 휴식을 취할 때 토올을 즐겼다.

바타르(1903-1946)와 그 아래 오루트나승(1927-2007), 그리고 아위드메트(1935-1999)는 몽골토올의 스승이라 할 수 있다. 그들은 여름에 가뭄이 들면 알타이고비의 만년설에서 토올을 하라고 일렀다.

토올치들은 사흘 밤낮을 7만 줄의 가사로 토올을 노래 했다. 토올은 지금 몽골의 한정된 지역 홉드아이막에만 존재하고 예술적으로 보면 한 사람이 모든 역할을 하는 완벽한 공연으로 유네스코무형유산으로 등록된 몽골인의 전통예술이다.

토올은 몽골에서 보존되고 있으며 홉드아이막 홉드극장과 울란바타르 전통극장에서 외국인을 위해 매일 공연한다.

이와 같이 몽골의 소리꾼들이 토올을 할 때 여려 현악기를 쓰는데 머링호오르는 기본이며 이외 여러 형태의 악기를 들 수 있다. 대략 2종의 비바릭, 2종의 힐 호오르, 2종의 쇼다르가와 허빅스, 샹아강호오르, 피파와, 버서어 등의 현악기와 소리를 내는 악기로 40여 가지의 악기를 들 수 있다.

(몽골 작은 백과사전 外- 옮긴이 주)

토올 연주 / 알타이 (56 x 36cm water color)

그 후 1월이 되자 어머니는 나를 말에 태워 서몽골 알
타이산맥 토트로 들어가 토올학교에 입학시켰다. 갑자
기 낯선 곳으로 오게 된 나는 어머니를 떨어지지 않으려
고 어머니의 옷깃을 휘어잡고 소매 끝으로 거듭거듭 눈
물을 훔치며 얼마나 울었는지 모른다. 어머니는 눈물을
닦아주며 달래었다.

　"알탕호약, 열심히 공부해서 몽골 제일의 토올치가 되
어라. 알았지? 방학이 되면 데리러 올게."

　여섯 살이 되는 1월부터 학교생활이 시작되었다. 그 때
부터 나는 기숙사생활을 해야만 했다. 초원에서 홀로 자
란 나는 새로운 아이들과 사귀었다. 학교생활은 재미도
있었다. 그래도 어머니는 항상 보고 싶었다. 그럴 때마다
나는 초원으로 나가 푸른 대지를 바라보며 어머니노래
를 불렀다.

　　어머니는 많은 가축들의 주인이시다.
　　무척이나 무척이나 생각이 난다.
　　이 세상 하나 밖에 없는 우리 어머니……

오전에는 몽골비칙 언문과 러시아킬릴자모, 그리고 다른 과목을 포함해 14세기 칭기즈 칸 역사공부를 했다. 오후에는 톱쇼르연주와 토올 소리를 배우며 구전하는 7만 줄의 길고 긴 운문형의 가사를 당시 바트저릭 스승의 입을 통해 외우는 데만 4년이 걸렸다.

거기에 밤이면 사회주의사상학습을 받아야 했다. 사상학습은 천편일률적인 강요와 같았다. 그 때 나는 왜 사회주의가 토올을 반대하는지 알 수없었다.

방학이 되면 우리가족은 토트초원으로 가축떼를 몰고 이동한 뒤 어머니가 찾아와 목축지로 나를 데려갔다. 방학이 되어야만 그리웠던 어머니를 볼 수 있었다. 동생도 볼 수 있었다. 동생은 막내로서 부모의 목축을 상속받아야했기 때문에 초원에서 살았다.

그런 까닭에 문맹인 동생은 그야말로 까막눈이었다. 방학이면 나는 동생에게 내가 배운 언문과 킬릴자모를 가르쳐 최소한 글을 읽도록 했다.

하지만 나는 어머니를 늘 볼 수 있는 동생이 부러웠다. 고등교 나이가 되어서는 주로 현악기인 톱쇼르[37]를 자유자재로 다루는 것이 중점이 되었다.

내 나이 18세가 되던 그해 여름, 초원에 유래 없는 무

---

37) 톱쇼르/Тув-шуур : 토올을 부를 때 연주하는 2현으로 된 현악기.

서운 여름가뭄 강[38])이 찾아들었다.

이상기온이 생겼을 때 이것을 만나면 대지의 풀이 마르고 가축들은 긴 겨울과 이듬해 봄을 날 수 없는 지경에 다다르고 폐사 하기에 이른다. 건조하고 고갈된 대지에 초원의 풀이 바싹 말라버렸다.

곳곳에 몸집이 큰 가축들이 쓰러지기 시작했다. 먹이를 본 독수리떼가 몰려들었다. 그것을 본 바트저릭 스승이 걱정스러운 표정으로 메마른 초원을 바라보며 말했다.

"우리 몽골토올의 가장 큰스승 바타르와 그 아래 오루트나승 스승께서도 가뭄이 들면 알타이산맥 만년설에서 토올을 하라고 일렀다. 만년설산으로 들어가 기우제를 지낼 것이다."

나는 그동안 배운 토올을 가지고 기우제를 지내면서 톱쇼르 연주는 물론, 어려운 토올소리를 소화해 냈고, 여러 학생들 중 가장 완벽하다는 칭찬을 받았다.

그 중 여자 아이로 토올을 잘 할 뿐 아니라 토올소리에 맞춰 전통춤을 곁들여 잘 추는 '완벽한 행복'이라는 이름을 가진 툭스자르갈이 있었다. 그녀와 나는 토올의 화음을 이루며 기우제를 지냈고, 집단목축지의 많은 목민

─────────────────
38) 강/Ган : 수십 년 만에 한 번씩 찾아오는 몽골의 무서운 가뭄

들이 몰려와 기원했다.

사흘 밤낮을 7만 줄의 가사로 톱쇼르를 연주하며 토올을 불러 텡게르(하늘)신에게 비가오기를 발원했다.

> 이렇게 위대하고
> 정상에는 하얀 만년설이 쌓인
> 알타이 산과 항가이 산들이여!
> 산 허리에는 옅은 안개를 두르고
> 온 세상을 내려다 본다.
> 남녀노소 모두 함께 축제를 벌려
> 어린아이들을 놀라게 하고
> 어르신들의 잠을 깨울 정도로
> 낮과 밤을 가리지 않고
> 사시사철 즐거움을 누렸다.

툭스자르갈과 내가 한 쌍의 토올치로 소문이 나기 시작한 것은 그 때 부터였다. 그것을 계기로 우리는 무척 가깝게 지내게 되었다.

읍내 가옥에서 살고 있는 툭스자르갈은 어린 시절부터 토올을 배우며 나와 함께 성장했다. 그녀는 기숙사에서 생활하는 내가 부족한 것들을 손수 마련해주기도 했다. 그러면서 우리는 자연스럽게 정이 들어갔다.

알타이의 토올치들 (56 x 36cm   water color)

토올치가 된 나는 무엇인가 신비한 힘이 도와주지 않으면 7만 줄 긴 가사의 더워하드부흐를 부를 수 없다고 생각했다. 토올 하나를 완벽하게 하려면 여덟 시간이 걸렸다. 한번 시작하면 보통 사 나흘 동안 토올을 불렀다.

하루저녁에 세 시간 정도를 쉬지 않고 불렀다. 지금까지 일 이만 줄에 달하는 긴 토올을 내가 어떻게 외우고 어떻게 전승받았는지 참으로 놀라운 일이었다. 정말 비밀스런 힘이 나에게 있는지도 몰랐다.

여름방학이 되어 찾아온 어머니에게 바트저릭 스승은 칭찬을 아끼지 않았다.

"알탕호약은 이제 완벽한 토올치가 되었어요. 여러 학생들이 토올을 배웠지만 완벽하게 전수 받은 건 총명한 알탕호약 뿐이지요. 여자로는 툭스자르갈로 토올을 연주하며 기우제를 같이 지냈는데 장관이었지요. 둘은 몽골 제일의 토올치로 부족함이 없지요."

스승의 칭찬에 기쁜 표정으로 어머니는 말했다.

"알탕호약! 세상은 만만하지 않다. 네가 그 길을 가는 것은 숙명이다. 이제 토올은 너에게 황금갑옷이 될 것이다."

내가 어머니를 마지막 본 것은 이때였다.

어머니 뿐 아니라, 이후 나의 가족은 평생다시 볼 수 없었다. 왜냐면, 당시는 사회주의체제 속에서도 손대지 않던 목축집단화정책이 갑자기 공포될 무렵으로 툭스자르갈과 나를 불러 놓고 바트저릭 스승은 만사를 체념한 의미심장한 표정으로 말했다.

"기우제를 지낸 것이 잘못된 것 같구나."

"무슨 말씀이세요?"

"지금 몽골은 사회주의인민공화국이다. 공산국가에서는 무종교사회를 만드는 이념을 가지고 있다. 그래서 샤먼들의 무속행위는 물론 불교도 금지하여 6천여 개의 사찰을 불태웠고, 승려와 샤먼들까지 사형에 처한 것이 이미 오래전 일이다. 토올은 본래 몽골전통이라는 명분으로 손대지 않다가, 무병장수와 토착신앙의 기원적 의미가 있다는 것을 빌미로 금지시킨 것이 불과 얼마 전 일이다. 한참 막바지공부를 하는 너희들에게는 말하지 않았다. 그런데 텡게르신에게 기우제를 올리고 토올을 했으니 주동자인 내가 무사할 리 없다. 만약 본보기로 나에게 무슨 일이 닥치면, 너희 둘 만큼은 몸을 숨겨서라도 우리 몽골의 전통인 토올을 꼭 보존해야 한다. 이제 우리 몽골 토올을 이어 갈 큰 줄기는 너희 둘 뿐이다."

바트저릭 스승의 그 말이 유언이 될 줄 나는 몰랐다.

그러더니 기우제가 끝난 얼마 후, 곧 바로 토올학교는 강제 폐쇄되었다.

그 대신 온통 사상학습장으로 변했다. 기숙사에 맡겨진 모든 유목민자녀들은 하루 종일 사상학습에 시달려야 했다. 하루하루가 불안한 날이었다.

그리고 학교폐쇄와 동시 보이지 않던 바트저릭 스승이 다른 몇몇 샤먼들과 초원에서 처형되었다는 소문이 나돌았다. 소문을 들은 툭스자르갈과 나는 불안에 떨었다.

공산당 코민테른 측이 결성한 백인회에서 정권을 잡은 뒤. 몽골은 1930년 코민테른지침에 따라 사유재산보유를 금지하고 부유층의 재산을 빠짐없이 몰수하기 시작했다. 이 후, 1959년부터는 목축집단화정책에 따라 유목민들의 모든 가축을 몰수하기 시작했다. 그러자 유목민들의 사회주의 반대운동이 일어났고 급기야 전국적인 소요사태로 확산되었다.

국가는 탱크와 전투기까지 동원하여 초원을 무력으로 진압했다. 주동자는 시베리아로 끌려갔으며 많은 유목민들이 목숨을 잃었다.

나는 우리가족들이 초원 어디에 있는지 알 수도 없었다. 나는 부모가 찾아와주기만을 기다렸다. 들리는 소문으로는 목숨을 부지하려고 많은 유목민들이 국경을 넘어간다는 흉흉한 소문이 나돌았다. 며칠을 기다렸지만 나의 부모는 오지 않았다.

사상학습을 마친 날 밤, 나의 옷깃을 잡고 기숙사후원 어두운 그늘로 조급히 끌고 간 툭스자르갈이, 주변을 살피면서 낮은 목소리로 조급히 말했다.

"알탕호약, 지금 당장 토트를 떠나야 해. 지난번 우리가 기우제를 지내면서 토올을 했잖아, 토올의 씨를 말리려고 곧 우리까지 잡아 죽인다는 소문을 부모님이 알려주셨어. 바트저릭 스승처럼 우리도 무사하지 못할거야, 토올치로 이름이 난 탓이야, 지금 네 의견이 중요해, 빨리 옷가지만 챙겨, 아버지가 곧 말을 가지고 이리 오실거야."

"그럼, 우리 도망치는 거야?"

"그래, 목숨은 부지해야지."

"아냐, 난 부모를 기다려야 해."

"그게 문제가 아냐. 더 깊은 알타이산맥으로 오늘밤 몸을 피해야만 해, 당장 내일 잡혀갈 수도 있어. 목숨만 부지하고 있으면 언제든지 부모는 만날 수 있어."

알타이 유목민 벌더 노인 (56 x 36cm   water color)

"알타이산맥 어디로 가지?"

"아버지가 알타이산맥 바위굴이 있는 곳을 알려 주셨어."

곧 두필의 말에 몇 가지 짐 보따리와 마른음식을 가득 담은 벅츠(안장가방)를 말 잔등에 걸치고 툭스자르갈의 부친이 기숙사후원으로 나타난 것은 자정 무렵이었다. 툭스자르갈의 부친이 말했다.

"일단 몸을 숨겨라. 몸을 숨길 곳은 툭스자르갈에게 말해 뒀다. 날이 새기전에 알타이산맥으로 들어가라. 기우제를 지냈던 곳에서 가까운 곳이다."

"알탕호약! 세상은 만만하지 않다. 네가 그 길을 가는 것은 숙명이다. 이제 토올은 너에게 황금갑옷이 될 것이다."

이렇게 이르던 어머니의 한마디 당부는 나에게 최후의 결심을 하게 만들었다. 힘을 주었다. 어머니의 그 당부를 되뇌이며 그녀와 나는 깊은 밤 초원을 달리고 또 달렸다. 나의 가족들이 어떻게 되었는지 알 수 없었다. 어둠 속 여러 곳의 목축지를 눈여겨보았다.

초원에는 의례 있을 법한 목축지는 모든 가축을 한 곳으로 몰수해갔기 때문에 곳곳에 빈 양우리 그림자만 달빛 속에 홀연히 남아있었다. 유목민들도 보이지 않는 텅 빈 초원일 뿐이었다. 밤이 새도록 검은 대지를 달렸다. 동이 틀 무렵이 되어서야 우리는 공산정권의 손이 미치지 않는 알타이산맥 깊은 곳, 협곡을 기어오른 우리는 바위굴 속으로 마침내 숨어들었다.

수 많은 승려들이 소련 죽음의 군대에 의해 사원 밖 구덩이에서 총살되어 매장된, 어워르항가이 하라호롬의 에르덴죠사원에서, 알탕호약의 부모는 모든 가축을 몰수당하고 항가이초원에서 살길을 잃고 몰려든 유목민들의 주동자가 되어, 대대적인 사회주의반대운동을 일으켰다. 몰수한 가축을 돌려달라고 총 궐기를 한 것이다.

몽골경제의 전반을 다스리던 유목민의 삶이 네그델정책으로 무너진 것이다. 에르덴죠사원의 유목민 궐기는 입에서 입으로 번졌다. 그러자 살길을 잃은 수많은 유목민들이 구름처럼 사원으로 모여들었다.

이것은 1932년 초기, 몽골인민혁명당의 정책에 반대하는 전국적 범위의 비무장인원들이 일으킨 소요사태 이후 두 번째 일어난 유목민들의 대 항거였다.

울란바타르로−, 울란바타르로−, 유목민들이 함성을 지르며 수도 울란바타르를 향해 말을 타고, 혹은 소련제 트럭을 빼앗아 올라타고 함성을 지르며 몰려갔다.

그러나 1924년 몽골인민공화국이 선포된 이후, 대규모 사회주의계몽운동 전개와 곳곳에 주둔한 소련군대의 무력지배 하에서 자리가 잡혀가는 공산주의정책에 유목민들의 뜻은 관철될 리 없었다.

알탕호약의 어머니는 말했다.

"알탕호약 스승이 총살을 당했다는데, 그 아이가 어찌 되었는지 이만저만 걱정이 되는 게 아니에요."

알탕호약 어머니의 잔뜩 걱정 꽃이 핀 얼굴을 본 아버지는,

"그 아이가 타고 올 말 한필을 몰고 내일 새벽 알타이 토트로 들어가 보구려. 여기보다 안전하거든 거기 있도록 놓아두고."

그 길로 알탕호약의 어머니는 새벽길 토트에 들어갔지만 이미 몸을 피한 아들을 만날 수 없었다. 이 이야기는 토트에 왔던 어머니가 툭스자르갈의 부모를 만났기 때문에 후일 전해들은 이야기다.

알타이산맥 8부 능선을 기어올라, 바위굴 속으로 몸을 숨긴 툭스자르갈과 나는 가축을 빼앗긴 유목민의 빈 게

르 하나를 동굴어귀에 세웠다.

토올 소리는 초원멀리 날아가기 때문에 목숨과도 같은 토올을 보존하기 위한 바위굴속은 제격의 장소였다.

구전으로만 내려오는 7만 줄의 긴 가사를 보존하려면 툭스자르갈과 나는 매일매일 토올을 노래하며 생활해야만 했다.

그리고 먼 후일 굴속에서 보물과도 같은 사내아이 하나를 낳았다. 아기의 이름은 '뭉흐울지(МөнхӨлзий/영원한 축복)'라고 지었다. 몇 마리의 양도 숨어 기를 수 있었다. 게르를 주면서 떠난 어느 유목민이 남기고 간 밀가루는 양고기와 함께 처음 유용한 식량이 되었다.

우리는 설산 아래로 내려가는 것을 금했다. 토올을 지킬 수 있는 수단은 알타이산맥 바위굴속에서 숨어사는 방법밖에는 없었다. 그리고 우리가 오랜 세월 견딜 수 있었던 것은 유일하게 알타이고비초원에 자리잡은 하나 뿐인 집단목축지에서 민주화를 꿈꾸는 서너 명의 목동들과 목축지 반장덕분이었다.

토올을 노래하던 어느 날, 굴 밖 인기척에 소스라치게 놀란 우리는 토올을 멈추고 몸을 사렸다. 검은 모습으로 나타나 안으로 들어온 것은, 산맥아래 집단목축장 반장과 또 한 사람의 목동이었다.

툭스자르갈과 나는 공포감에 떨었다. 만약 그들이 골수 공산당원이라면 이 운명도 끝이었다.

"누군가요?"

떨리는 목소리로 겨우 입을 떼었다.

"놀라지 말게, 나는 저 아래 집단목축장 반장이야. 걱정하지 않아도 되네."

그의 어투가 마음이 놓이자 알탕호약이 비켜서며 그를 바라보았다.

"어떻게 알고 오셨나요?"

"원-세상에, 어떻게 여기를 알고 숨어서 토올을 하고 있었단 말인가! 원, 아이까지 있구먼."

자초지종을 듣고 그가 다시 말했다.

"이렇게 숨어있으려면 연기를 피워서는 안 되네. 여러 번 연기가 눈에 띄고, 토올소리가 들릴 때가 있어서 오늘 올라와 본 건데, 세상에……, 어떻게 먹고 살았는가, 이제 먹을 걸 올려보내 주겠네. 토올을 지키는 당신들을 나도 함께 지켜주겠네."

"아-반장님, 감사합니다."

그 뒤부터 집단목축장 반장은 버터와 양고기, 식량을 목동에게 올려보냈다. 때로는 자신이 가지고 올라와 토올을 들으며 마음을 달래고 가기도 했다.

토올을 들으면 마음이 편안해 진다는 신앙적 의미가

있기 때문이다. 심지어 멀리 이동을 할 때는 다시 돌아올 때까지 먹을 마른음식을 몽땅 보내주었다. 그는 철저하게 우리를 보호해줬다. 돌아와서는 바깥소식도 가져와 전해 줬다.

우리가 토올을 지속할 수 있었던 것 또한, 그들의 보호와 눈에 띄지 않는 산맥의 절벽에 돌그림이 새겨져 있는 바위굴이 있었기 때문에 가능했다. 밤이면 우리는 바위굴속에서 버터에 심지를 세운 놋쇠 등잔으로 불을 밝히고, 몇날 며칠 토올을 노래하며 민주화를 기원했다. 토올을 가지고 민주화를 기원했다고 해서 꼭 그 뜻이 이루어진 것은 아닐 테지만, 어떻든 그러한 암울한 세월 속에 툭스자르갈과 나는 몽골샤머니즘적인 정신문화가 담겨있는 토올을 보존했다.

어느 날 밤, 집단목축장 반장이 희망적인 바깥소식을 전해줬다.

"알탕호약, 얼마전 중국에서 천안문사태가 일어나더니 몽골을 감시하던 바가노르, 아르항가이 체체를랙. 그리고 아이막 전역에 주둔해 있던 소련군들이 철수를 시작했다는 소식이네. 몽골정세가 심상치가 않아. 지금 우리 몽골에 큰 변화가 일어나고 있어."

"네? 소련군이 철수를? 아—이제 마음껏 가축을 기르고 토올을 노래할 수 있는 자유로운 날이 왔으면 좋겠어요."

"그렇다네, 이를 말인가? 당연히 그래야지. 이제 곧 자유몽골이 될 걸세."

이 때가 70년 동안 사회주의체제 속에서 20년을 숨어살아온 내 나이 40세가 되는 때였다. 몽골에 큰 변화의 물결이 넘쳤다. 이듬해 수도 울란바타르에서는 민주연합이 결성되었다.

대중적인 민주화운동이 시작되었다는 소식과 함께 수흐바타르 광장에서는 여러 당들이 힘을 합해 사회체재 변화를 요구하는 단식투쟁에 들어갔고, 정권을 잡았던 공산주의자들이 물러났다는 소식을 접했다. 그러더니 곧 자유총선과 자유몽골대통령으로 페오치르바트가 선출되었다는 소식을 전해 들은 나는, 비로소 숨어살던 알타이 산맥을 벗어나, 내가 태어난 신성한 땅으로 먼저 가기로 했다. 그곳은 토트 솜 가까운 초원이었다.

언제나 우리 부모님은 겨울목축지로 정했던 곳이어서 확실하지는 않지만, 행여 만날지도 모른다는 간절한 생각에서였다.

알타이의 봄 (56 x 36cm   water color)

이틀 동안 말을 몰고 아내 툭스자르갈과 다자란 아들 뭉흐울지를 데리고 비로소 토트초원으로 내려왔다.

바람에 쓸려 무늬 진 초원의 대지는 아무 흔적도 없었다. 다만 내가 태어난 게르가 세워졌던 자리는 바로 알 수 있었다. 아들에게 말했다.

"뭉흐울지, 이 땅은 아버지가 태어난 신성한 땅이다. 경배를 올려라. 너 또한 네가 태어난 알타이산맥 바위굴을 잊어서는 안 된다. 그 굴은 너에게 신성한 굴이다."

그러자 툭스자르갈이 먼저 그곳에 수태채를 뿌리며 경배했다. 나는 웃옷을 벗은 다음 신성한 땅에 알몸을 딩굴고 엎드려 입을 맞추며 경배했다. 그리고 토트 솜으로 들어가 아내의 부모를 만났다. 살아있었다. 모두 놀라며 반가워했다.

지난 세월에 곧 임종을 맞을 듯 노쇠해진 툭스자르갈의 아버지가 말했다.

"모친께서 왔었지만 토트를 떠난 뒤였네. 바트저릭 스승처럼 처형할 거라는 소문을 듣고 멀리 도망을 시켰다니까 안심하고 돌아갔지만……."

그는 말을 더는 이어가지 않고 된 침을 삼켰다.

"네, 그럼 그 뒤에 소식은 없었나요?"

"사회주의반대운동을 주동했다는 이유로 쫓기다가 처형당할 것이 두려워 카자흐스탄으로 도망을 치려다가 국경을 목전에 두고 여러 유목민들과 온 가족이 모두 잡혀 현장에서 총살되었다는 소식을 들었네."

청천벽력 같은 가족의 소식을 들었다. 행여나 하는 기대를 가졌지만 나는 할 말을 잊었다. 풀썩 그 자리에 주저앉았다. 충격적인 소식에 먹먹해진 가슴으로 가족을 이끌고 나는 울란바타르 수도로 들어갔다. 울란바타르는 민주화의 열풍으로 들끓는 용암바다가 되어있었다.

종교활동이 허용되고 불교는 물론 샤먼들의 무속행위까지 자유롭게 되자, 간등사원을 중심으로 샤먼들의 게르가 여기저기 세워졌다.

깃발도 나부꼈다. 이어 얼마 안 되어 정부는 사회주의에 잃어버렸던 소중한 것들을 찾기 시작했다. 먼저 유목민들에게는 몰수했던 가축을 되돌려줬다. 민속 문화 장려를 위한 정책도 폈다. 특히 유목민의 정신문화가 담겨있는 토올 장려정책이 특별하게 발표되었다.

그리고 정부는 곧바로 토올전수자를 찾기 시작했다. 토올의 맥을 이으려고 게르를 세운 것이 기화가 되고, 알타이산맥 동굴 속에서 토올을 지켜 온 사실이 집단목축장 반장과 목동들로부터 증명되자, 툭스자르갈과 나는 국가의 부름을 받았다. 그리고 토올을 지켜 온 그 공로를 인정받아 몽골 최고 문화훈장을 수여받았다.

또 유일하게 남아있는 토올전수자인 나는 물론, 아내 툭스자르갈의 목숨을 지켜 준 집단목축장 반장 또한 공로훈장을 받았다. 아울러 토트의 토올학교를 다시 운영하며 토올을 공연할 수 있는 수흐바타르구 전통극장책임자가 되었다. 이 모든 것은 토올학교를 손수 입학시켰던 어머니와, 토올을 지키도록 유언했던 바트저릭 스승이 아니었더라면 상상조차 할 수 없는 일이었다.

토올은 나의 이름과도 같은 황금갑옷(알탕호약)이었다. 하지만 나이가 들어도 그리운 것은 내가 이름 난 토올치가 되도록 길을 터 준 어머니였다.

그래서 나는 아니, 몽골사람들은 길일吉日이 되면 울란바타르에서 네 시간 거리의 툽 아이막 초원의 에쯔하드(Ээж Хад/어머니바위)를 찾는다. 어머니바위는 치마를 입은 여인의 모습으로 그곳에 가장 좋은 것으로 공물을 올리고 진심으로 자신의 소원을 간구하면, 어머니께서 소원하는 바를 반드시 성취시켜 준다는 신앙적 속신을 가지고 있다. 이곳을 찾는 대부분의 사람들은 신체가운데 아픈 부분을 바위에 문지르며 치병을 소망하기도 한다. 하루 한 차례 어머니바위로 가는 버스가 운행된다.

그러나 겨울이면 버스가 가지 못할 때가 많다. 사람들은 봄부터 공물을 준비하여 어머니바위를 찾기 시작하며, 1년에 한 차례 모두 세 번 찾는다.

어머니바위는 몽골인의 어머니다. 어머니의 가슴은 보름달 같은 것이다. 그 보름달 속에는 생명의 젖이 있다. 툭스자르갈과 나는 어머니바위에 공물을 올리고 톱쇼르를 연주하며 7만 줄 가사의 토올을 노래한다.

어머니의 말소리가 들린다.

*

"알탕호약! 세상은 만만하지 않다. 네가 그 길을 가는 것은 숙명이다. 이제 토올은 너에게 황금갑옷이 될 것이다."

4. 영원한 새끼돼지

МөнхТорой /뭉흐터러이

Ардын хувьсгалын анхны долоо бол монголын ард түмний эрх чөлөө тус гаар тогтнолын төлөө тэмцлийн түүхэнд бүтээсэн гавьяа, дурсагдах алдар бүхий хүмүүс юм.

АНХНЫ ХААН — Хүннү нар монголчуудын өвөг дээдэс юм. Хүннү цэрэг морьнд гарамгай. Морины давхиан дунд нум сум мэргэн харвадаг байсан тул тэр үеийн хятадын нум сумгүй, жад борохой, сүх барьсан явган цэргийг тус амархан ялдаг байжээ. Ийм учраас Хүннү гүрэн байгуулагдахаас өмнө хятадын Чжао улсын ван Улин мэө 325—299 оны үед «Хүннү нарыг ялахын тулд хятад хуучин зан заншлаа орхиж хүннүгийн хувцсыг өмсөж, нум сум харваж сурахыг тушааж байв» гэж хятадын түүхч Сыма Цянь «Түүхийн тэмдэглэл» зохиолынхоо Хүннүгийн тэмдэглэл бүлэгт өгүүлжээ (Зраг 32а).

Хүннү гүрэн бол монгол нутагт МЭӨ III—МЭ I зуунд оршиж байсан анхны төрт улс билээ. МЭӨ III зууны үед Хүннүгийн 24 аймгийн холбоо тогтнож байсныг Түмэн Шаньюй (хаан) нэгэн ханлиг төрд нэгтгэн Хүннү улсыг байгуулжээ. Хүннү гүрэн монголын уугуул нутаг Онон, Хэрлэн, Туул, Сэлэнгийн сав нутагт үүсэж, улмаар газар нутгаа тэлэн бусад монгол угсаатныг

120

「영원한 새끼돼지」 관련지역

바이칼호수
러시아

흡수굴호수

· 2

항가이 산맥 · 1

■울란바타르

알타이 산맥

중국

1. 아르항가이 체체를랙, 이흐타미르 2. 볼강아이막 에르데네뜨

4

영원한 새끼돼지

МөнхТорой
뭉흐터러이

바트빌랙(강한지혜/Батбилэг)은 아버지가 없다. 동생도 있었지만 지금은 어머니뿐인 이제 겨우 열두 살 된 소년으로 어린 목동이다. 둥근 얼굴에 양 볼이 붉고 갈색피부는 몽골인의 전형이다.

석양빛에 붉게 물든 초원에서 방목한 양떼를 우리에 몰아넣은 그가, 기둥에 말고삐를 묶는다. 그는 아버지와 동생을 잃게 되는 슬픔이 있었다. 그러나 같은 자연재해로 온 가족을 잃고 고아가된 뭉흐터러이(МөнхТорой/영원한 새끼돼지)의 슬픔과는 비교할 수 없었다. 옷자락먼지를 긴소매로 툭툭 털며 자그만 손갈퀴를 여린 손으로 쥐고, 낙타가슴에 엉킨 털을 쓸어주던 뭉흐터러이의 손을 붙잡고 게르 안으로 들어 간다. 전통의상 자주빛 델을 입고 허리에 두른 푸른색 부스와 새끼양의 가죽으로 만든 빨간 호르강말가이를 머리에 눌러쓴 뭉흐터러이의 모습은 참 귀엽다. 하지만 흑黑 그늘 진 얼굴빛은 늘 애잔하다.

푸른 두건의 당찬 바트빌랙의 어머니가 손바닥크기로 얇게 편 밀가루반죽에 다진 양고기를 감싸 기름 솥에 넣고, 지글지글 튀기고 있다. 냄새가 구수하다. 저녁식사로 호쇼르를 만들고 있다.

양羊 앞다리를 손잡이로 만든 말채찍을 게르 문 받침목 고리에 걸고, 바트빌릭은 난로 옆 의자에 뭉흐터러이가 앉도록 의자를 당겨주고 자신도 엉덩이를 붙인다.

납작하게 눌린 밀가루반죽덩어리를 주걱으로 뒤집고, 익숙한 솜씨로 다진 양고기를 감싸던 어머니가 바트빌릭에게 눈길을 던지며 말했다.

"네 이름은 강한 지혜라는 뜻이다. 강하고 지혜롭지 못하면 넌 거친 초원에서 살아갈 수 없다."

"······."

그렇게 말하는 어머니의 표정은 언제나 의미심장했다. 아버지와 동생을 잃은 뒤부터 들어온 말이다.

그가 더 어릴 적 바트벌드(БатБолд/ 강한강철)라는 이름을

가진 동생도 있었다. 아버지의 이름 바트를 성姓으로 같이 쓰는 형제였다,

　어느 아이막초원 목축지에서 아버지는 바트빌럭의 나이 세 살 적에 가축의 마른똥을 땔감으로 주워 담는 바구니를 땅에 엎어놓고 그곳에 앉혔다. 그리고 올가미 끈으로 고삐를 잡고 나무채찍을 치게 하며 말을 타고 싶은 호기심을 불러일으켰다.

　그 뒤 네 살이 되어서는 바트빌럭을 말에 태워 안장 끈으로 두 허벅지를 묶었다. 그것을 본 놀란 어머니가 쫓아나오며 말했다.

　"어떻게 어린자식에게 이렇게 가혹할 수가 있어요. 어쩌자고 어린 것을 말위에 올려놓고 두 다리까지 묶어놓는 거예요. 아이를 죽일 작정인가요?"

　하고 야단을 쳤다. 아버지는 아랑곳하지 않고 어린 바트빌럭에게 말했다.

　"자, 바트빌럭, 말갈기를 이렇게 왼손으로 쥐고 바른 손은 채찍을 쥐어라. 그리고 '츄츄, 츄츄.' 하면서 채찍으로 말 엉덩이를 내리쳐보아라."

　어린 바트빌럭이 머뭇거리자 아버지는 채찍으로 말 엉덩이를 사정없이 내리쳤다.

　그러자 말은 쏜살같이 튀듯이 달렸다. 얼마동안 달리던

말은 스스로 되돌아왔고, 허벅지가 묶여있는 어린 바트빌랙은 다급하게 말했다.

"어브닥흐, 어브닥흐."

(өвдөх өвдөх /아파, 아파)

마음을 졸이고 있던 어머니는 화급히 달려와 어린 그를 받아 내리며 아버지를 또 질책했다.

"어린 것을 벌써부터 경주마를 타게 할 작정인가요?"

그런 뒤 바트빌랙이 다섯 살이 되자 아버지는 말했다.

"이제 네가 탈 말한 마리를 길들여야 하겠다."

그러면서 방목하던 여러 말 중, 하얀 말 한 마리를 끌고 온 아버지는 튀는 말위에 바트빌릭을 태우고 며칠동안이나 힘든 로데오를 시켰다. 몇 번이나 말위에서 곤두박질로 떨어졌다.

하지만 결국 힘들게 로데오를 성공하고 말 한필이 그렇게 길들여졌다. 바트빌랙이 말을 몰고 주변을 한바퀴 돌고 오자, 아버지는 언제 준비해뒀는지 바트의 첫 자字, 바Б 모양이 새겨진 무쇠낙인烙印을 꺼내와 한참동안 난롯불에 달궜다. 그리고 그것이 벌겋게 달아오르자 묶어놓은 말 주둥이에 재갈을 물리고 엉덩이에 꾹 눌러 낙인을 찍었다.

낙인은 여름에는 찍지 않는다. 기후가 시원해지는 9월

보름부터 10월 보름사이에 찍는다. 낙인을 찍으면 멀리에서도 자신의 말을 구분할 수 있고 잃어버렸을 경우 쉽게 찾을 수 있는 단서도 되었다.

살 거죽에 연기가 나며 지글거렸다. 눌렀던 낙인을 들어내자 바Б 자字의 모양이 선명하게 새겨졌다. 그 낙인은 아빠의 말 엉덩이에도 있었다. 얼마나 뜨거웠는지 말이 몸부림을 치자 흙이 튀었다. 달구어진 낙인을 식히려고 물속에 담그면서 아버지는 말했다.

"이제 이 흰 말은 평생 네가 탈 말이다. 넌 이제 성인이 될 자격을 얻었다. 말 이름을 뭐라고 부를 거냐?"

"빌랙차강[39]."

"그래? 네 이름자를 넣어서 잘 지었다."

그렇게 성인이 될 자격을 얻은 날, 저녁을 먹으며 어머니는 아버지에게 말했다.

"목축상속은 작은아이 몫이니까 큰아이 앞길을 따로 터줘야지요. 말도 이제 탈 줄 아는데……."

"……."

아버지는 즉답을 피했다. 호쇼르 한 장을 거친 손으로

---

39) 빌랙차강/БилэгЦагаан : 지혜롭고 하얀

덥석 한입에 넣고 오물거리던 아버지는 식은 우유차 한 대접을 벌컥벌컥 마신 뒤 끄—윽, 신트림을 한 번 하고서 입을 열었다.

"학교는 보낼 것 없어. 솜으로 내보내 가르쳐봐야 먹고살기도 힘들 걸. 좀 더 자라서 장가를 들면 양 50마리 하고 다른 가축 나눠서 내보내면 되잖아."

"그럴망정 학교는 보내야지요."

"그럴 필요 없어. 목축만 한 게 어디 또 있는가?"

설득이 되지 않자 어머니는 아버지에게 지청구를 주었다.

"목축을 잘한다고 매년 훈장만 타다가 벽에 걸어놓고 보면 뭐해요. 지난번 상품으로 받아온 달라이라마경서 한 구절도 까막눈이어서 읽지도 못하면서……, 이제 민주화가 되어 세상이 바뀌는데 가르쳐 봐야지요."

어머니는 달라이라마의 어려운 경서를 읽고 해석할 정도로 유식했다. 그러나 문맹자인 아버지는 어머니의 지청구도 아랑곳없이 함묵으로 일관하며 뜻을 전혀 굽히지 않았다. 사회주의인민공화국이었던 몽골이 민주화가 되면서 2천 2백만 두頭였던 몽골의 가축 수는 얼마 되지 않아 4천만 두를 넘었다.

시장경제가 변하면서 몽골은 경제를 부흥시키는

항가이 산맥 1 / 어워르항가이 (56 x 36cm   water color)

목축 장려정책을 폈다. 매년 일정기간마다 목동들의 가축 수를 세어 현저하게 두수가 많아진 경우 훈장을 주고 목민들을 독려 했다. 목동으로 등록한 아버지는 분배받은 가축을 기초로 목축을 시작했고 많은 가축들이 새끼를 치는데 주력했다. 그렇게 가축을 불려나갔다.

하지만 아버지는 결국 어머니의 요구를 받아들였다. 그리고 바트빌랙이 여섯 살이 되는 이듬해 10월, 유목을 마친 아버지는 아르항가이 체체를랙 솜 근처초원으로 이동했다. 그리고 그곳에 게르를 세우고 겨울을 보낼 목축지로 자리잡은 뒤 12월이 되자 아버지는,

"비트빌랙, 내년 1월에는 체체를랙 초등학교에 입학시켜주마. 공부를 잘해야 한다."

하고 말했다.

다시 1월이 되자 아버지는 체체를랙 초등학교에 바트빌랙을 입학시켰다. 그곳은 울란바타르에서 가자면 버스로 열 아홉 시간이 걸리는 곳으로, 러시아건물양식으로 세워진 학교는 인민공화국시절 악명 높은 인민보안국이었지만 민주화 후에는 초등학교가 되었다.

그곳 아르항가이 아이막 체체를랙 솜은, 경사진 초원능선에 형성된 작은 군단위 솜이지만 아름답기 그지없었다.

완만한 구릉에 세워진 러시아식단층가옥들은 지형을 변형시키는 토목공사를 하지 않고 구릉곡선에 그대로 지어져 자연형태가 살아있기 때문이다.

해가 질 무렵이면 석양 태양빛살과 자외선이 비추는 가옥들의 균일한 하얀 벽, 파랗고 붉은 원색지붕 빛깔은 동화책 속에 그려진 그림처럼 조용하고 평화롭게 보였다. 솜의 진입도로 남서南西방향 도로건너 초원은 다듬을 것도 없이 몽골을 지배하던 소련전투기가 뜨고 내렸다는 활주로였다.

솜을 내려다보는 돌산머리에 세워진 어워는 초원바람에 오방색 하닥이 펄럭였고 체체를랙 정착민들의 발원터이기도 했다.

초원과 가족 곁을 처음으로 떠난 바트빌랙은 기숙사에서 생활했다. 겨울이 되면 부모님의 목축지에서 방학을 보냈다. 그러나 여름방학에는 아버지가 다른 아이막초원으로 가축을 몰고 멀리 이동했기 때문에 기숙사에 그대로 머물러야 했다.

한 해 유목을 마친 아버지는 겨울이 되면 학교 가까운

인근초원, 이흐타미르강변 가까운 곳에 겨울목축지로 자리를 잡고 바트빌랙의 말, 빌릭차강을 끌고 학교로 찾아왔다. 그리고 다음 학년 등록금과 기숙사비를 납부하고 초원목축지로 바트빌랙을 데려갔다.

방학이라고 해서 편하게 쉬거나 놀 수는 없었다. 첫 겨울방학이 되어 아버지의 목축지 이흐타미르강변 초원으로 갔을 때였다. 언제나 초원은 식수가 부족했다.

아버지는 며칠동안이나 바트빌랙이 옮길 수 있도록 적당한 크기로 얼음을 잘라 강가에 쌓아놓았다. 동생 바트벌드는 아직 어렸기 때문에 그는 혼자 얼음덩이를 광주리에 담아 낙타 등에 실어 종일 날라야 했다.

얼음 덩이는 말 등에 걸치는 안장가방처럼 낙타 등 양편으로 걸려 있는 광주리에 담아 낙타를 끌고 오면 되는 일이었다.

낙타는 워낙 키가 컸기 때문에,

"쏘흐, 쏘흐."

(Cyyx, Cyyx/앉아, 앉아)

하며 막대기로 머리를 가볍게 툭툭 때리며 고삐를 밑으로 당기면 낙타는 알아듣고 주저앉았다. 그러면 바닥에 닿은 낙타 등 양편 광주리에 얼음을 담아오면 되었다. 하지만 만만치 않았다.

그렇게 가져간 얼음은 그늘진 게르 뒤에 쌓아두고 필요할 때 하나씩 솥에 담아 난로에 녹여 식수로 썼다.

그날도 그는 자신의 백마白馬, 빌랙차강에 올라타고 낙타를 끌고 자작나무숲속에 흐르는 이흐타미르강으로 향했다. 설원의 강이랑 양편 멀리 올곧게 뻗어 오른 하얀 자작나무숲은 꿈에 보는 환상처럼 아름다웠다.

그 때 우연히 빨간 호르강말가이를 쓰고 밤색 말위에 오른 누군가가 천천히 강가로 가는 모습이 자작나무숲 사이로 보였다. 설원에 흰빛을 띤 자작나무사이로 보이는 호르강모자 빨간 빛깔이 선명하게 돋보였다.

가려진 나무를 스칠 때 목을 내밀고 시선을 그곳으로 집중시켰다. 의외로 그는 같은 반이던 평소 말이 없는 뭉흐터러이였다. 나는 몹씨 반가웠다. 아버지의 목축지보다 좀 더 멀리 보이는 여러 목축지 중 하나가 뭉흐터러이 부모의 목축지인 모양이었다.

바트빌랙은 그녀의 부모가 여자이름을 왜 하필 '영원한 새끼돼지(뭉흐터러이)'라고 짖고 옷의 앞섶까지 뒤로 가게 만들어 입혀줬는지 알 수 없었다.

왜냐면, 그가 입은 델의 앞섶이 뒤로 가게 입혀진 것과 이름을 가지고 학교에서 체체를랙 솜에 사는 아이들에게 놀림을 받고 있었기 때문이다.

어느 날, 놀림을 받은 뭉흐터러이가 기숙사후원에서 혼자 울고 있었다. 처음부터 관심을 가졌던 바트빌랙은 막상 그녀에게 다가갔지만 딱히 할 말이 없자, 어깨너머 옷섶 단추를 그냥 괜히 손 끝으로 한 번 만지는 것으로 위로의 뜻을 보인 적이 있었다.

뭉흐터러이는 젖은 눈망울로 자신의 상징처럼 늘 쓰고 다니는 호르강말가이 차양 끝으로 바트빌랙을 한번 치켜보고 성성 걸음으로 자리를 옮겼다. 줄곧 바트빌랙이 뒤따라가자 뭉흐터러이는 서너 명의 여자아이들과 함께 사용하는 기숙사방문을 열면서, 바트빌랙을 한 번 더 바라보고 문을 닫고 들어간 적이 있었다. 그러고 보니 뭉흐터러이의 부모 역시 뭉흐터러이를 학교에 보내면서 겨울목축지를 이곳에 정한 모양이었다.

'영원한 새끼돼지'라는 뜻을 가진 그 이름을 바트빌랙은 우습게 생각해 본 적이 없었다. 그냥 뭉흐터러이라는 발음만으로 생각했다.

이름 뜻이야 어떻든 그것은 문제될 바 없었다. 왜냐면

처음부터 뭉흐터러이를 좋아했기 때문이다. 솜 아이들과 유목민자녀들과는 항상 보이지 않는 거리가 있었다.

그래서 같은 입장에 놓여있는 바트빌랙은 뭉흐터러이 편에 서있었다.

그와 같은 깊은 속내를 알아주기를 바트빌랙은 늘 바라고 있었다. 그런 뭉흐터러이를 이흐타미르강가에서 마주치게 된 것이다. 바트빌랙은 숲 사이로 다가가 말을 걸고 싶었다. 흰 빛깔이 돋는 자작나무숲 멀리에서 누군가 자신을 바라보고 있는 것도 모르고, 말에서 내린 뭉흐터러이는 자신의 아버지가 잘라 쌓아놓은 얼음무지를 발로 툭툭 차보기도하며 얼음판을 지치는 시늉을 했다.

이곳은 단지 바트빌랙을 학교에 보낼 목적으로 아버지가 처음으로 겨울목축지로 정해서 왔기 때문에 낯선 곳이었다. 아마 뭉흐터러이도 처음 오는 곳이어서 구경삼아 강가에 나온 것 같았다.

낙타가 갑자기 부르르- 투레질을 했다. 그러자 뭉흐터러이가 그 소리를 듣고 먼빛으로 바라보았다. 그 때는 바트빌랙이 잘 보이는 곳에 있었으므로 그를 알아보았는지 뭉흐터러이는 의외라는 표정을 지었다.

МОНГОЛ ЭЛС
2013. КимХонбуан

홍고린사막 / 구르반사이항 (56 x 36cm   water color)

하지만 그 뿐, 그 이상의 관심은 보이지 않고 다시 되돌아가려는지 말안장고정대를 잡고 등자에 한발을 올렸다.

옷깃만 잡았던 지난번 보다 좀 더 마음을 전하고 싶은 바트빌랙은 얼른 말에서 내려와, 아버지가 잘라놓은 얼음덩이하나를 얼음판 위에 올려놓고 뭉흐터러이가 있는 곳으로 쭉- 밀었다.

매우 건조한 날씨여서 미세한 분말처럼 날리는 눈발을 헤치며 빠르게 밀려간 얼음덩이가 반대편 얼음무지에 소리를 내며 부딪쳤다.

그러자 뭉흐터러이는 놀라는 기색도 전혀 없이, 화 또한 내지 않고 말등자에 올렸던 발을 내리더니 저만치 밀려간 얼음덩이를 끌어다가 얼음판 중앙에 올려놓고 먼빛으로 바트빌랙을 바라보았다.

바트빌랙은 내심 놀랬다. 의외로 뭉흐터러이가 자신을 상대로 얼음놀이를 하자는 뜻을 내비쳤기 때문이다. 그것은 자신에 대한 호감을 가졌다는 것으로 여길 수 있기 때문에 무척 기뻤다. 신이 난 그는 바로 얼음덩이하나를 다시 밀어 뭉흐터러이가 놓아준 얼음덩이를 맞췄다.

그러면 1점을 먹는다. 하지만 안타깝게도 뭉흐터러이가 여린 팔로 밀어 보낸 것은 중간에서 멈춰버리는 것이 태반이었다. 그래서 바트빌랙이 좀 더 가깝게 얼음덩이를 놓아주었지만 뭉흐터러이가 밀어 보낸 것은 거반이 맞추지 못하고 비켜가 버렸다.

이 놀이는 서로 하나가 놓아주면 반대편에서 얼음덩이를 밀어 맞추는 놀이로 칭기즈 칸이 어릴 적 몽골동북쪽 러시아국경 다달 솜 오논강에서 절친한 친구였던 자무카와 우정을 다지며 즐겼던 놀이다.

또한 겨울이면 유목민들이 즐기는 놀이이기도 했다. 둘이 하기도 하지만 여러 사람들이 규칙을 정하고 편을 짜서 하기도 했다. 둘은 서로 놓아주는 얼음을 맞추는 것을 반복하다가 맞추게 되면 먼빛으로 웃어 보이기도 했다. 그리고 종래 가깝게 다가가게 되었다.

뭉흐터러이를 먼저 좋아하게 된 바트빌랙은 일순 얼굴이 붉어지는 느낌이 들자, 괜히 낙타고삐를 잡는 척 얼굴을 모로 돌렸다가 용기를 내어 얼른 바로 바라보며 물었다.

"너희목축지가 어디지?"

"저-기."

뭉흐터러이는 여린 손을 뻗어 멀리 보이는 한곳의 목축지를 가리켰다. 작은 창고게르 한 채와 살림게르 두 채가 보였다. 자작나무우리 안에 양떼도 보였다.

여러 마리의 말과 또 다른 우리에 낙타머리가 솟아보

였다. 양쪽 집 부모들이야 학교에 보내기 위해 가까운 이 곳을 겨울목축지로 정하고 자리를 잡았겠지만, 넓은 대 초원에서 뭉흐터러이 부모가 이웃에 있다는 것은 참으로 기쁜 일이 아닐 수 없었다.

왜냐 하면, 적어도 학교를 마치는 성년이 될 때까지 뭉 흐터러이를 언제나 볼 수 있는 충분한 보장이 되어있기 때문이다. 더구나 양쪽부모들이 각별하게 지내는 것도 못 내 좋았다.

바트빌랙은 뭉흐터러이를 보게 된 날부터 하루하루 생 활에 재미가 붙었다. 강가에서 얼음덩이를 낙타 등에 실 어 나르는 일도 힘들지 않았던 것은, 이흐타미르강가를 가면 뭉흐터러이를 만날 뿐 아니라 얼음놀이까지 함께 즐길 수 있기 때문이었다.

그 뒤, 개학이 되고 2학년이 되어 학교에 가게 되자 뭉 흐터러이는 바트빌랙을 퍽 의지했다. 곁을 떠나지 않고 항상 곁붙어 다니게 되자, 이름을 가지고 놀리는 아이들 도 더는 없었다.

4학년이 되고 열 한 살이 되는 해 겨울, 음력 11월 동짓 달부터 1백 년에 한번 올까말까 한다는 기나긴 몽골역사의 마지막 위기 같은, 강력하고 매서운 쪼드(Зуд)가 닥쳤다. 우리의 겨울에 삼한사온三寒四溫의 춥고 따뜻한 날이 있다면, 몽골의 긴 겨울은 평년기온으로 9·9 추위라는 것이 있다. 이것은 한겨울부터 시작하여 아흐레 단위로 아홉 번을 지나야 겨울이 간다는 것에 비유한 말이다. 9·9 추위는 동지冬至인 12월 22일부터 계산하여 여든 하루 동안의 기간을 이른다.

유목민들은 9·9 추위 기간 동안 첫 번 째 추위가 끝날 무렵 어린가축이 떨지 않게 옷을 입혀준다.

그리고 9·9를 계산한 두 번째 추위가 끝날 때면 양의 우리가 얼고, 세 번째 추위가 끝날 때는 세 살 된 송아지가 마른다. 네 번째 추위가 끝날 때는 네 살 된 소 꼬리가 얼어서 떨어지지만 다섯 번째 추위가 끝날 때는 놓아둔 곡물이 얼지 않으며, 여섯 번째 추위가 끝날 때는 가다가 초원에서 노숙을 해도 얼어 죽지 않는다.

일곱 번째 추위가 끝날 때는 언덕마루에 눈이 녹고, 여덟 번째 추위가 끝날 때는 따뜻한 태양빛이 느껴지며, 아홉 번째 추위가 끝날 때는 유목민들에게 행복이 찾아든다는 속설이 있다.

그런데, 그 해 몽골대륙을 여지없이 휩쓸기 시작한 매서운 한파 쪼드는 이와 같은 9·9 추위의 공식을 여지없이 깨트려 버렸다. 그 한파는 어린가축이 떨지 않게 옷을 입혀주는 첫 번째 9·9 추위가 시작되는 동짓달부터 6개월 된 송아지의 꼬리가 얼어 떨어지게 만들었다.

하얀 눈발이 삽시간에 대지를 뒤덮고 기온은 한없이 내려갔다. 쪼드가 아니어도, 겨울에 눈이 조금만 쌓여도 버스는 운행을 멈춘다. 몽골전역 쪼드의 여세는 어린송아지의 꼬리가 얼어 떨어지는 차원을 넘어 동사해버리는 일이 초원에 확산되기 시작했다.

그러더니 유목민들까지 죽음에 이르게 하는 국가재난적인 자연재해사태로 번졌다. 모든 학교는 임시휴교 되었고, 유목민자녀가 아닌 솜에 사는 아이들은 학교에 나오지 않았다. 기숙사의 유목민자녀들은 초원의 부모들에게도 보내지 않았다. 쪼드의 기세가 꺾일 때까지 기숙사에 머물도록 조치했다. 인민공화국시절부터 도시건물들은 러시아식중앙난방시설이 되어있기 때문에 학교는 그 혜택을 톡톡히 보고 있었다. 날이 새면 몽골전역초원의 가축들은 물론, 유목민들까지 사망자의 숫자가 늘어간다는 흉흉한 소문이 나돌았다.

추운 겨울을 대비해 유목민들은 허머얼(Хомоол/소똥)과 아르갈(Аргал/말똥)등 가축들의 마른분뇨를 비축해 두고 겨울추위에 대비하지만, 쉽게 타버리는 아르갈과 허머얼을 가지고 살인적인 쪼드에 결코 견딜 수 없었다.

난방용으로 마련한 유일한 자작나무장작은 더 구할 수도 없었다. 가축우리까지 뜯어내 난방을 해결하는 것도 한계가 있었다.

우리마저 땔감으로 사라졌고, 여러 곳에 곧추 선 채 그대로 동사한 가축들의 모습은 신神이 만들어놓은 극사실적으로 표현된 불멸의조각상 같았다.

세찬 모랫바람이 불면 생존본능으로 모두 둘러앉아 머리를 맞대고 사태를 비켜가던 양떼들은 그 모습 그대로 집단으로 냉동 폐사했다. 초원은 그렇게 살아남아야하는 약탈도 불가피할 지경으로 치달았다.

꽁꽁 얼어붙은 눈밭 속 마른풀도 뜯어먹을 수 없는 몸집 큰 굶주린 가축들도, 유목민들도, 쪼드를 견디지 못했다. 영하 60도 아래까지 한없이 내려가는 쪼드는 진원지도 알 수 없었다. 가축들의 주검은 초원에 부지기수였다. 초원은 그렇게 아수라장으로 변해갔다. 하지만 숲이나 산을 낀 유목민들의 생존율은 훨씬 높았다. 살인적인 한파 쪼드는 4월이 지나고서야 겨우 고개를 숙였다.

9·9 패턴이 지나고 봄이 돌아왔지만 쪼드는 몽골의 봄을 5월로 밀어냈고 6월이 되어서야 황폐한 대지에 초록이 번졌다.

항가이 산맥 2 / 어워르항가이 (56 x 36cm   water color)

몽골대륙 60%의 가축이 동사하는 대재난을 몰고온 쪼드가 물러가면서, 초원은 땅굴 속에서 겨울을 나던 늑대들의 먹이천지가 되었다. 하늘에는 질펀하게 널려진 먹이를 본 독수리 떼가 까맣게 몰려다녔다.

　향후 몇 년 동안 늑대와 독수리의 개체수가 급격히 늘어난 것도 이와 무관하지 않다. 사태를 수습해야 하는 일로 선생님들마저 초원으로 동원되었기 때문에 학교는 수업을 하지 않았다. 분위기도 어수선했다. 학교에 남은 기숙사 사감선생의 표정도 무거웠고 밝지 않았다.

　유목민자녀들은 위기를 모면한 부모들이 찾아와 데려갔다. 남은 아이들은 부모를 기다렸고 소식을 알 수 없는 뭉흐터러이와 바트빌랙 역시 부모가 찾아와주기만을 마냥 기다렸다. 어느 날 사감선생이 찾아와 무거운 표정으로 말했다.

　"바트빌랙!"

　"……?"

　"어머니께서……오셨다."

　어렵게 늘여 빼며 말하는 사감선생의 표정에 한 자락 그늘이 보였다.

"네?"

바트빌랙은 내심 반가웠다. 그러나 사감선생의 그늘은 바뀌지 않았다. 바트빌랙의 표정을 사감선생은 다시 살피며 말했다.

"바트빌랙, 이번 쪼드에 초원의 많은 가축들과 사람들이 죽었다는 말⋯⋯너도 들었지?"

"⋯⋯."

"어머니가 너를 데려가려고 오셨지만⋯⋯."

"네."

"놀라지 말고 들어."

"⋯⋯?"

이쯤 이르면서 곁에 서있는 뭉흐터러이의 옷깃을 당겨 안으며, 사감선생은 더욱 어두운 표정으로 둘의 표정을 번갈아 살폈다. 그리고 다시 말했다.

"아버지와 동생을 볼 수 없게 되었어."

"뭐라구요?"

"그래. 그렇게 되었어. 무슨 말인지⋯⋯알지?"

놀란 듯 두 눈을 동그랗게 뜬 바트빌랙은 말문이 막혔다. 고개를 푹 떨구었다. 그러더니 어깨를 들썩이며 소리를 죽이고 꺼이꺼이 울었다. 바트빌랙의 울음소리에 뭉흐터러이가 덩달아 긴 소매 끝으로 눈물을 훔친다. 사감 선생은 안고 있던 뭉흐터러이를 더욱 힘주어 껴안으며 또 말했다.

"뭉흐터러이?"

"……"

뭉흐터러이는 자신을 부르자 여린 가슴이 덜컥 내려앉는다. 눈물을 닦아주며 사감선생이 말했다.

"선생님이 하는 말…… 잘 들어. 알았지?"

"네—에."

무슨 잘못을 저지르고 크게 꾸중을 받아야하는 것처럼, 무슨 말이 사감선생의 입에서 또 튀어나올지 몰라 잔뜩 겁을 먹은 뭉흐터러이가 울먹이며 대답했다.

"뭉흐터러이는 이제……바트빌랙 어머니를 따라가면 돼."

그 말에 뭉흐터러이가 화들짝 놀라며 되물었다.

"왜요? 저희 엄마랑 아버지가 올 건데요?"

"아냐, 뭉흐터러이, 너도 부모를 볼 수 없게 되었어. 어떻게 하지?"

그러자 잔뜩 조바심이 난 뭉흐터러이가 사감선생의 품속을 빠져나와 소리를 지르며 양 어깨를 흔들며 항의하듯 말했다.

"그렇지 않아요. 전 엄마랑 아빠를 기다릴래요."

"아냐, 뭉흐터러이."

그러면서도 의심 반 체념 반으로 사감선생의 말뜻을 비

로소 알아차린 뭉흐터러이는 순간의 혼돈으로 갈피를 잡지 못했다. 그리고 탁자에 엎드려 한참동안을 엉엉 울었다. 마음이 여린 뭉흐터러이는 바트빌랙보다 더 크게 울었다. 그들을 안쓰럽게 바라보던 사감선생은 가슴이 아팠는지, 자신도 모르게 흐르는 눈물을 닦으며 한참동안이나 둘의 울음이 끝날 때까지 침묵으로 기다렸다.

울음소리가 잦아지자 사감선생은 훌쩍거리는 뭉흐터러이를 끄잡아 다시 안고 조용히 달래듯 말했다.

"뭉흐터러이!"

"네-에?"

"선생님 무릎에 앉아봐. 네가 바트빌랙 어머니를 따라가지 않으면……학교에서는 널, 언치럴(Өнчрөл/고아원)로 보내야 해."

"뭐라구요?"

"그래. 언치럴."

고아원으로 보낸다는 말에 긴 소매로 두 눈을 가리고 더 큰 울음을 터트렸다. 그러자 사감선생은 다시 달랬다.

"언치럴로 가는 것 보다 바트빌랙 어머니를 따라가는 게 좋지 않아? 그리고 너희 둘은 초원이웃으로 오누이처럼 지내고 있잖아. 기숙사생활도 같이하고……."

"……."

몽골의 여인 2 (28 X 38cm water color)

"엊그제 울면서 언치릴로 가는 여러 아이들 보았잖아! 너희 부모와 가깝게 지낸 바트빌랙 어머니가 바트빌랙이 널 좋아한다면서 함께 데려간댔어, 그렇게 할 거지?"

하고 다시 달랬다. 울음이 다소 잦아진 뭉흐터러이가 숨이 멎도록 치미는 설움을 참느라 연신 꿀떡였다. 그리고 양 소매로 눈물을 거듭거듭 훔치면서 체념한 듯 겨우 고개를 끄덕였다.

그러자 사감선생은,

"그렇게 할 거지?"

하고 다시 달랬다.

울음이 다소 잦아진 뭉흐터러이가 숨이 멎도록 치미는 설움을 참느라 연신 꿀떡였다. 그리고 양 소매로 눈물을 거듭거듭 훔치면서 체념한 듯 겨우 고개를 끄덕였다.

"자, 그럼 어머니가 기다리고 있는 교무실로 가자."

뭉흐흐터러이는 그렇게 고아가 되었다. 바트빌랙은 아버지와 동생을 잃었다. 어머니만 살아남았다. 그들은 4학년을 마지막으로 더 이상 학교를 다닐 수 없게 되었다. 그 바람에 부모를 잃은 뭉흐터러이는 바트빌랙의 어머니를 따라올 수 밖에 없었다. 또 당장 자신이 의지할 수 있는 것은 어린나이였지만 학교에서 늘 자신을 지켜주던 바트빌랙뿐이었다. 그렇게 바트빌랙의 어머니를 따라온 뭉흐터러이는 학교에서부터 의지해온 바트빌랙이 곁에 있기 때문에 부모를 잃은 슬픔이 그나마 조금은 격감激減 되었다. 그리고 바트빌랙의 어머니는 든든한 버팀목이 될 만큼 뭉흐터러이를 위로하고 보살펴주었다. 하지만 부모생각이 사막의 모랫바람처럼 밀려오면 연약하고 작은 가슴봉지로 견디기는 너무나 버거웠다. 기름 솥에 튀겨진 호쇼르를 접시에 올리며 바트빌랙의 어머니는 포크를 하나씩을 건네주었다. 그것을 잘게 잘라 찍어먹는데 어머니가 뭉흐터러이를 보며말했다.

"뭉흐터러이는 왜 부모가 그렇게 이름을 지어줬는지, 네가 입고 있는 델의 앞섶이 왜 뒤로 가게 만들어 입혀줬는지……, 모르지?"

"네."

"네 위로 오빠가 둘이나 있었다. 그런데 모두 다섯 살을 넘기지 못하고 죽게 되니까 너희 부모는 네가 태어나자 귀신이 잡아갈까봐 이름을 '영원한 새끼돼지(뭉흐터러이)'라고 짓고, 네가 입고 있는 델의 앞섶을 뒤로 가게 만들어 입혔단다. 그래서 귀신이 네가 사람이 아닌 줄 알고 잡아가지 못한 거야, 귀신의 눈을 속인거지. 그래서 모두 죽었지만 너만 살아남게 된 거야."

"네."

"너를 좋아하는 바트빌랙이 옆에 있고, 이 엄마가 있으니까 돌아가신 부모를 잊고 이제 같이 살자꾸나. 알았지?"

"네."

그리고 어머니는 바트빌랙에게,

"바트빌랙, 양몰이를 나갈 때는 뭉흐터러이를 혼자 놔두지 말고 꼭 다니고 다니거라. 알았지?"

하고 당부를 거듭 했다.

체체를랙 솜과 또 다른 솜에서 동원된 많은 사람들과, 살아남은 목민들은 죽은 가축들을 한곳에 모아 불태웠다. 동사한 사람들의 주검은 매장했다. 쓰러진 게르는 다시 세웠다. 초원은 새롭게 피어오르는 풀들과 함께 본래의 모양을 조금씩 찾아갔다. 아버지와 동생을 잃은 슬픔으로 심적 고통에 괴로워하던 어머니는 달라이라마경서의 다라니를 암송하며 스스로 마음을 달랬다.

아버지가 불려놓았던 많은 가축들도 거반 목숨을 잃었지만 남은 가축들은 목축의 기초가 되었다. 또 아버지가 낙인을 찍어준 바트빌랙의 백마白馬, 빌랙차강과 열한 마리의 말은 목숨을 부지했다. 겨우 일곱 마리 살아남은 낙타와 모든 가축은 목동으로 등록된 바트빌랙의 소유가 되었다. 이듬해 봄이 되자 여러 마리의 양이 새끼를 쳤다. 망아지도 서 너 마리나 늘었다.

동갑내기 뭉흐터러이는 그렇게 한 가족이 되었다. 그러나 갈색 톤의 초지가 푸르게 물들어 갈 무렵부터 부모를 잃고 어린가슴 먹울음으로 견디던 뭉흐터러이가 어느 때부터인가 시름시름 앓기 시작했다. 바트빌랙이 양떼를 몰고 나가면 의례히 따라다니던 뭉흐터러이는 종래 드러눕고 말았다. 그러자 어머니는 모아놓은 양털과 우유분말로 만든 씹으면 새큼한 맛이 나는 간식용 아롤(Алул) 두어 자루와 버터를 솜으로 내다판 돈으로 약을 지어먹였지만 소용없었다.

또 옛 부터 환자의 간호에 쓰는 암낙타의 젖으로 약을 만들어 먹여보기도 하고 보살폈지만, 지극한 간병에도 종국에는 물한 모금도 목으로 넘기지 못했다. 몇날 며칠을 침대에 누워 앓기만 하던 뭉흐터러이가 어느 날 밤 야윈 얼굴로 어머니에게 눈길을 던지며 힘없이 말했다.

"아빠와 엄마의 영혼이 밤이면 자꾸 내 몸 속으로 들어오려고 해요."

"무슨 말이냐."

평소 딸처럼 여기는 어머니는 놀람과 애석한 표정으로 뭉흐터러이의 여린 손목을 잡고 물었다.

"몸 속으로 들어오려고 하면 자꾸 구역질이 올라와요. 어두운 허공을 헤매고 있나 봐요."

"그래? 무슨 말인지 알겠다."

섬뜩한 말에 바트빌랙이 어머니를 바라보며 잔뜩 조바심을 가진 어투로 물었다.

"엄마, 무슨 말이야? 제정신이 아닌가봐. 저러다 죽겠어. 뭉흐터러이가 죽어서는 안 돼. 살려야 해. 엄마가 어떻게 좀 해줘."

"말도 통 없는 애가 처음으로 하는 말이 무슨 말인지 나는 알겠다."

"무슨 말이야?"

"강신降神이 되려는 거다."

"그게 뭔데?"

"신神이 내리는 거다."

"그러면 어떻게 되는 거지? 죽지는 않을까?"

"뭉흐터러이는 무병巫病을 앓고 있다. 무병은 죽지는 않는다. 저렇게 죽도록 시달리는 것이지."

죽지는 않는다는 말에 다소 마음이 놓였다.

어머니가 다시 설명했다.

"강신무는 보통 열두 살부터 스물 다섯 살에 무당이 된다. 세습무가 되든지, 그렇지 않든지, 무당이 될 사람은 뭉흐터러이처럼 무병을 앓는 것이다. 무병은 약도 없다. 지금 나이가 열세 살, 너와 동갑 아니냐. 지난겨울 부모들이 비명횡사를 하였는데 어찌 속마음인들 온전할 것이냐. 어린나이로 얼마나 부모가 보고 싶을까. 저 어린 것을 두고 이승에서 훗 세상으로 떠났는데, 죽은 부모인들 어찌 자식을 잊겠느냐. 구천에서도 자식 우는소리를 듣는 것이 부모다. 이렇게 아픈 것이 당연한 게지. 너는 무슨 말인지 모르겠지만 무병이 들면 오행육기五行六氣가 뒤틀어져서 약을 써도 소용없는 것이다. 네가 양몰이를 나가고 혼자 있으면 우리에 응크리고 앉아 꺽꺽 우는 것을 한두 번이 엄마가 달랜 게 아니다. 그래서 양몰이를 나갈 때는 꼭 데리고 가라고 일렀던 것도 다 그 때문이었다. 내가 하르허릉 에르텐죠사원으로 가서 스님을 찾아뵙고 오마. 무당을 하려고 일부러 황무당 길로 가는 사람도 있지만, 저절로 강신으로 오는 무당은 흑무당이다. 이대로 놔둘 수만은 없다. 저렇게 시달리게는 하지 말아야지."

"그래, 엄마가 어떻게 좀 해줘."

안색이 변한 애가 닳은 바트빌랙이 금새 눈물을 글썽이며 채근으로 또 묻는다.

"그럼 영혼들이 몸속으로 들어오려고 한다는 말은 무슨 말이지?"

"부모의 두 혼백이 몸속으로 응신해서 몸주신으로 아주 틀어 앉으려는 거야. 그러면 흑무당이 되는 거다."

"엄마, 그러면 무당이라도 불러서 굿이라도 해줘야지?"

"무슨 말이냐. 무당으로 만들자는 것이냐?"

"그렇게라도 뭉흐터러이를 살리고 싶어서 그래."

"쓸데없는 소리마라. 내가 스님을 만나보고 해결책을 찾아보마."

"고마워요. 엄마."

"장차 네 자식을 낳을 아이다. 이 엄마는 무당 손주를 보고 싶지 않다."

어머니는 단호했다. 그날 밤 어머니는 작은 불상을 모신 게르 중앙 불전 앞에서 향을 사르고, 자그만 법륜法輪[40]을 돌리면서 뭉흐터러이를 위해 달라이라마경서와 다라니를 암송했다. 그 다라니 소리는 날이 샐 때까지 들려왔다.

"옴, 마니 바드 메 훔. 옴, 마니 바드 메 훔."

　(Ум мани бад мэ хум. Ум мани бад мэ хум.)

　(유목민들은 게르 중앙 단상에 불상과 법륜, 그리고 조상의 사진을 모시고 경배하는 풍습이 있다-옮긴이 주)

다라니는 어머니의 신앙이었다. 여러 공물供物을 준비한 어머니는 해가 뜨기도 전에 말을 타고 에르덴죠사원을 향해 초원길을 재촉했다. 그 길은 실개천처럼 가늘고 하얀 길이었다. 그 날도 뭉흐터러이는 아무것도 목에 넘기지 못했다. 상심한 바트빌랙은 양떼를 방목하지도 않았다. 아무 의욕도 없었다. 갈수록 야위어 가는 뭉흐터러이의 곁을 잠시도 떠나지 못했다. 밀가루가 발라진 것처럼

---

40)법륜法輪 : 불교의 법전이 들어 있으며 손으로 돌리는 불교 성물

입술이 하얗게 마른 뭉흐터러이는 바트빌랙의 손을 꼭 쥐고 야윈 얼굴로 이슬을 보이며 두 눈만 껌벅였다.

생불로 추앙받는 잔바자르잔의 유품과 사리가 봉안된 에르덴죠사원의 성곽 같은 중앙돌문을 들어가면, 전성기 라마의 흔적이 여실히 드러나는 라마불교 사원건물들이 한눈에 들어온다. 몇 개의 건물 앞을 지나면 커다란 게르 법당이 눈에 띈다. 그곳에서는 언제나 여러 스님들의 다라니게송이 들린다.

에르덴죠사원은 몽골최초사원으로 1586년 지금의 어워르항가이 하르허룽(옛명 하라호롬)에 세워졌고, 108개의 소브륵(Суввара/사리탑)이 세워져 있는 400×400m 규모의 성채로 되어있다. 1792년 사원 성안에 62개의 절과 500개 이상의 건축물이 있었고 만 명 가량의 승려들이 안거했던 대가람이다. 중세기 몽골역사문화의 귀중한 유산으로 이 사원을 세움으로서 몽골에 불교포교와 불교발전의 문이 열리고, 동양문화와 과학의 중심지로 발전했다.

그러나 사원의 승려들이 어느 때 부터인가 도를 닦는 일은 뒷전에 두고 동네처녀들과 바람이 나는 일이 잦아졌다. 아무리 막아도 그치지 않자, 주변 지세를 살펴 본 한 선사가 앞 쪽 산의 지형이 여자의 음부모양을 하고 있는 걸 알고, 여성의 지기

地氣를 달래려고 남근석男根石을 그 앞쪽에 세워놓았다. 그 뒤부터 승려들의 부정한 행동이 그쳤고 불도에 매진하게 되었다. 남근석은 여러 색깔의 하닥(오방색 비단 천)으로 감겨있고, 금줄이 쳐져 보호되고 있다. 이것을 보려고 많은 사람들이 줄을 잇는다. 또 신시대에 들어 화강암으로 새롭게 조각된 우뚝 세워진 남근석이 그 가까운 곳에 존재한다.

바트빌랙의 어머니는 여러 개의 법륜을 한차례 돌리며 발원한 뒤, 게르 법당 안으로 들어섰다. 입구에 방장승려가 앉아 있다. 게르벽 중앙에 큰 불상이 모셔있고 커다랗고 둥근 게르 격자무늬 받침 벽 아래, 여러 스님들이 뱅 둘러앉아 찾아온 불자들이 원하는 소원성취다라니를 암송해주고 있다.

오체투지로 삼배를 올린 어머니는 방장승려에게 뭉흐터러이의 저간사정을 말했다.

일종의 접수다. 뭉흐터러이처럼 귀신이 들어 시달리는 모양인지 어떤 이의 앞에 앉은 스님은 항마진언降魔鎭言을 열심히 암송해주고 있다.

'옴 솜마니 솜마니 훔, 하리안나 하리안나 아나야 훔, 하리안나 바아라 훔, 훔 바탁.'

(Ум, суммани суммани хүм, хариана хариана аная хүм, хариана бала хүм батаг)

MOHГOЛ. OPXOHTOЙ
2016 KИМ ХОНІБ ЙОН

체체를랙의 산 어워 / 아르항가이 (56 x 36cm   water color)

어머니가 돌아온 것은 이틀 후 해가 기울고 저문 하늘에
일찍 뜬 거지별이 반짝거리기 시작하는 초저녁이었다.

게르 문을 열고 들어온 어머니가 허리에 감긴 부스를
풀어 침대에 걸어놓으며 말했다. 바트빌랙은 어머니의 입
이 떨어지기를 기다렸다.

"내일 바로 뭉흐터러이를 사원으로 데려갈 것이다. 하
루꼬박 걸리는 거리다. 방장큰스님과 상담을 했다. 얼마
나 더 걸릴지는 모르지만 가축을 잘 돌보고 있거라. 오래
걸리지는 않을 것이다."

"뭉흐터러이가 낫기만 한다면 언제까지라도 기다릴거
야, 엄마."

"쯧쯧, 오냐."

비록 어린가슴이지만 뭉흐터러이를 생각하는 아들을
보고 어머니는 혀를 찼다.

다음날, 말 잔등에 뭉흐터러이를 앞에 앉힌 어머니는 한
손으로 뭉흐터러이를 안고 실개천처럼 가늘고 하얀 초원
길로 다시 떠났다. 바트빌릭은 그들의 모습이 지평선멀리
사라질 때까지 서있었다. 야윈 얼굴로 처음으로 집을 떠
나는 뭉흐터러이가 못내 안쓰러웠다.

행여 다시 돌아오지 못할 것 같은 조바심에 바트빌랙은

만사가 손에 잡히지 않았다. 여린 가슴봉지에 가득 찬 뭉흐터러이가 없는 빈자리는 넓은 대지만큼이나 컸다. 가고 오는 데만 이틀이 걸리는 거리였다. 어머니와 뭉흐터러이가 돌아올 때까지 마른음식을 챙겨먹으며 홀로 가축을 돌봐야 했다.

대초원이 일시에 사라져 허방세계가 된 것 처럼, 공허에 견딜 수 없던 바트빌랙은 초원멀리 구릉위에 푸른 하닥이 펄럭이는 산 어워를 향해 말을 몰았다.

그리고 어머니가 만들어 놓은 깨끗한 차강터스[41])를 어워에 공물供物로 올리고 세 바퀴를 돌며 뭉흐터러이가 건강한 몸으로 돌아오기를 매일매일 텡게르[42])신에게 기원했다.

자외선 거두어진 석양이 되면 어머니가 떠난 실개천처럼 가늘고 하얀 그 초원길을 망연히 바라보는 것이 버릇이 되었다. 어머니와 뭉흐터러이가 그 길을 따라 돌아올 터였기 때문이다.

한 달이 될 무렵, 지평선멀리 어머니와 뭉흐터러이가 석양의 긴 그림자로 오는 모습이 눈에 띄자, 바트빌랙은 바람처럼 빠르게 말을 몰았다.

41) 차강터스/Цагантос : 하얀 버터
42) 텡게르/Тэнгэр : 하늘

다급히 달려온 속도에 말고삐를 당겼지만 바로서지 못했다. 흙이 튀었다. 어머니의 말 주변을 한바퀴 돌며 그들을 반긴다.

"에쯔, 에쯔. 뭉흐터러이."

바트빌랙은 앞으로 돌아와 말에서 내렸다. 어머니도 말에서 내려왔다. 아들이 보고 싶었던 어머니는,

"내 아들 바트빌랙, 혼자 어떻게 있었어?"

하며 바트빌랙을 안고 양 볼에 입술을 맞추며 어깨를 토닥거렸다. 뒤이어 말에서 내린 뭉흐터러이가 금세 젖은 눈으로 바트빌랙에게 얼른 달려 든다. 부둥켜안은 둘은 어쩔 줄 모르게 반가워 했다. 야위어 하얗기만 했던 뭉흐터러이의 얼굴에 핏기가 살아보였다.

"바트빌랙, 바트빌랙, 보고 싶어 혼났어."

"그래 그래, 뭉흐터러이, 이제 아프지 않을 거지?"

"응, 나 이제 아프지 않을 거야. 다 나았어. 이제 괜찮아."

뭉흐터러이가 돌아오기까지 바트빌랙은 어렸지만 그가 없는 초원의 삶을 생각도 해보았다. 그것은 추호도 용납되지 않는 일이었다. 둘의 모습을 물끄러미 바라보던 어머니가 입가에 미소를 짓고 말고삐를 잡고 게르를 향해 앞서 걸어갔다.

바트빌랙의 가축두수는 해를 넘길 때마다 불어갔다. 가축이 불어나자 소小이동에서 대大이동으로 항가이전역과 볼강아이막을 거쳐 아래로는 더르너고비까지 넓은 대지를 유목생활로 이어가는 동안 그들은 성년의 나이가 되었다.

바람한 점 없는 볼강아이막 에르데네뜨 초원, 무수한 별무리 속에 물처럼 은하가 흐른다. 밤하늘 은하가 그렇게 흐르고, 드넓은 대지의 밤은 시간을 멈췄다. 손에 잡힐 듯 북극성이 자작나무가장귀에 걸려있고, 밝은 달빛이 하얀 게르를 비추는 밤은 그렇게 고요하다. 어쩌다 말 한 마리가 부르르- 투레질소리를 내면, 덩달아 다른 말들의 투레질소리가 적막을 깬다.

곧 고요가 다시 흐르고, 가느다란 음율로 샹아강호오르[43] 연주소리가 달빛 속 은빛 실을 따라 대지 멀리 흐른다. 밤하늘 떼별빛이 작달비처럼 쏟아지는 구릉언덕에서, 뭉흐터러이가 샹아강호오르를 연주하고 바트빌랙은 몽골을 노래한다.

43) 샹아강 호오르/Шанаган Хуур : 2현으로 된 전통현악기 중 하나

저 산 위에는 텡게르 신을 모시고
파란 강물은 평범하게 흐르네
샹아강호오르로 몽골준마를 연주하며
몽골어로 영웅의 노래를 부르네.
수백 년 동안 갈라지지 않고 친구였던
넓은 얼굴 갈색피부의 몽골인
아침이슬의 흔적을 지워버린
잠깐 온 양치기가 노래 부르네

유목민으로 성장한 그들은 고요한 화엄달빛 속에 그렇게 행복도 누렸다. 그러나 어머니를 잃어야 했다.

생전 어머니는 그처럼 애지중지하던 달라이라마경서를 읽고 해석할 만큼 둘에게 공부를 시켰다. 칭기즈 칸의 영웅사도 가르쳤고, 뭉흐터러이에게는 샹아강호오르 연주하는 법을 가르쳤다.

생전에 어머니는 말했다.

'샹아강호오르소리는 단순한 음률이지만 초원을 질주하는 영웅들의 전설이 담겨있다. 그 소리를 통해 그 옛날 주인공들을 만나며 감정을 나누는 것이다.

또 우리 조상들과 만나 서로 감정을 나누는 것이다. 내가 아끼던 샹아강호오르를 뭉흐터러이에게 물려 주마.'

어머니는 많은 것들을 유산으로 남겼다.

물질이 아닌 지혜로운 정신이었다. 달라이라마경서를 읽고 깨우칠 만큼의 지식과, 샹아강호오르를 연주하며 조상들과 만나는 방법을 그렇게 가르쳐주었다. 뭉흐터러이는 어머니에게 물려받은 샹아강호오르를 무척 아꼈다.

뭉흐터러이가 기쁜 표정으로 말했다.
"바트빌랙, 나 아이 가진 것 같아."
"뭐라고? 정말?"
"으-흥!"
"어머니가 살아계셨더라면 얼마나 기뻐하셨을까. 이제 몸 간수를 잘해야 하니까 가축몰이는 하지마. 내가 다할 게."

둘의 기쁨은 더할 나위 없는 행복의 극치였다. 배가 불러오르자 버터를 만드느라 종일 우유를 젓는 힘든 일도, 말젖을 짜서 마유주를 만드는 일도 모두 바트빌랙이 도맡았다. 산달이 가까워 오자 걱정이 앞섰다.

산파를 불러오기에는 솜이 너무 멀었다. 또 자신이 없는 동안이 걱정되었다. 될수록 게르 가까운 초원에 가축을 방목했다.

монгол. орхонтол цэцэрлэг сум
2016 КимХаныщан

체체를랙의 할머니들 / 아르항가이 (56 x 36cm   water color)

그 무렵, 발더르(Балдор/마지막 벌꿀)라는 이름을 가진 말
한 필 때문에 바트빌릭은 오랫동안 애를 먹고 있었다. 그
말은 어머니가 생전 부리던 말이었다. 발더르는 어머니
가 돌아가시고 나자 주인 잃은 슬픔에 빠졌다.

몽골의 말은 사람으로부터 정을 느끼며 주인을 알아
본다. 뿐만 아니라 자기가 태어나 처음 물을 마신 곳을
기억하며, 그곳을 찾아가는 영특한 동물이다. 발더르 역
시 예외는 아니었다. 바트빌릭은 주인을 잃은 발더르를
말떼 무리 속에 합류시켰다.

이제 그에게 자유를 주고 싶었다. 그러나 발더르는 말
떼 무리에 적응하지 못했다. 매번 기존 말떼의 선봉마에
게 지적을 받는 것 같았다. 예를 들면 모든 말떼와 초원
으로 나갈 때 뒤처져 따라가거나, 말떼 속으로 들어가지
못하고 무리 멀리 맴돌았다. 그럴 때마다 바트빌랙은 발
더르를 끌어다가 무리 속으로 합류시켜야만 했다. 아니
면 올가를 들고 쫓아가 말목을 걸고 끌어와 무리 속에
넣는 일이 한 두 번이 아니었다.

발더르가 무리 속에 합류 하면 언제나 다른 말들이 밀
어내며 무시했다. 우두머리선봉마가 다가와 발더르에게

고개를 상·하로 흔들며 히힝거리며 나무라는 일도 하루이틀일이 아니었다. 일종의 말 세계에서 우두머리에게 죄 없이 꾸중을 받는 것 같았다.

종래 발더르는 견디다 못해 무리를 벗어난 먼곳에서 홀로 밤을 지새우기도 하고, 주인의 냄새가 배어 있는 이곳을 떠나지도 못했다. 멀리 눈에 띄는 곳에서 히힝거리며 자신의 존재를 알릴뿐이었다.

그녀의 산기가 시작되는 날이었다. 방목장에서 말떼들의 거친 소리가 들려왔다. 발더르를 중심에 두고 많은 말들이 공격하고 있었다. 발더르는 먼지를 일으키며 도망쳤고 서너 마리 말들이 뒤 쫓아가 뒷발로 공격했다. 사방에 흙이 튀었다. 먼지도 일었다. 견디다 못해 앞발을 하늘로 들어올리며 발더르는 히히-힝 비명을 질렀다. 더는 볼 수 없는 광경이었다.

말떼들의 비명소리를 들은 뭉흐터러이가 다급히 말했다.

"아이가 돌고 있어. 낳을 것 같아. 그런데 말들이 너무 시끄러워, 불안해, 아주 멀리 방목하고 와."

산파준비에 당황하고 있던 바트빌랙이 밖으로 나갔다. 그녀는 생전에 어머니가 일러준 아기를 스스로 해산하는 재래식방법을 일러주었기 때문에, 모든 준비를 마친 상태였다. 그리고 바트빌랙이 다시 돌아왔을 때는 이미 그녀가 게르천장 펠트에 부스 천을 묶은 끈을 잡고 땀을 흘리며 힘을 쓰고 있었다.

평소 입는 자줏빛 델을 펴 덮고 무릎을 들어올린 채 스스로 준비를 마친 것이다.

"바트빌랙, 토륵에 불을 지피고 물을 데워."

토륵에 불을 지펴 물도 데웠다. 비로소 오랜 산통 끝에 노란 액체의 양수가 비쳤다.

"뭉흐터러이, 무릎을 더 버티고 힘을 써 봐, 아기 머리가 보여."

힘을 줄 때마다 태아는 조금씩 밀려나왔다. 그럴 때마다 힘주는 소리는 더 컸다. 온몸이 양수로 칠갑된 태아가 나오면서 울음을 터뜨렸다. 고추였다. 아기울음소리가 대초원을 울렸다. 이때, 히히-힝 발더르와 다른 말 떼들의 거친 비명소리가 아주 가깝게 들렸다.

그 소리는 방목장이 아닌 바로 게르 밖에서 가깝게 들려온 것이다. 그러더니 발더르가 내지르는 비명과 산간 중인 게르와 맞붙은 창고 게르가 무너지는 소리가 들렸다. 게르 지붕이 심하게 흔들렸다. 놀란 그녀가 땀으로 김이 모락거리는 얼굴로 다급하게 말했다.

"게르가 무너지겠어, 하필 오늘따라 말들이 왜 저러

지? 빨리 나가 봐."

밖으로 나가자 창고 게르가 무너져 있었다. 말들의 공격에 발더르가 밀리면서 무너진 것이다. 바트빌랙은 말떼무리를 더 멀리 몰았다. 그리고 발더르를 풀었던 고삐를 다시 씌워 매두었다. 그렇게 발더르를 우리에 매어놓고서야 말들의 시끄러움은 잦아들었다.

하지만 한참 만에 다시 돌아온 바트빌랙은 소스라쳤다. 피칠갑이 된 태아는 자르지도 못한 탯줄에 목이 감겨 싸늘하게 죽어있었다. 그녀 역시 과다출혈에 정신을 잃고 있었다.

"뭉흐터러이-, 뭉흐터러이-."

처절한 모습에 충격을 받은 바트빌랙이 뭉흐터러이를 끌어안고 소리쳤지만 그녀는 깨어나지 못했다. 종래 숨을 거두고 말았다. 뭉흐터러이는 심한 출혈 끝에 태반이 자궁내벽에 피와 엉겨붙어 목숨을 잃고만 것이다.

졸지에 넋이 나간 바트빌랙이 짐승처럼 포효를 내질렀다. 멀리 말 한 마리가 투레질소리를 내자 다른 말들이 일제히 투레질소리를 내는 소요가 한바탕 일었다.

"뭉흐터러이- "

울부짖는 바트빌랙의 절규가 슬픈 가락으로 초원멀리 흘렀다.

대초원 장천멀리 검은 연기 한자락이 올곧게 피어오른다. 검은 연기를 본 어느 목축지 유목민이 중얼거렸다.

"사람이 죽은 모양이구나."

그는 양떼를 다급히 우리 안에 몰아넣고 자신의 말떼를 몰고 그곳으로 달렸다. 또 다른 곳에서 검은 연기를 본 유목민이 말떼를 몰고 구릉을 넘고 초원을 달려 검은 연기가 피어오르는 바트빌릭의 목축지로 달려왔다. 도움이 필요했던 바트빌랙은 검은 연기를 피워 다른 유목민들에게 도움을 청했던 것이다.

망자가 남자라면 오른쪽 어깨에 검은 천을 묶지만 여자이기 때문에 바트빌랙은 물론 다른 유목민들의 왼쪽 어깨에는 검은 천이 매달려 있다. 게르 지붕에는 검은 깃발이 펄럭였다. 선두 말머리에도 검은 천이 펄럭였다. 땅을 파헤친 목민들이 그녀의 시신과 핏덩이를 흰 천으로 감싸 파헤친 땅에 눕혔다.

그리고 뭉흐터러이가 아끼던 물건들과, 그녀가 어릴 적부터 즐겨 썼던 빨간 호르강말가이는 물론, 샹아강호오르를 부장품으로 매장하고 흙을 덮었다. 곧 바로 자신의 백마, 빌랙차강에 올라탄 바트빌랙을 선봉으로 유목민들의 말떼가 매장 터를 중심으로 넓은 원을 그리며 세차게 질주했다.

말발굽소리가 호막浩漠한 대지를 천둥소리로 뒤 흔들었다. 흙이 뒤집히고 흙먼지가 하늘을 가렸다. 매장이 끝나자 자신들의 말떼를 몰고 유목민들이 돌아간 뒤, 뒤집힌 대지의 무덤터는 그 흔적을 알 수 없었다.

바트빌랙이 꿈을 꾼다. 꿈 속의 그는 어린 시절로 돌아가 있다. 어린나이로 부모를 잃고 찬란한 휘장을 두른 황마幌馬 위에 강신降神에 시달리던 뭉흐터러이를 올려 태운 어머니가, 실개천처럼 가늘고 하얀 초원흙길로 그녀를 데려가는 현연泫然한 모습이 시야에 들어온다. 석양빛살에 황마의 긴 말 그림자가 발 끝에 닿는다.

"에쯔-, 에쯔-."

어머니와 그녀를 부른다.

"뭉흐터러이-, 뭉흐터러이-."

애달피 부르며 손을 뻗지만 펄럭이는 어머니의 옷자락이 결코 잡히지 않는다. 아버지가 낙인을 찍어준 백마, 빌랙차강에 올라타고 질주하지만, 어머니의 말 그림자 위에서만 달려질 뿐이다.

"에쯔-, 에쯔-."

"……."

"뭉흐터러이-, 뭉흐터러이-."

가까스로 손끝에 옷자락이 닿는 순간, 현연했던 모습은 찰나에 사라졌다. 어머니의 뒷모습에 가려졌던 환등幻燈 같은 붉은 태양이 쏘는 화살 빛에 일순 눈이 부셨다. 세상은 한순간에 캄캄해졌다.

샹아강호오르 소리가 대지에 흐르고, 바뀐 장면 속에 빨간 호르강말가이를 눌러쓴 뭉흐터러이가 셀로판지에 그려진 그림처럼 투명하게 보이더니, 서편하늘 낙조에 타버린 듯 한손에는 샹아강호오르, 또 한손에는 핏덩이를 안고 홋세상으로 연기처럼 사라졌다. 어머니의 말소리만 귓전을 울렸다.

*

"바트빌랙! 네 이름은 강한 지혜라는 뜻이다. 강하고 지혜롭지 못하면 너는 거친 초원에서 살아갈 수 없다."

5. 흑화黑花

Хар Цэцэг /하르체첵

соёрхов» гэжээ. Харин төвд сурвалж бичигт, Ю. Н. Рерихийн өгүүлснээр III Далай лам Содиомжамц 1577 онд нутгаасаа гарч замдаа Алтан хааны гурван удаагийн угтуул элч нартай уулзаж аялан явсаар Түмэдийн нийслэл Хөх хотод ирж хойтон жил нь Алтан хаантай уулзжээ. Абтай хаан нь Содномжамцтай Түмэдэд дахин ирэх үед 1587 онд очиж уулзсан байна.

Абтай, дайчин баатар, эрэлхэг зоригтой эр байсан тул түүнийг хуучны цагийн монгол түүхчид улам алдаршуулах зорилгоор «хомхой хуруундаа хар нөж атгаи төрсөн» «Ар Халхын Абтай галзуу ноён» гэх зэргээр магтан «Очир ваанийн хувилгаан», «Түшээт сайн хаан» гэх зэргээр цоллосон байдаг.

АВАРГА — Ардын хувьсгалын ялалтыи ойд зориулсан Улсын их баяр наадмын өдөр нийслэл Улаанбаатар хотын төв цэнгэлдэх хүрээлэн наадам-

10

「흑화」 관련지역

바이칼호수
러시아

흡수굴호수

항가이 산맥 · 1

■ 울란바타르

알타이 산맥

· 2

중국

1. 아르항가이, 얼더르올랑 2. 돈드고비아이막 – 만달고비, 얼지뜨, 어쉬망항

5

흑화黑花

Хар Цэцэг
하르 체첵

"잔당후, 만달고비 어쉬망항사원寺院을 다녀오너라. 네 오빠가 살아있을지 모른다."

양떼를 방목하고 돌아온 아버지가 말했다. 그 곳을 가자면 항가이를 벗어나 몽골남쪽 돈드고비아이막 만달고비까지 쉬지 않고 말을 몰고 달려도, 몇날 며칠이 걸릴지 모르는 장도長道였다.

*

오랜 세월, 태양과 바람에 조각된 부드러운 잿빛 바위 산맥을 배경으로 펼쳐진 대지를 휩쓴 흔적은, 바람이 남기고 간 발자국이다. 시야의 각도 안으로 들어오지 않는 드넓고 아름다운 흑화黑花의 땅, 이곳 아르항가이 엉더르 올랑초원에서 오빠와 나는 태어났다.

멀리 내려다보이는 배불리 먹고 꿈틀거리는 거대한 아나콘다 한 마리는 이흐타미르 강줄기다. 흰빛 자작나무숲 저 편에 무리에서 뒤처진 사슴과에 속하는 야생몽골가젤 한 마리가 몸부림을 치더니 잠깐 만에 새끼를 쳤다.

기우뚱거리며 일어선 새끼를 핥아주며 무리쪽으로 향하는 자연의 생명력을 바라보며 길을 떠난 나는, 오빠의 말 한필을 끌고 돈드고비를 향해 말을 몰았다.

오빠와 헤어진 것은 내가 일곱 살 되는 해였다. 수많은 가축을 소유한 우리가족은 부유했다. 풀이 풍성한 초원 영지營地를 찾아 돈드고비아이막 만달고비 얼지뜨까지 내려와, 목축지를 정한 조부와 아버지는 그곳에 게르를 세우고 가축을 방목했다. 어디를 가나 어머니는 종일 양젖 짜기에 바빴다.

어느 날, 아이막소재지 만달 솜에서 붉은 완장을 팔에 두른 사람들이 소련제 트럭을 몰고 나타나 조부와 우리 부모를 데려갔다. 그리고 닷새가 지나서야 조부와 어머니는 보이지 않고 아버지만 붉은 완장 사람들이 다시 데려왔다.

말을 타고 몰려온 그들은 우리의 가축떼를 모조리 몰고 날강도처럼 사라져버렸다. 그들이 떠나자 텅 빈 게르에서 아버지는 대성통곡했다. 덩달아 울음을 터트리자 오빠는 나를 안고 달래었다.

 이 모든 것은 내가 더 자란 후에 알게된 일로, 코민테른 지침을 세운 공산정권은 맨 먼저 부자들의 재산을 몰수했다. 하지만 공산화 이후 오랫동안 유목의 특성상 목축만큼은 손대지 않다가 갑작스럽게 목축집단화라는 정책을 발효하고, 몽골전역 유목민들의 모든 가축을 몰수하기 시작한 것이다.

 당시 우리 가축을 몰수해 간 붉은 완장 사람들은 목축집단화를 집행하는 만달고비의 사유재산몰수위위원회 간부들이라는 것도 후에야 알았다. 아버지의 손에는 몰수한 가축 수가 기록된 증명서 한 장만 달랑 쥐어져있었다.

 몽골인민공화국이 선포된 후, 몽골 성인남성 20%가 희생되는 피바람을 겪었다. 온갖 정치적 박해와 무계급, 무종교, 사유재산 몰수 등 사회주의로 전환되는 과정에서, 몽골경제를 지배하는 유목민들의 가축몰수는 몽골에 닥친 또 하나의 대 격변이었다.

 반동분자라는 말이 무슨 말인지 나는 몰랐다.

МОНГОЛ БУЛГАН
2013. KИМХАНЫ ЦОМ

볼강아이막의 목동 / 아르항가이 (56 x 36cm   water color)

조부와 어머니는 반동분자로 몰린 다른 유목민들과 소련 붉은 군대에 의해 시베리아로 끌려갔다는 아버지의 말에, 오빠와 나는 겁을 먹고 얼마나 울었는지 모른다.

가축을 빼앗기지 않으려는 조부와 어머니의 격렬한 항의에 동화된 다른 유목민들이, 집단으로 들고 일어서는 사태가 벌어지자 선동자로 몰려 본보기로 끌려간 것이다.

졸지에 조부와 어머니를 잃은 아버지는 며칠 동안이나 슬퍼했다. 분함을 견디지 못했다. 물론 더 자라서 알게 되었지만 시베리아로 끌려가는 것은 곧 죽음을 의미한다는 것을 알았다. 살아 돌아온 사람이 없기 때문이다.

한 달이 다되어 분노와 슬픔이 진정되고, 마음을 추스른 아버지가 바트쳉겔 오빠에게 말했다.

"바트쳉겔, 아버지의 말을 잘 들어라. 가축을 빼앗긴 사람들이 살길이 없어 모두 울란바타르로 가고 있다. 아버지는 어린 네 동생을 데리고 그들을 따라갈 것이다. 당분간 너는 가까운 어쉬망항사원으로 가있어라. 자리가 잡히는 대로 데리러 오마. 그 때까지만 참고 기다리고 있어라. 사원에 몸을 붙이고 있으면 당장 밥을 굶지는 않을 것이다."

그러면서 말 잔등 양편에 걸치는 안장가방 대용으로 아버지가 만든 고갈색 낙타가죽걸망에 마른음식을 가득 담았다. 그것을 하나는 나에게 매어주고 또 하나는 오빠의 어깨에 매어주며 다시 일렀다.

"가는 길에 배가 고프거든 꺼내먹어라."

아버지가 손수 만들어 사용하는 두 개의 낙타가죽주머니는 서로 이어서 물건을 넣고 말 잔등에 걸치면 벅츠(Борц/말안장가방)가 되고 중간 매듭을 풀어 따로 쓰면 머르체쯔 슝흐(Мөрцээж Цүнх/걸망)가 되었다. 앞일이 불안했던 아버지는 그렇게 먹는 입 하나를 덜었다.

그 때 나는 아버지를 따라 울란바타르로 들어갔다. 오빠와는 그렇게 헤어지게 되었다.

반사막 대지 고비사막 모래알이 바람 속에 날렸다. 떠나는 동생 잔당후와 아버지의 뒷모습을 바라보며 바트쳉겔은 어쉬망항사원으로 향했다. 그러나 자갈 섞인 반사막 거친 대지에 요새와 같은 돌산 아래 붉은 흙벽 잔해 속에, 건조한 대기로 썩지도 않고 그대로 말라버린 승려들의 쌓여있는 시신을 본 바트쳉겔은 질겁했다.

모래먼지 속에 희미하게 보이는 법당은 폐허였다. 겨우 바람을 피할 만큼의 방하나가 건물 한쪽에 붙어있었다.

거친 황사바람이 휘몰아쳤다. 무서움과 실망 속에 바람을 피해 방안에 들어선 바트쳉겔을 본 누군가가 깜짝, 겁에 질려 내지르는 비명소리에 바트쳉겔은 반사적으로 놀라 소스라쳤다. 조심스레 안으로 들어서자 겁에 질려 소리를 질렀던 승려하나가 컴컴한 방구석에 등을 돌리고 바르르 떨었다.

그곳에는 때국에 절은 오래된 고갈색 승복으로 몸을 감싼 아주 늙고 깡마른 고승이 햇볕이 없는 어둠 속에 보였다. 그리고 황사먼지를 뒤집어 쓴, 몇 안 되는 또 다른 젊은 승려들이 벽 구석에 하나같이 머리를 박고 앉아있었다. 굶주림에 바싹 말라 눈만 감으면 송장같은 핏기 없는 얼굴에 어린 바트쳉겔의 등장에 모두 겁을 먹은 표정이다.

무간지옥無間地獄에 갇혀있는 것 같은 음산한 방안에, 갑자기 들어선 어린 바트쳉겔을 보고서야 안심한 듯 모두는 감정 없는 퀭한 눈빛으로 바라본다. 마음이 놓였는지 그 중 한 승려는 해골하나를 한손으로 틀어잡더니 열심히 닦기 시작했다. 바트쳉겔의 육안에도 더는 닦을 필요가 없는 해골을 손에 익은 똑같은 동작으로 닦는 것이다. 그는 넋이 나간 눈빛이었다. 끊임없이 고개를 주억거리며 똑같은 다라니陀羅尼 구절을 쉬지 않고 암송하기 시작하는 어린 승려의 초점 잃은 눈빛 또한, 넋이 나가있기는 매한 가지였다.

"어디에서 왔느냐?"

고승이 물었다. 고승의 정신은 멀쩡해 보였다.

"하르체첵(흑화)."

바트첸겔은 흑화黑花라고 대답했다. 그러자,

"방금, 흑화라고 했느냐?"

하며 눈을 크게 뜨며 되물었다. 바트첸겔이 고개를 끄덕였다.

"흑화는 내 고향이다. 네 고향도 흑화더냐?"

바트첸겔이 또 고개를 끄덕였다.

"어떻게 여기까지 왔느냐."

자초지종을 들은 고승이 다시 말했다.

"아버지가 올 때까지 기다려라. 2천 명의 승려들이 모두 총살을 당했다. 천행으로 우리만 겨우 살아남았지만 모두 제정신이 아니다. 이젠 다시 소련군이 오지 않을 것이다."

"……."

"배고프냐?"

정신이 좀 멀쩡한 한 승려가 묻고서 딱딱하게 말라 비틀어진 치즈 한 토막을 내밀었다. 그러자 바트첸겔이 아버지가 낙타가죽 걸망에 담아준 마른음식을 바닥에 쏟아

놓기 바쁘게, 먹을 걸 본 뼈만 남은 손들이 일시에 뻗는
다.

"아껴 먹어라."

고승이 말했다.

바트쳉겔은 절망했다. 아버지와 동생 잔당후는 이미 떠
났다. 뒤따라가기는 이미 틀린 것이다. 토벽 안에 쌓여
있는 마른 시신에서 날려온 냄새가 코를 찌르고, 넋나간
사람들이 몰려있는 이곳에서 오직 아버지를 기다리는 수
밖에는 없었다. 이곳을 떠난다면 아버지와 동생을 다시
는 보지 못할 것이다. 아직 어린 바트쳉겔에게는 그 어떤
방법도 없었다. 하지만 머지않아, 곧, 자리를 잡은 아버
지가 데리러 올 것으로 바트쳉겔은 믿었다.

의회건물과 정부청사가 들어서 있는 지금의 울란바타
르 수흐바타르 광장에는 살길을 잃고 몰려든 가련한 유
목민들로 넘쳐흘렀다. 숫자는 매일매일 늘어났다.

환난의 도가니였다. 가축을 빼앗기고 살길이 없어 몰려
든 유목민들은 하루 한 차례 배급되는 음식으로 끼니를
때웠다. 저민 양고기를 반죽한 밀가루에 감싸 튀긴 어른

손바닥 크기의 호쇼르 한 장을 하루 한 차례 배급했다. 그것도 몰수가축증명서가 있어야만 배급을 받을 수 있었다. 견디다 못한 목민들의 폭동이 일어나면 광장에 주둔된 소련군 탱크들이 굉음을 내며 포신을 휘둘렀다.

때로 총소리와 비명이 들렸다. 자유몽골이 아니었다. 노동에 동원되지 못해 잠자리마저 배정받지 못한 유목민 가족들은 노숙자가 되었다.

노숙세월이 꼬박 2년을 넘기고서야 비로소 아버지에게 생업이 주어졌다. 몰수가축증명서 한 장은 아버지에게 화력발전소 건설노동자자격을 던져준 것이다. 울란바타르 서쪽에 소련이 건설하는 화력발전소는 전기를 생산하고, 도시건물의 중앙난방구실을 한다고 했다.

그리고 건설현장 가까운 곳에 마련된 집단 게르에 두 개의 침대를 배정받았다. 모든 생활은 집단생활로 개인생활은 보장되지 않았다. 아버지는 오빠의 침대를 배정받기를 원했지만 인정하지 않았다.

모든 인민을 통제했다. 여행증명서도 발급해 주지 않았기 때문에 오빠를 데려올 엄두는 내지도 못했다. 더구나 이곳에 온 뒤, 사원의 승려들을 모두 총살했다는 말을 뒤늦게 듣고서, 아버지는 어쉬망항사원으로 오빠를 보내고 온 것을 눈물로 탄식했다.

Монгол өөрхантаи монгол арс 2011 г. г. КимХаны ЧАИ

귀가 / 볼강 아이막 (, 56 x 36cm water color)

생사마저 알 길이 없자 여러 날 밤잠을 이루지 못했다. 소련의 주도하에 정부는 울란바타르 수도를 중심으로 모든 아이막에 이르기까지 대규모 사회주의 국민문화 계몽운동을 전개했다.

수흐바타르 광장마당에 세워진 여러 개의 커다란 게르에서는 문맹일 수밖에 없는 유목민자녀들에게 신학新學과 러시아 키릴문자와 사회주의 사상학습을 가르쳤다.

그렇게 사회주의를 배우며 내가 성장하는 동안 울란바타르 수도는 공업화가 진행되고, 공무원과 노동자들에게 배급되는 조립식아파트가 건설되었다.

그것은 몽골 거주정착문화의 시발점이 되었다. 이때쯤 이르자 울란바타르에 몰려온 유목민들은 도심을 이어주는 도로건설에도 동원되었다. 나중에는 도시 변두리에 가족단위로 게르 한 채씩이 주어지자 노숙자들이 더는 눈에 띄지 않았다. 그것은 사회주의 질서가 어느정도 잡혀 간다는 것을 의미했다.

끝없이 넓은 홍고린사막은 끊임없이 부는 바람에 시시각각 지형이 바뀐다. 하지만 어쉬망항사원 가까운 고비사막은 벨트처럼 이어진 동편 산맥이 턱이 되어 세찬 바람이 불어도 크게 변하지 않는다.

산맥위에서 바라보면 사막의 끝이 시야에 들어온다. 바
트쳉겔이 경사진 모래능선에서 미끄러지면서도 끝내 사
막위로 기어오른다. 그가 모래판에 눈을 박고 헤매는 것
은 배가 고프기 때문이다. 모래표면에 드러난 전갈이나
도마뱀의 발자국을 보고, 그것을 찾아 잡아먹는 것이다.

고비사막 주변 대지는 풀이나 물이 부족한 반사막지대
여서 집단목축장도 들어서지 않았다. 더더욱 목축집단화
후에는 어쩌다 가축떼를 몰고 이동하는 유목민도 더는
볼 수 없었다. 사람하나 눈에 띄지 않는 유배지 같은 황
량한 대지가 되어버린 것이다. 그가 고비사막에서 유일
하게 도마뱀을 잡아먹을 수 있었던 것은 필연적 동기에
서 비롯되었다. 그동안 사원의 배고픈 궁상窮狀들이 하나
씩 죽어갔다.

감은 눈을 뜨지 않으면 그것은 곧 주검이었다. 똑같은
다라니구절을 끊임없이 암송하던 어린 수좌首座가 암송
을 멈추고 시들거리더니 이틀이 지나도록 눈을 뜨지 않
는다.

고승이 말했다.

"어린 수좌가 길게 잠들었구나, 바트쳉겔, 독수리들에
게 육공양肉供養이 되도록 고비사막 모래언덕에 끌어다

놓아라. 기다렸다가 독수리들이 가거든 육골을 모래 속에 묻고 오너라."

독수리들에게 육공양을 올린다지만 피골이 상접된 메마른 시신은 독수리들이 뜯어먹을 살점 하나 붙어있지 않았다. 영양실조를 견디다가 말라 죽은 시신은 먼지처럼 가벼웠다. 무거울 이유가 없었다. 시신을 고비사막 높은 모래언덕으로 옮겼다.

곧 몇 마리의 독수리가 몰려왔지만 먹을 만한 살점이 붙어있지 않았던지 '톡톡톡' 부리가 뼈를 찍는 소리만 몇 차례 허공에 들리더니 곧 사라져버렸다. 그렇게 여러 시신을 독수리들에게 공양을 올리는 동안 모래표면에 보이는 전갈과 도마뱀의 발자국이 굶주린 바트쳉겔의 구미를 당겼다.

드넓은 홍고린 사막이나 고비사막이나, 아니면 어워르항가이 몽골중심 얼지뜨 사막에서도 지네나 벌레의 발자국까지도 미세하게 드러 난다. 바트쳉겔의 눈에 사막의 자연생태가 눈에 띄었던 것이다.

오늘도 바트쳉겔은 마른풀 섶에 부싯돌로 불을 피운다. 연기가 피어오르며 불이 붙었다. 그는 팔딱거리는 도마뱀 한 마리와 전갈을 구워먹었다. 그렇다고 굶주림이 해결되는 것은 아니다.

배고픔을 견디다 못한 최후의 연명일 뿐이다. 그는 바깥소식을 알 수 없었다. 세상이 어떻게 변했는지, 아버지와 동생의 소식마저도 알 수 없는 아스라이 지나간 세월 속에, 그의 나이 서른을 훨씬 넘겼다. 하나밖에 없는 여동생 잔당후는 어떻게 변했는지 어릴 적 모습만 아른거렸다.

세차게 초원을 질주하기도 하고, 때로는 천천히 말을 몰며 보름 만에 도착한 곳은 얼지뜨 초원이었다. 잠자리를 찾지 못하면 삼나무가장귀에 걸린 북극성을 바라보며 나는 노숙을 했다. 때로는 가다가 만난 유목민게르에서 잠자리를 얻어 자기도 했다.

그렇게 아르항가이를 벗어나 어워르항가이로 접어든 것이다. 오빠를 두고 온 만달고비 어쉬망항까지 절반 이상을 온 셈이다.

이렇게 말을 타고 여행증명서도 필요없이 몽골 땅 대초원을 자유롭게 누빌 수 있었던 것은 1989년부터 90년 사이에 몽골에 주둔했던 소련군이 모두 철수하고 자유몽골이 되었기 때문이다. 이제 내 나이 스 물 아홉이다. 오빠 나이 35세가 되는 해였다.

에르데네뜨의 목동 / 볼강아이막 (56 x 36cm water color)

장구한 세월이 아스라이 지난 지금, 어릴 적 오빠의 모습은 성장을 멈춘 정지된 어린얼굴로 기억될 뿐이었다. 오빠를 만나면 서로 알아볼 수는 있을지 노파심도 앞섰다.

　공산주의인민혁명당이 급기야 사퇴한 것은 지난 1990년 3월이다. 그러더니 자유총선이 실시되는 몽골에 대변혁이 일어났다.

　아버지가 말했다.

　"잔당후, 우리 몽골이 자유화가 되면 가축을 되찾을지 모른다는 소문이 나돈다."

　아버지가 듣고온 그 소문은 현실이 되었다. 국민소회의에서 이듬해 5월, 사회주의 가축공동사육 네그델을 철폐한 것이다. 그리고 사유화 결정을 내린 정부는 1993년까지 사유화 분배를 모두 끝냈다. 유목민들에게 몰수했던 가축을 되돌려주는 정책이었다. 이렇게 되자 아버지는 들떴다.

　자유화가 된 울란바타르 수도 수흐바타르 광장에는 가축을 몰수당하고 살길을 잃고 몰려들었던 유목민들의 함성으로 가득 찼다. 반면 시베리아로 끌려간 조부와 어머니의 생사조차 알 수 없는 지금, 유목민들의 함성은 나의 가슴 속을 후벼 팠다. 그 함성은 밤 늦게까지 들렸다.

그날 밤 나는 조부와 어머니와 오빠생각에 뜨겁게 눈물을 흘렸다. 함성의 대열 속에서 집으로 돌아온 아버지가 희망 가득 찬 표정으로 말했다.

"오늘 몰수가축 증명서를 관계기관에 제출하고 분배신청을 했다."

"몰수한 가축을 모두 돌려주나요?"

"아니다. 누구에게나 50%를 돌려주고 나머지는 국영화 한다는구나."

"그럼 얼마 되지 않잖아요?"

"그래도 빼앗긴 가축 수가 많아서 절반을 돌려받아도 충분하다. 몰수증명서에 말이 180마리니까 90필을 받는다. 양¥은 300두, 소가 40두. 낙타 20두에 야크도 20두나 된다."

"어디로 가서 돌려받아요?"

"목자등록이 되어있는 아이막 솜에서 확인서를 받아 정부에서 발급한 분배명령서를 가지고 정해주는 집단목축장으로 가면 바로 되돌려준다는구나."

"그럼 고향으로 가야 하겠네요?"

"그래, 네 오빠와 네가 태어난 흑화의 땅 엉더르올랑으로 가는 거다."

돌이켜 보면 고향 흑화의 땅을 떠나 만달고비로 갔던 때가 내 나이 일곱 살이었으므로 20여 년의 세월이 흘렀다. 그 세월 속에 조부와 어머니와 모든 가축을 사회주의에 빼앗겼다. 오빠 또한 사회주의에 빼앗긴 것과 다름 아니다. 행복했던 우리가족은 그렇게 철저하게 공산주의에 해체되어버렸다. 비로소 울란바타르를 떠나 나의 고향 흑화의 땅으로 다시 돌아가는 데에는 30년 가까운 세월 끝에 보름이 걸렸다.

몽골 땅이 그렇게 변했다. 하지만 아직도 변하지 않은 삶이 있다. 그것은 오직 처절하게 기다려야만 하는 삶, 어쉬망항사원 폐허에서 아버지를 기다리는 바트쳉겔의 삶이다. 세월이 더 흐르고, 아버지가 이승을 떠나버려도, 그것을 모르는 바트쳉겔은 언제까지라도 기다릴 것이다. 그 기다림은 그렇게 강박이 되어있었다. 두뇌 깊이 고착되어있었다.

폐허의 사원 건물더미 속에서 흙벽 사이 멀리 보이는 메마른 대지를 퀭한 두 눈을 끔벅거리며 바라본다. 핏기도 말라버린 송장 같은 바트쳉겔의 곁에는 이제 아무도 없다. 처음 그가 이곳에 왔을 때, 눈만 감으면 송장 같았던 승려들의 몰골처럼 바트쳉겔은 그렇게 변해버렸다. 말 한 마디 건넬 대상도 없는 혼자만의 세계에서 언어를 상실해버린 것은 당연한 것인지 모른다. 정지되어있는 의식 속에는 단 두 가지 개념 밖에는 없다. 하나는 기다리는 강박개념이요. 또 하나는 고승의 해골을 미친 듯이 닦는 병적인 강박개념이다.

고승이 말했다.

"네 고향이 흑화라고 했지?"

바트쳉겔이 고개를 끄덕였다.

"내 수명이 왜 이리 질긴지 모르겠다. 젊은 수좌들은 독수리에게 육공양을 올리고 모두 떠났는데, 내 육신만 공양을 못올리고 있으니……."

"……."

"듣거라. 이제는 내가 가야겠다. 지금 내가 눈을 감거든 내 육신을 독수리먹이로 공양을 올리고, 모래 속에 묻어두고 육탈肉脫이 되거든 머리를 깨끗이 닦아뒀다가 흑화에 묻어다오. 죽어서는 고향을 가고 싶구나."

그러면서 긴 호흡을 한 번 내쉬고 눈을 감았다. 다시는 눈을 뜨지 않았다. 찬바람이 불어와 고승의 몸을 스쳐갔다. 그날 따라 흑운黑雲이 대지를 뒤덮고 천둥이 울었다.

오늘도 바트쳉겔은 고승의 해골을 닦는다. 얼마나 닦았는지 윤이 흘렀다. 어제도 닦았고 내일도 닦을 것이다. 바트쳉겔의 의식은 단순화되어 버렸다.

이제 누구를 기다리고 있는 것인지도 모른다. 다만 기다려야 한다는 것, 그 강박일 뿐이다. 정신질서가 무너져 혼미해져버린 그에게, 시베리아로 끌려가 죄 없이 처형당한 조부와 어머니에 대한 슬픔이나, 아버지와 동생의 그리움이 남아있을 리 만무하다. 그는 피골이 상접되어 있었다. 의식의 성장도 멈추어있었다. 육신도 정신도 성장하지 못했다. 단순화되어버린 의식 속에 그가 아끼는 소중한 물건 하나가 있다.

아버지가 마른음식을 담아주었던 낙타가죽걸망이다. 바트첸겔은 고승의 윤이 나는 하얀 해골을, 걸망 속에 넣어 가슴에 안고 잠이 든다. 웅크린 육신은 단 한줌도 되지 않았다.

갈수록 대지는 거칠어 졌다. 반사막으로 접어든 것이다. 그것은 만달고비가 가까워 진다는 것을 말한다.

곧 오빠를 만난다는 것을 말하는 것이다. 초원 저편에 낙타떼들이 몰려있다.

저 많은 낙타의 주인은 누구일까. 지축이 울리더니 멀리 말떼 무리가 모래먼지를 일으키며 선봉마馬를 따라 질주했다.

이제 집단목축이 아닌 가축들에게도 주어진 자유의 땅
이다. 목이 마르다. 내가 타고온 말은 물론, 오빠가 타고
올 말도 목이마를 것이다.

유목민들이 파놓은 우물을 겨우 찾았다. 두레박에 퍼
올린 지하수는 차가웠다. 길다란 물통에 퍼올린 물을 말
들이 고개를 박고 한참 동안이나 목을 적신다. 우물가
너럭바위에 앉아 망망 대지를 바라보며 지난날을 회상
했다.

낭일曩日 어릴 적에, 아르항가이 엉더르올랑에서 오빠
는 나를 업고 양우리에 들어가 처음으로 양을 만져보게
했다. 내가 졸랐기 때문이다. 아버지는 몸이 가벼운 오빠
에게 경주마 훈련을 시켰다. 나담(축제)이 다가오면 아버
지는 오빠의 승마훈련을 더욱 강화시켰다. 오빠는 매번
우승권에 들었다. 오빠가 우승을 한 날, 우리가족은 맨
앞에서 어린 승마선수들이 달려오는 것을 바라보고 있
었다. 나는 엄마 등에 업혀 오빠를 기다렸다.

그 때 맨 먼저 달려오는 오빠가 자랑스럽게 소리쳤다.

"잔당후-, 잔당후-."

시상이 끝난 오빠는 엄마의 등에서 나를 내리더니 우
승마의 이마에 걸어주는 황금색으로 장식된 황마黃馬 가

죽 패넌트와 푸른 하닥[44])을 풀어 내 목에 걸어주고 손뼉을 치며 환호했다.

"와우—이걸 걸어주니까 내 동생 잔당후 예쁜 것 좀 봐."

그러면서 오빠는 다시,

"잔당후, 황마가죽 패넌트랑 하닥, 이제 모두 네 꺼야, 이 오빠가 줄게."

그리고 오빠는 자신의 우승마에 나를 올려 태우고 말을 끌고 집으로 돌아왔다. 오빠가 준 황마가죽 패넌트와 푸른 하닥을 나는 소중하게 다루었다. 나는 지금도 그것들을 고이 지니고 있었다.

오빠생각에 그것들을 꺼내어 펴볼 때마다 그리움에 눈물이 흘렀다. 나는 조금도 게르에 혼자 있으려고 하지 않았기 때문에, 오빠는 양몰이를 갈 때마다 말 잔등에 나를 태우고 양떼를 몰았다. 이웃이 없는 초원의 목축지에서 의지할 벗이 없는 나는 오빠를 의지할 수밖에 없었다. 내가 말을 타게 된 것도 오빠가 가르쳐줬기 때문이다. 고비사막에 모래폭풍이 천지를 뒤덮었다.

황사바람이 휘몰아 친다. 단 몇 발짝 시야도 보이지 않았다. 몸을 잔뜩 숙이고 말을 몰았다. 모래알이 얼굴을 할퀴었다. 나는 가까스로 가축을 몰수당했던 얼지뜨 초

---

44)하닥/Хадаг : 오방색실크 천으로 종교 의식과 어워에서 많이 쓰인다.

원을 거쳐 어쉬망항으로 방향을 잡았다. 그렇게 다가 갈수록 오빠를 만난다는 설레는 기쁨은 어떤 고초도 능히 이겨낼 수 있었다. 하늘은 푸르지만 대지를 덮고 날리는 황사 바람은 잦아지지 않았다.

인적 없는 어쉬망항사원 무너진 흙벽 사이를 정신없이 헤매는 그림자가 있다. 잔당후였다.

흔적만 남아 있는 2000명의 승려가 안거했던, 지붕도 없이 남아있는 수 많은 토벽 사이를 헤매던 나는 화들짝 놀라 넘어졌다. 토벽 안마다 오래 되어 바스라진 인골人骨이 뒤엉켜 쌓여 있고, 해골 무더기가 나딩굴고 있는 것을 본 것이다. 삽시에 놀라 파랗게 질려버린 나는 다시 일어났다. 그리고 토벽 안으로 휘몰아치는 황사바람 속에서 미친 사람처럼 해골무더기를 파헤쳤다. 오빠가 죽었을까, 해골 무더기 속에 오빠의 유골이 있을 것만 같았다. 온몸이 떨렸다. 나는 미친듯이 오빠를 불렀다.

"아흐-, 아흐-,"

　(ax-ax /오빠,오빠,)

한순간에 넋이 나간 나는 눈물을 글썽였다.

Монгол, Хар Өнгө Бөөудгөн
2016. Кимхомбуон

샤먼의 기원 1 / 톱 아이막 (56 x 36cm water color)

황사바람이 잦아지고서야 모습을 드러낸 바위산 턱에 한쪽 지붕이 붙어있는 기울어진 법당건물을 본 나는 떨리는 가슴을 쥐고 경사진 그곳으로 미친 발걸음을 떼었다.

　세찬 바람에 걷어차여, 곧 떨어질 듯 겨우 매달려 있는 문틈 사이 어두운 방 구석에, 온통 황사먼지에 덮여있는 고개가 처박힌 웅크린 시신 한 구가 눈에 띠었다. 시신을 보자 내 몸에 전율이 흘렀다.

　떨리는 손으로 그를 흔들어 본다. 피골이 상접된 깡마르고 소년처럼 왜소한 시신은 분명 오빠는 아니다. 더구나 그 시신은 몸에 맞지 않는 퇴색된 고갈색 낡은 승복으로 몸을 감싸고 있었다. 내 오빠는 어디로 갔을까. 한두 세월이 아니기 때문에, 진즉 이곳을 떠난 것일지도 몰랐다. 눈물을 훔치며 체념으로 돌아설 때, 어둠에 익어진 눈에 보인 것은, 시신이 가슴에 안고 있는 눈에 익은 낙타가죽걸망이었다.

　나는 마른음식과 수태채를 담아온 어깨에 멘 걸망을 시신이 안고 있는 걸망 옆에 놓았다. 아버지가 만든 똑같은 낙타가죽 걸망이다. 아— 순간에 현기증이 일었다.

　나도 모르게 시신의 옷자락을 당겨 얼굴을 확인했다. 자르지 못해 어깨까지 덮여 내린 뒤엉킨 머리칼 사이로 보이는 깊게 감은 눈, 피골이 상접되어 해골에 거죽만 붙은 얼굴, 한줌도 안 되는 소년 같은 왜소한 체구의 그가 오빠가 아니기를 바랐지만, 보면 볼수록 어릴 적 모습이 드러났다. 그는 나의 오빠였다.

우승마의 황마가죽 패넌트와 푸른 하닥을 내 목에 걸어주며 좋아했던 오빠가 분명했다.

"아흐−, 아흐−,"

의식 없는 시신을 마구 흔들며 소리쳤다.

거듭 소리를 지르던 나는 오빠라는 확신을 갖게 되자 포효를 거듭했다. 포효가 멈춰지지 않았다. 시신을 꼭 껴안고 나는 종래 한참 동안을 짐승처럼 울부짖었다.

하지만 불현 듯 이렇게 울고 있을 일은 아니라는 생각이 미치었다. 아직 시신이 굳어있지 않았기 때문이다.

마음을 추슬렀다. 그리고 걸망 속에 담아온 수태채가 담긴 덤뷔를 꺼내어 대접에 따라 입을 벌리고 입안으로 넣었다. 목으로 넘어가지 않고 입가로 흘러버렸지만 계속 반복했다. 그렇게 뜬눈으로 하룻밤을 지샌 나는 오빠의 얼굴을 다시 확인했다.

오빠의 얼굴이라는 확신이 섰다. 수태채를 먹이면서 손가락으로 입을 벌릴 때 보이는 치아를 보고, 나는 오빠라는 것을 확신할 수 있었다.

고비사막을 가로 막고 있는 바위산맥위로 해가 떠올랐을 때 수태채를 다시 먹였다. 이럴 때 낙타 젖으로 만든 비상약이 있었다면 조금이라도 도움이 되었을 테지만 이런 사태는 상상하지도 못했다.

정오가 되었다. 의식이 없던 오빠의 눈이 조금 열렸다. 초점 없는 물기마른 동공이 보였다. 나는 그가 알아 듣도록 뼈만 남은 어깨를 흔들며 더 큰 소리로 오빠와 이름을 불렀다.

"아흐, 아흐, 바트쳉겔—바트쳉겔—"

다시 눈을 감을까 봐 더 큰 소리로 불렀다. 가슴이 두근거렸다. 이 세상 하나밖에 없는 나의 피붙이다. 어렸을 때 오빠가 말했었다.

"잔당후, 내가 자라서 아버지의 목축을 상속받으면 절반을 뚝 떼어 네게 줄 거야. 너는 그것으로 시집을 가고 네 남편과 이 오빠랑 양떼를 몰며 같이 살자."

그 생각에 하염없는 눈물이 흘러내렸다. 오빠의 동공이 초점을 찾았다. 눈동자를 굴렸다. 그리고 어딘가를 바라보는 시선. 자아自我를 찾는 것처럼 보여지는 표정과, 응시의 눈길은 나를 일순 기쁘게 만들었다.

초미의 의식도 없었지만 하루가 다 갈 무렵에는 마른

음식을 씹어 입안에 넣어주면 턱을 조금 움직이기까지 했다. 이대로라면 조금이나마 회복을 시켜 엉더르올랑, 흑화의 땅 고향으로 오빠를 데려가는 것도 가능할지 몰랐다. 하지만 오빠는 그 이상의 신체적 변화를 전혀 보이지 않았다.

다만, 껴안고 있는 무엇인가 들어있는 낙타가죽걸망을 병적으로 놓지 않는 것과, 그동안 살아온 삶의 이야기를 천만언어千萬言語를 동원 한들 다 못할 테지만, 언어구사가 전혀 없는 함묵증을 보이는 이상행동 뿐이었다. 때문에 나는 추정만 할 뿐, 도저히 사람이 살 수 없는 이렇게 험악한 폐허에서 이렇게나마 어떻게 목숨을 부지했는지, 처절하게 살아왔을 이야기를 단한 마디도 들을 수 없었다.

자신의 눈앞에 있는 내가 누구인지 조차도 모르는 전혀 반응을 보이지 않는 표정 없는 함묵에, 나의 눈시울이 뜨거워질 뿐이었다. 하지만 나는 그의 동생이며, 그는 나의 오빠라는 사실만큼은 분명했다. 그리고 오빠를 데려가야 한다는 것이었다. 나는 서둘러 떠나기로 마음먹었다.

먹지 못해 성장하지 못한 단 한줌도 안 되는 근골이 앙상하게 드러난 새털처럼 가벼운 몸뚱이를 번쩍 들어, 나의 말안장 앞자리에 앉혔다. 육신을 지탱하지 못하는 의식도 희미한 그를, 어린애처럼 앞가슴에 안고가야 했다.

　무엇이 들어있는지, 애지중지 손을 떼지 않는 자신의 걸망을 어깨에 멘 채로였다. 오빠의 빈 말을 끌고 천천히 길을 나섰다. 오빠를 그렇게 찾았지만 오빠는 고향 흑화의 땅을 결코 밟지 못했다.

　고비사막에서 날려온 황사먼지 속에 사원폐허가 희미하게 보이는 구릉능선에서, 그곳을 벗어나지 못하고 내 앞가슴 속에서 그대로 숨을 거둔 것이다.

　잠시 눈을 떴던 것은 일시적인 현상일 뿐이었다. 망가진 육신은 더 이상 지탱이 불가능한 죽어가는 최후의 과정에 있었던 것이다.

　"아흐ㅡ."

　짐승처럼 울부짖는 절규가 고비사막의 하늘을 찔렀다.

　아버지는 양지바른 곳 땅을 파헤치고 그곳에 오빠를 묻었다. 오빠의 걸망 속 하얀 해골은 그 곁에 묻었다. 아버지와 이웃 목동들이 오빠의 무덤 터에서 말떼를 몰고 질주했다. 흙이 뒤집히고 흙먼지가 하늘을 가렸다. 오빠가 묻힌 곳은 알 수 없었다.

21 세기가 된 지금, 어쉬망항사원 폐허는 지금도 흔적만 그대로 남아있다. 하지만 매년 여름이면 이곳에서 죽어간 영혼들을 위한 스님들의 위령제가 열린다. 톱쇼르와 머링호오르를 연주하고 토올치들이 토올을 노래하며 영혼을 달랜다. 그 소식을 접한 나는 오빠를 잊지 못하고 매년 여름이면 이곳을 찾는다. 살아있는 듯 오빠의 말소리 들린다.

"잔당후, 내가 자라서 아버지의 목축을 상속받으면, 절반을 뚝 떼어 네게 줄 거야. 너는 그것으로 시집을 가고 네 남편과 이 오빠랑 양떼를 몰며 같이 살자."

흑화의 땅 허공을 유영하던 바트쳉겔과 고승의 두 영혼이, 오로라처럼 에머럴드 형광빛을 발하더니 찰나에 사라졌다.

6. 완전한 행운

ӨлзийБүрэн /울지부렝

130

몽골의 작은 백과 사전 / 고서

「완전한 행운」 관련지역

1.알타이고비 태반보그드 2.만달고비 구르반사이항 3.헨티아이막 다달솜 4. 내몽골 틍랴오

6

완전한 행운

Өлзийбүрэн
울지부렝

  부족깃발과 평화의 상징 톡그[45])가 펄럭이는 몽골 차하르 부족 병영이다. 화려한 족장 게르를 중심으로 좌군과 우군, 그리고 중앙기마군단이 포진해 있다. 외곽에 배치된 게르는 사병들의 게르다. 다소 차이는 있지만 몽골 각 부족의 군영은 이와 크게 다르지 않다.

  전시戰時 전투대형은 그대로 유지한다. 이는 항상 전투태세가 준비되어 있다는 것을 의미한다. 군영 밖 군마훈련장과 군량가축목축지 사이에 유사시 빠르게 소집될 수

---

45)톡그/Tyr : 종마의 갈기나 꼬리털로 만든 기(旗)로 흉노시대부터 국가의 수호기로 만들어 사용해왔다. 아홉 개의 깃대를 가진 수호기는 국가의 신성함을 나타내고 번영과 성장을 상징한다.

있는 장군들의 게르촌이 있다. 무수한 깃발이 바람에 펄럭이는 소리 속에 자장가소리가 섞여 들린다.

에르덴(Эрдэн/보물)이 아버지라네.
부-에, 부-에, 부-에.
(Вүү-вээ,Вүү-вээ,Вүү-вээ[46])
울지부랭(Өлзийбүрэн/완전한 행운)성性은 에르덴이라네.
온- 타래, 온- 타래, 온- 타래.
(унЪ тарэ. унЪ тарэ. унЪ тарэ[47])

엥흐바야르마(Энхбаярма/평화,기쁨)는 갓 태어난 아기에게 이렇게 자장가를 부르며 잠을 재웠다. 몽골민족은 아버지의 이름을 성性으로 붙여 시화詩化한 자장가를 아기의 귀에 속삭여주는 풍습이 있었다.

몽골비사를 살펴보면 가계의 내력을 암기시키는 것에 큰 비중을 두었다. 때문에 자장가의 가사로 자신이 어느 씨족 후손인지 알도록 일깨워주었고. 어릴 적 약탈로 헤어졌던 오누이가 성인으로 만났을 때 근친혼도 발생하지 않았다. 또 아버지의 이름으로 조부와 선조까지 거슬러 올라가면 조상들의 훌륭한 행적을 알게 되고, 그것을

46)부에/Вүү-вээ : 아기를 재울때 부르는 일종의 자장가

47)온타래/ унЪ- тарэ : 위와 같음

대대로 전승하게 하여 후손에게 자부심은 물론 가문의 명예를 신성하게 유지하도록 하였다. 본래 할하 부족 좌군장군을 남편으로 둔 그녀는 지금의 남편 차하르 부족 기마군단의 장수 후럴터거어(Xypeлтoroo/청동 가마솥)와 그의 어머니 앞에서는 자장가를 그렇게 부를 수 없었다.

년 전에 에르덴의 씨앗을 뱃속에 담아놓은 그녀가 차하르 부족에게 약탈되어 끌려와 낳았던 까닭으로, 엥흐바야르마가 이처럼 자장가를 불러주는 것은 진정한 생부의 족적을 아기의 심성 속에 심어주려는 것이다.

그러니까 지난해 봄이었다. 반사막지대 구르반사이항 고비로 홍고린 사막 거친 모랫바람이 날아들었다. 문을 열수 없을 정도로 바람은 거세게 불었다. 토륵에 올려진 솥단지에 차 잎을 한주먹 던져 넣고 엥흐바야르마는 수태채를 주걱으로 젓고 있었다.

'좌―악,' 바람이 휘몰아칠 때마다 모래알이 게르벽을 후려쳤다. 게르가 흔들리고 문이 삐걱거렸다. 몽골의 봄은 바람이 많았다. 어머니는 문고리를 걸어 잠그며 불안한 기색으로 중얼거렸다.

"홍고린 사막 모래폭풍이 시작된 모양이다."

주걱을 젓던 손을 멈춘 엥흐바야르마가 불안한 눈길로 말했다.

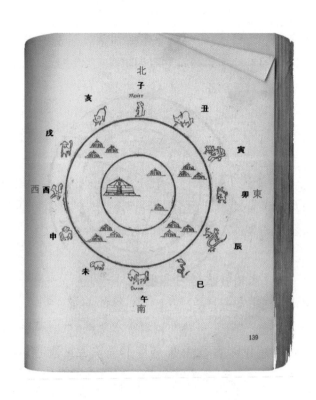

北
子
丑
寅
東
卯
辰
巳
南
午
未
申
酉
西
戌
亥

13 C 몽골부족 군영도
방위 표시와 12간지 글씨는 필자가 표기

"불안해요. 어머니."

"그렇구나, 에르뎅이 있으면 마음이 놓일 텐데 군영에 있나보다."

어릴 적부터 함께 자란 순수 할하부족 혈통인 엥흐바야르마와 에르뎅은 달포 전 혼인하여 한참 꽃잠이 무르익어 있었다. 에르뎅은 좌군장군으로 그의 아버지는 기마군단을 이끄는 장수였다.

모랫바람은 폭풍으로 변했다. 거대한 홍고린 사막 모래폭풍이다. 황사구름이 고비의 검은 대지를 뒤덮었다.

한 치 앞을 볼 수 없는 암흑 속에 차하르 부족 군사들이 불시에 할하부족을 공격했다. 그들이 휘두르는 칼날에 초소군사들의 목이 나둥굴었다. 바람의 속도보다 빠른 공격과 떼화살로 날아오는 불화살에 군영이 불타오른다. 반달 칼날이 천지를 휘모는 모래알을 가른다.

약탈 전쟁이다. 선사시대부터 대가족을 이루며 살아온 반사막지대 고비 구르반사이항은 할하부족 영토다.

대가족사회였던 만큼 씨족간 혼인에 어려움이 없었다. 그러나 한 여자를 두고 여러 남자가 집단으로 성관계를 가져 태어난 아기의 진정한 아버지를 모를 정도로 지속되는 성비율의 부조화에 가계의 계승마저 어렵게 된 차하르부족은, 할하부족 여자들을 약탈하기에 이른다.

몽골민족은 더르워드, 바야드, 보리아드, 다리강가, 자흐칭, 오량하이, 다르하드, 터르고오드, 어얼드, 허퉁, 먕가드, 바르가, 우젬칭, 하삭그. 할하. 총 15개 부족이 있었다. 이 중 근본적 특징을 가지고 있는 부족은 할하부족이다. 이렇게 여러 부족이 공존하던 시대에 각 부족들은 독특한 생활과 풍습을 유지해 왔다. 북쪽지역 할하부족 중심의 외몽골과 지금의 중국령 자치구 내몽골은 차하르부족 중심의 땅으로 크게 나뉜다.

13세기, 이들 두 부족은 평화로운 관계를 유지하기도 했지만, 300여 년 동안이나 전쟁을 치루며 공존해 왔다. 그들은 씨족간 혼인을 맺기도 했지만 매매혼과 약탈혼이 만연했다.

바람에 날린 모래알이 게르 벽을 끊임없이 후려쳤다. 불화살이 허공을 나르는 소리, 천둥소리 같은 말발굽소리, 노도와 같은 차하르부족 군사들의 함성이 대지를 뒤흔들었다. 크고 작은 부족전쟁을 수없이 보며 살아온 어머니의 표정은 놀라는 기색도 전혀 없는, 최후까지도 염두에 둔 표정이다. 그만큼 몽골부족들은 죽음의 칼날이 코 앞에 공존하는 삶을 살아왔다. 게르 문이 화들짝 열렸다. 휘몰려 들어온 거친 황사바람이 둥근 게르 벽을 타고 회오리를 일으켰다.

천창天窓으로 솟구친 연통이 흔들렸다. 들이닥친 차하르 부족군사는 빠른 눈초리로 젊은 엥흐바야르마의 목덜미를 거친 손으로 낚아채어 짐승 끌어내 듯 밖으로 끌고 나갔다. 그녀의 허리에 감긴 부스를 붙들고 늘어지는 어머니의 목을 군사의 창날이 여지없이 관통했다. 비명소리가 모랫바람 소리에 날렸다. 병영에서 적과 싸우던 에르덴이 뒤늦게 군마를 몰고 쫓아왔지만 앞을 볼 수 없는 모랫바람 속으로 적들은 이미 종적을 감춘 뒤였다.

화염에 휩싸여 뼈대만 남은 게르의 엎어진 솥 옆에 어머니의 주검만 처참할 뿐이었다. 엥흐바야르마는 그렇게 차하르부족에게 약탈되어 끌려가고 말았다.

모래폭풍이 멎었다. 아무 일도 없었다는 듯 떠오른 태양이 고비에 즐비한 주검을 비췄다. 군영이 정비되기 시작했다. 할하부족은 졸지에 많은 손실을 입었다. 수많은 병사들이 전사하는 참패를 당한 것이다. 거기에 좌군장군이던 그녀의 부친과 기마군단을 이끌었던 남편 에르덴의 부친마저 전사한 것은 가장 큰 손실이다. 번개처럼 휩쓸고 간 병영과 유목민들의 터전은 아수라장이 되었다.

드넓은 대지에 잔불 연기가 피어오른다. 병사들의 주검이 즐비했다. 그리고 유목민들의 수많은 젊은 여자와 어린 처녀들까지 약탈되자 울분의 검은 늪 속을 헤쳐 나온 족장이 명령했다.

"도주로를 찾아내어 적군의 화살촉과 말 지뢰를 뽑아 와라."

말 지뢰 (철기시대)

그러자 살아남은 장수들이 쓰러진 게르를 일으켜 세우던 잔존병사들을 이끌고 주검에 박힌 적군의 화살촉과 도주로에 뿌려진 말 지뢰를 모두 뽑아 왔다. 말 지뢰는 어떻게 던져도 날카로운 곳이 솟아올라 말발굽에 박히면 여지없이 말이 고꾸라지는 무기다.

단단한 동물 뼈로 깎아 만든 것으로 칭기즈 칸은 그것을 철기로 만들어 사용했다. 족장은 모아온 화살촉과 말 지뢰를 확인했다.

수년 간 전쟁을 치러온 차하르부족을 의심했지만 속단할 수 없었다. 더구나 홍고린 사막의 모래 폭풍이 일어나는 봄철 공격은 계획된 공격이었다.

수거된 화살촉과 말 지뢰는 여러 부족들이 사용하는 것들로 섞여 있었다. 자흐칭과 오량하이부족을 의심해 보지만 두 부족을 의심하기에는 일렀다. 그들 부족과는 평소 평화를 유지해왔기 때문이다. 적대적 관계를 가진 부족이라면 물론 차하르부족이다.

군영이 정비되자 평화를 알리는 검고 하얀 수호기 톡그가 다시 세워졌다. 족장은 부모를 잃은 아이들을 따로 모아 군에 편입시켰다. 그들의 가축 모두는 군량가축으로 편입했다. 그리고 군사조직을 재편성 했다.

족장은 명령을 내렸다.

"용맹한 군사들로 구성된 기마군단은 좌군과 우군 중앙에서 초전에 적을 제압하여 승리를 이끄는 공격수다. 에르덴 좌군장군을 기마군단장수로 명한다. 명령을 받들어라."

족장의 호령에 에르덴은 오른팔을 가슴에 올리며 명령을 받았다.

"명을 받들겠습니다."

"군단을 정비하고 전사한 엥흐바야르마의 부친 좌군장군과 기마군단을 이끌었던 부친의 영웅됨을 이어받아 할하부족을 수호하라."

"거듭 명을 받들겠습니다."

에르덴은 심복 바트쎼레넹(БатСэрээнэн/강한 삼지창)장군을 자신의 부관참모로 두는 한편, 족장을 수호하는 비서군단을 조직하고 반란이 있을시 이를 제압하는 기마군단을 정비하도록 지시했다.

칭기즈 칸은 통일전쟁을 치루면서 친위부대인 군사행정조직으로 중앙집권을 위한 특수조직을 군 지휘관들의 아들로 비서군단을 둔다. 이어 좌군장군의 공석을 우군장군으로 바꾸고 그 자리는 기마군단장군 중에서 뽑아올렸다. 여타 필요한 자리는 각각의 장수들이 정비하고 부상을 입고 전투능력을 상실한 병사들은 군마훈련이나 군량가축 관리, 그리고 무기를 만들도록 배속했다.

그 해 7월, 전쟁의 상처를 잊고 유목민들은 축제 분위기로 들떴다. 나담(наадам/축제)이 열리기 때문이다. 나담은 국가적 행사로 즐겁게 논다는 뜻과 또는 축제에 행하는 경기의 의미를 말하는 것으로 고대부터 전통적으로 내려온 부족축제의 하나이다.

말달리기, 씨름과 활쏘기, 이를 세 가지로 지칭하여 남성 3종경기라 부른다. 나담의 기원은 본래 쿠릴타이에 있다. 쿠릴타이는 족장들의 대규모 모임으로 중세몽골의 사회적 행사다.

이를 통하여 나라의 힘인 군사들의 힘과 능력을 드러내는 기본적인 목적을 가지고 있다. 본래 나담은 흉노시대부터 시작되었다고 보기도 하지만 그보다 훨씬 이전, 부족형성시대부터 생겨났다고 보는 견해가 있다.

지금도 여름이면 울란바타르와 각 아이막 초원에서 나담이 열리고 있으며, 내몽골에서는 싸이마제라는 이름으로 퉁랴오초원에서 8월이면 열린다.

많은 목민들이 축제가 열리는 초원으로 몰려들었다. 부족마다 각기 다른 전통춤과 오르팅 연주, 그리고 토올치들의 톱쇼르연주와 토올이 공연되었다. 또 지난봄 차하르 부족에게 약탈당한 유목민들의 상처를 어루만져 주는 동시 마음을 하나로 뭉치는 계기가 되었다.

3종경기의 우승을 휩쓴 것은 비단 전투 뿐이 아닌, 전쟁의 승리를 이끄는 작전과 계략에 탁월한 에르덴이었다. 하지만 그는 꽃잠이 한참 무르익어가는 신혼 초에 약탈당한 아내 엥흐바야르마를 잊지 못했다. 에르덴은 기필코 적국을 공격하여 꼭 되찾으리라는 마음을 다졌다.

МОНГОЛ. Харента Бөөүдэн
2016 Кимхонъб Чой

샤먼의 기원 2 / 톱 아이막 (56 x 36cm water color)

더구나 자신의 아이를 가졌을 그녀를 적국에 놓아둘 수는 없었다.

9월 첫눈이 내리고 대지가 은빛으로 빛나는 설원의 고비는 다시 한해를 넘겼다. 곧 이어 갈색 톤의 대지에 드푸르게 초록이 번지는 봄이 오자 할하부족은 새해들어 첫 작전회의를 열었다. 장수들을 소집한 족장은 명령을 내렸다.

"군력도 증강되어 이만한 병력이면 어떤 전쟁이라도 승리를 거둘 것이다. 우리 할하부족은 명분없는 전쟁을 하지 않는다."

"……."

"홍고린 사막 모래폭풍이 일어나는 시기가 지났다. 유목민들이 이동을 시작했기 때문에 약탈 전쟁은 없을 것이다. 지난해 약탈은 차하르부족이 분명하지만 에르덴 기마군단장수는 자흐칭과 오량하이, 그리고 차하르부족 군영까지 염탐하고 오라."

"당장 명령을 수행하겠습니다."

에르덴이 가슴에 오른팔을 올리며 명령을 받았다.

"어떻게 염탐할 것인가

"자흐칭과 오량하이 영토를 거쳐 아래로 차하르부족 군영까지 염탐할 것입니다."

때를 기다리던 에르덴의 눈빛이 반짝였다.

"부관하나를 데리고 길을 떠나라. 분명한 적국을 알아오라."

"명을 받들겠습니다."

"자흐칭과 오량하이부족 군사들의 복장은 우리와 별반 다를바 없지만, 차하르부족 유목민은 물론, 병사들의 복장까지 모두 적갈색인 점을 유의하라. 들리는 소문으로는 각 부족들의 크고 작은 영토싸움이 갈수록 심상치 않다. 자흐칭과 오량하이 영토를 가거든 주변국 전쟁기미도 살펴보고 오라."

재삼 명령을 받은 에르덴은 부관참모 바트쎄레넹에게 부재 중 기마군단 지휘를 맡겼다. 그리고 날쌘 발도르찌(Балдорж/마지막 벌꿀)장군을 부관으로 할하부족 영토 구르반사이항을 벗어나 군마를 몰고 초원을 질주했다.

자흐칭과, 오량하이 영토를 거쳐 다시 차하르부족 퉁랴오 군영까지 잠입하는데 달포가 넘도록 초원을 질주해야만 했다. 할하부족 약탈 전쟁에 대한 정보를 염탐하였지만 어떤 낌새도 발본할 수 없었다. 자흐칭과 오량하이부족은 오히려 지난 참패에 머지않아 용맹한 할하의 군사들이 침략국을 찾아내고 토벌할 거라는 예단을 가지고 있었다.

그리고 각 부족 영토전쟁의 기미를 본 것은 허퉁부족과 오량하이부족 간에 감도는 전운과 몽골전역 부족들이 영토확장을 위한 전쟁준비에 혈안이 되어있다는 조짐이었다. 지난 약탈 전쟁의 적국을 차하르부족으로 지목한 에르덴은 그들의 영토를 향해 말머리를 돌렸다.

차하르부족의 수도 퉁랴오(지금의 내몽골)는 바람을 막아주는 구릉이 둘러있는 초원분지에 형성되어 있었다. 그 중심에 차하르부족을 지배하는 군영이 있다.

지난 해 약탈 전쟁에서 차하르부족 군사에게 끌려온 엥흐바야르마는 할하의 군사들이 곧 구출해 줄 것으로 믿었다. 무엇보다도 자신의 눈앞에서 차하르부족 군사의 창날에 쓰러진 어머니가 못내 가슴 아팠다. 또, 남편 에르덴이 무척 그리웠다.

차하르부족 군영에는 구르반사이항 여러 곳에서 끌려온 많은 할하부족여자들이 집단으로 수용되어 있었다. 며칠 동안이나 모두 이름을 캐물었다. 이름의 성씨를 거슬러 올라 부친과 조부의 내력을 알아내고 귀족과 평민을 가려냈다. 계급을 가진 선조를 둔 경우 귀족으로 나누고 다시 평민자손으로 구분했다. 그리고 신분별로 분리 수용 되었다. 그 뒤부터 군영에는 목민들이 여러 물건을 수레에 싣고 오거나 군마軍馬로 길들일 수 있는 말이나 군량용 가축을 바치고 평민자손 여자 한 명씩을 데려갔다.

그 중 대부분의 어린 여자애들은 울면서 끌려 갔다. 각기 다른 곳으로 가게 되는 어린 딸과 젊은 어머니의 울음소리가 들려왔다. 가계의 계승이 어려운 차하르부족 목민들은 나이 어린 아들에게 장차 필요한 여자아이를 미리 마련해 두었다.

어느날, 대장군의 부관참모정도로 여겨지는 병사 한 사람이 나타나, 매우 정중한 태도로 엥흐바야르마의 이름을 확인하고 말에 태워 다른 곳으로 안내했다.

군마軍馬 훈련장을 지난 그곳은 장군들의 게르촌 이었다. 권력을 상징하는 크고 화려한 중심부 게르에 다다르자 그는 게르문을 열고 팔을 가슴에 올려 보고한 뒤, 말에서 내린 그녀에게 허리를 굽혀 예를 갖추고 게르안으로 다시 안내했다. 게르 문턱을 넘어 들어가자 그곳 중앙 커다란 원탁에 오찬이 차려져있고, 두 사람의 토올치가 머링호오르와 피파를 연주하기 시작했다.

품위가 있어보이는 굵게 주름진 장군의 노모가 화려한 차하르부족의 상징인 적갈색 귀족의상을 입고 커다란 안락의자에 앉아있었다.

옆자리에 앉아있던 장군이 다가와 엥흐바야르마의 한 팔을 잡고 정중한 자세로 다시 안내하며 말했다.

"할하부족의 귀족자손입니다. 어머니."

그러자 자리에서 일어난 노모가 다가와 미소를 보이고 엥흐바야르마의 앞 뒤를 돌아보며 말했다.

"총명한 눈빛에 할하부족의 귀족다운 면모를 지녔구나. 너의 아버지가 좌군장군이더냐?"

"……."

"자, 우리 차하르부족 옷으로 갈아입어라. 이제 다른 생각 하지 말고 내 아들과 늙은 이 어미와 이땅에서 살자꾸나. 내 아들 후럴터거어는 기마군단을 이끄는 장수다."

그러면서 할하부족을 상징하는 엥흐바야르마의 푸른 빛깔 겉옷을 벗기고 미리 준비해 둔 화려한 적갈색 차하르 부족 옷 한 벌을 손수 입혀주고 옷 매무새 앞 뒤를 살펴 주었다. 그리고 허리에 부스를 둘러매주며 말했다.

"이 옷은 장군의 아내들이 입는 귀족 옷이다. 이 옷을 입으니까 더 예쁘구나."

"……."

"우리집안에 귀족자손이 들어왔으니 길일吉日을 잡아 새색시를 맞이하는 화제火祭를 올리고 혼례도 올릴 것이다. 자! 후릴터거어는 정중하게 색시를 맞이 하거라.”

하고 말하자, 머링호오르와 피파연주 속에 토올치들이 환영의 토올을 노래하고, 장군은 음식이 차려진 원탁의 자를 권했다. 그녀를 맞이하는 최상의 환영의식을 장군은 베풀고 있었다. 그녀가 자리에 앉자 노모는 차강하닥[48])을 담은 은쟁반을 장군에게 내밀었다.

장군은 엥흐바야르마의 목에 차강하닥을 걸어주고 은잔에 술을 따랐다. 엥흐바야르마는 자신을 맞이하는 일련의 귀족의식과 은잔의 술을 거부하지 않았다. 자신의 신분은 할하부족의 귀족이기 때문이다.

차하르부족은 귀한 손님을 맞이할 때 차강하닥을 목에 걸어주고 은잔에 술을 따라 권하는 풍습이 있다.

중국 령 내몽골자치정부 퉁라오를 가면 지금도 이 풍습이 남아있다. 필자는 오래전 문화행사초청으로 갔다가 차하르부족인 내몽골 어느 지역 군수로부터 토올치들의 환영노래를 겸한 만찬과 함께 이렇게 대접을 받은 적이 있다.

장군은 여러 음식을 권하며 시종 예의를 갖췄다. 엥흐바랴르마를 대하는 태도며 자세를 보면 장군은 귀족의 품위를 갖춘 인물이었다. 노모는 시종 즐거운 표정을 잃

---

48)차강하닥/ЦагаанХадаг : 하얀 비단 천

지 않았다. 하지만 엥흐바야르마는 남의 일만 같았던 코앞에 닥친 현실이 받아들여지지 않았다. 더구나 남편 에르덴의 아이를 가진 것을 몸으로 느끼고 있었다.

그녀는 그렇게 되기를 기대하고 있었다. 그것을 모르는 후럴터거어의 노모는 여자가 귀한 탓인지 무척 살갑게 대해 줬다. 그날 밤은 가까운 노모의 거처로 옮겼다.

노모는 새 며느리가 들어온 것이 퍽 즐거웠던 모양이다. 침대에 누워서도 늦도록 잠을 이루지 못하고 자꾸 말을 걸었다.

"후럴터거어의 아비는 본래 좌군 장군으로 7척 장군이었다. 그런데 친제국과 전쟁을 벌이면서 참수되고 말았단다."

엥흐바야르마는 탈출을 꿈꿨다. 그렇게 다짐한지 며칠이 되자 노모는 길일을 알려 주었다. 저녁부터 이튿날 아침까지 게르촌 울타리 밖 마당에 언제나 서너 마리의 군마가 매어있었다.

그녀는 그 말들을 눈여겨 봐두었다. 아직은 낯선 곳에서 혼자 행동할 수 있는 기회는 좀 채로 주어지지 않았다. 택일이 잡히자 노모는 다른 장군들의 게르에 엥흐바야르마를 데리고 다녔다.

엥흐바야르마를 자랑하며 혼례일을 알렸다. 그녀가 모

든 것을 포기하고 뜻을 따르는 것처럼 보여주자 노모는
퍽 즐거운 표정을 지었다.

　어느 날 해질녘, 여러 마리의 군마가 매어있는 것이 눈
에 띄었다. 그날 따라 주변에 아무도 보이지 않았다. 노
모를 뒤따르던 그녀는 자작나무 낮은 울타리를 단숨에
넘어 군마에 뛰어올라 채찍을 휘두르며 세차게 말을 몰
았다.
　당황한 후럴터거어의 노모가 소리쳤다. 훈련된 군마는
민첩했다. 아주 빠르게 달렸다. 양떼를 모는 말과는 전혀
다르다. 말고삐를 당겨 방향을 잡고 초원으로 질주했다.
해가 졌지만 대지의 드넓은 하늘은 아직도 환했다. 거지
별이 떠 있었다. 구르반사이항으로 향하는 외곽 구릉능
선에 경계초소가 보였다. 말머리를 다시 돌렸다. 돌린 방
향은 서북간방으로 바로가면 홍고린사막이다. 설사 후
럴터거어가 뒤쫓더라도 자신이 사막지대를 거쳐 갈 것
으로 믿지 않으리라 마음먹은 엥흐바야르마는, 일단 그
곳으로 질주한 다음 반사막지대로 접어들면 별자리를
보고 방향을 잡기로 했다. 사실을 보고받은 후럴터거어
가 날쌘 수하들과 말을 몰고 추격했다. 수없는 전쟁을

치러온 작전에 능한 그는 지세를 꿰뚫고 있었다.

　그는 이미 엥흐바야르마의 도주방향을 짐작하고 있었다. 어둠의 세력이 대지를 뒤덮고 뒤쫓는 말발굽소리가 들린다. 그녀는 쉬지 않고 달렸다. 얼마나 달렸는지 모른다. 초원과 달리 반사막지대의 말발굽소리는 둔탁했다. 그만큼 달리는 속도도 느렸다. 더르너고비를 관통하자 홍고린사막으로 시작되는 반사막지대로 접어들었다.

　엥흐바야르마는 구르반사이항 방향을 찾으려고 검은 하늘을 바라보며 북극성을 찾았다. 바른쪽 어깨 위에 북극성을 두고 그 위치에서 바라보이는 앞쪽은 구르반사이항이다. 먼저 남극성을 찾은 그녀가 다시 북극성을 찾느라 제자리에서 맴도는 순간, 아뿔싸, 북극성 방향에서 말발굽소리가 가깝게 들려왔다. 후럴터거어가 질러온 것이다. 다시 방향을 돌린 엥흐바야르마는 검은 능선을 향해 말을 몰았다. 말발굽소리로만 상대의 위치를 알 수 있는 먹처럼 가장 어두운 새벽, 손 끝도 보이지 않는다.

　군마의 거친 호흡소리와 뒤섞인 말발굽소리가 바짝 뒤따라 들렸다. 그러더니 말채찍이 그녀의 등을 사정없이 후려쳤다. 그녀는 몸을 낮추며 거듭 내리치는 채찍의 공격을 피했다. 말등자로 군마의 배를 힘껏 후려쳤다.

　그러자 군마는 능선을 가로질러 빠르게 그곳을 빠져 나갔다. 그러나 '푸다닥ㅡ.' 또 한 차례 말채찍의 공격을 피하려던 그녀는 말에서 떨어져 곤두박이고 말았다. 군사적으로 정예한 그들을 결코 따돌릴 수 없었다.

그녀가 태어나고 자라온 부족의 땅, 구르반사이항영토를 목전에 두고 엥흐바야르마는 포박된 몸으로 끌려오고 말았다. 화가 난 후럴터거어는 죄인을 다루는 구릉능선기둥에 그녀를 묶어 놓고, 두꺼운 나무칼구멍에 목을 끼우고 비녀장을 질렀다. 그래도 모자라 발목을 조이는 차꼬까지 채웠다.

그리고 수하에게 명령했다.

"죽도록 물 한 모금도 주지마라."

약탈되어 끌려온 가련한 엥흐바야르마는 이대로 최후를 맞을지도 몰랐다. 거센 바람이 불었다. 할하부족과 차하르부족의 약탈 전쟁에서 여자의 약탈은 언제나 가장 큰 비중을 두었다.

떼별빛 소나기 내리는 밤이다. 고향에서도 보았던 북두칠성이 퉁랴오에서도 보였다. 은하가 맑게 흐른다. 낮이면 자외선과 지열地熱이 괴롭혔다. 세포가 말라가는 고갈을 느낀다. 굶주린 창자가 요동치던 감각도 이제 느끼지 못했다. 깊은 밤이면 늑대의 긴 울음소리가 들려왔다. 주검의 냄새를 맡은 늑대가 나타나 사정없이 살점을 물어 뜯을 것만 같은 공포가 넘실거렸다.

МОНГОЛ. НааДамын 2016 КимХаніо Чан

나담(축제)의 창 경기 / 내몽골 퉁랴오 (56 x 36cm water color)

신체의 한계를 견디지 못한 엥흐바야르마는 의식을 잃었다. 죽은 듯 늘어진 엥흐바야르마의 모습을 멀리서 바라본 노모는 조바심을 보이며 후럴터거어를 달래었다.

"여자 몸으로 그 아이가 보인 그만한 결기는 귀족피를 가진 까닭이다. 총명한 눈빛에 자식만 하나 낳는다면 천하를 호령할 후사를 보일 것이다. 그만하면 됐으니 비녀장도 차꼬도 풀고 데려오너라. 이 어미가 잘 달래마."

그러나 분노가 가라앉지 않은 후럴터거어는 고집을 꺾지 않았다. 보름째 밤이 되자 참다 못해 아들 몰래 형장 구릉능선을 기어오른 노모는 가련한 엥흐바야르마의 떨군 고개를 손으로 바로 세웠다. 그리고 뒤엉킨 머리를 손으로 빗어주며 달래었다.

"애야, 이게 무슨 꼴이냐. 귀족의 몸으로 이대로 죽을 수는 없지 않느냐! 이 늙은이의 소원을 들어다오."

"……"

"자. 이걸 좀 마셔라."

건조하게 마른 하얀 입술에 수태채를 손수 떠먹이며 흐르는 눈물을 닦아주었다. 그리고 달래었다.

"혼례를 치루거라. 그리고 우리집안에 대를 이어 나라 다스릴 자식하나만 낳아다오."

노모의 애절한 간청에 엥흐바야르마는 힘없이 고개를 끄덕였다. 일신의 괴로움 때문은 아니었다. 뱃속에 가진 에르덴의 핏덩이를 위해서 모진 형벌은 피해야겠다는 생각이었다. 노모는 형장을 지키는 아들의 수하하나를 불렀다.

"비녀장도 차꼬도 모두 풀어라."

비로소 칼구멍에 조여진 목이 풀리고 차꼬의 자물목이 빠졌다. 병사의 부축을 받으며 돌아오자 노모는 무거운 칼구멍에 눌려 멍든 어깨와, 지친 몸을 손수 씻겨주고 어루만졌다. 어느 어머니와 다를 바 없는 깊은 모성을 보이며 엥흐바야르마를 딸을 다루 듯이 말했다

"악아! 어찌 이 늙은이의 마음을 이토록 상하게 하느냐! 여자 몸으로 네가 보인 그만한 결기는 귀족의 피를 가진 것이어서, 자식하나만 낳는 다면 천하를 호령할 후사를 보일 것이라고 아들을 달랬지 않았느냐. 이제 다른 맘 두지 말고 이 늙은이의 딸 같은 며느리가 되어다오. 우리집안 화로의 주인이 되어다오."

하며 또 간청했다.

며칠이 지나 몸이 추슬러지고 얼굴에 화색이 돌아오자 노모는 혼례와 화제의식火祭儀式을 서둘렀다. 후럴터거어의 부관이 의식준비의 수장이 되었고, 그 아래 수하들이 불피울 양가죽을 양편에 쌓아올렸다. 아내들은 부산하게 잡은 양고기로 온갖 음식을 장만했다. 산처럼 쌓아올린 양가죽과 무수히 세운 깃발은 권력을 상징했다.

이른 아침부터 토올치들이 토올을 연주하고 머링호오르와 모르팅을 연주하며 경배의 노래를 불렀다.

한동안의 연주가 멈추자 의식을 주관하는 샤먼은 후럴터거어의 수하 졸개들과, 많은 사람들이 모여든 가운데 타오르는 집채 만 한 불사이를 그녀가 먼저 지나가도록 일렀다. 그리고 노모는 이제 집안 화로의 주인이 될 엥흐바야르마에게 불을 사르도록 부싯돌을 주었다. 그녀는 노모가 이르는 대로 커다란 무쇠화로에 불을 지피자 활활 타 오르는 불꽃이 하늘로 치솟았다.

샤먼이 말했다.

"자, 화신火神과 시어머니에게 절을 올리고 화로의 주인이 되시오."

엥흐바야르마가 비로소 노모에게 절을 올리자 샤먼은, 마당 오른쪽에 곡물로 해를 그리고, 왼쪽 흰색 깔개 위에 달을 그렸다. 그리고 신랑 후헐터거어는 해를 그린 자리에, 신부인 엥흐바야르마는 달을 그린 곳에 앉혔다.

그러자 노모는 양羊 정강이 뼈를 가져와 둘에게 말했다.

"자, 굵은 부분은 후헐터거어가 잡고, 가는 부분은 엥흐 바야르마가 잡아라"

МОНГОЛ БӨӨУЛТОН 2011.6
ТУБА ИМОГ 김홍현 Кимхёнхён

샤먼의 기원 3 / 구르반사이항 (56 x 36cm water color)

노모의 말에 따르자, 다시 말했다.

"그리고 둘은 저기 떠오르는 해를 보고 세 번 절을 올려라."

이것은 자연신앙인 고대인들의 태양숭배 풍습에서 유례된 것이다. 석기시대 선돌 바위그림에서 연속무늬 사슴의 형상을 보면 상단에 태양을 새겨놓은 것을 보아도 태양을 숭배하는 고대인들의 풍습을 엿볼 수 있다.

노모는 이어 엥흐바야르마 머리의 가르마를 양쪽으로 갈라주며 부인이 되었다는 의례를 치렀다. 그리고 곧바로 그녀의 앞자락에 날이 시퍼런 도끼하나를 던져놓았다. 그것은 나라를 다스릴 자식하나를 낳아달라는 염원念願의 의식이다.

이러한 몽골의 고대 전통혼례절차는 시대적 상황에 점차 그 의미가 감소한지 오래되었다. 후럴터거어와 그녀가 다시 게르에 피워진 불주변을 한 바퀴 돌아나오자, 독수리털말가이49)를 눌러쓴 샤먼이 신이 들린 듯 온몸을 흔들며 화제火祭를 서둘렀다.

활옷 앞뒤와 가죽고탈에 매달린 수없는 방울들이 몸을 흔들 때마다 현란하게 울렸다. 신기운이 잔뜩 차오른 샤먼은 제단위에 가뿍 차려진 첫 번째 음식을 불에 올리고,

---

49)말가이/Малгай : 모자

신들린 휘파람소리 끝에 북을 두드리며 무가巫歌를 소리 지었다.

　　수메르 산만큼 많은 음식을
　　슝 바다(몽골 신화의 바다)만큼 많은 마실 것을
　　위엄이 지극하신 불의 왕 당신께 올립니다.

　이렇게 샤먼이 발원의 소리를 짓는 동안 모든 사람들이 자그만 호오르를 일제히 꺼내어 입에 물고 손가락으로 떨판을 튕기어 내는 집단의 소리는 신비하기 이를데 없었다. 다시 짓던 소리를 멈춘 샤먼은 두 손을 모으고 반쯤 조아린 굽힌 몸으로, 희고 붉은 물감이 발라진 얼굴을 모로 돌려 바라보며, 낚시바늘처럼 가는 눈에 신기오른 눈빛으로 후럴터거어와 그녀에게 명령하듯 일렀다.

　"장군과 색시는 타오르는 화신에게 절을 올리시오."

　형틀에 묶인 날부터 비참하고 가련한 기색을 떨치지 못한 엥흐바야르마는, 갈수록 몰려오는 의중의 거부감으로 그와 절하는 것 만큼은 피하려 하자, 후럴터거어는 얼굴을 찌푸리고 일순 두 눈을 부라렸다.

　행여 의식이 잘못될까봐, 시종일관 둘의 눈치를 살피던 노모가 다가와 살가운 표정으로 달래 듯 그녀의 등을 넌지시 밀었다. 마지못해 절을 올리고나자 샤먼은 더더욱

현란한 몸짓과 방울소리로 무가를 다시 소리지으며 발원
했다.

　　별보다 많은 가축을 갖게 되기를 원하나이다.
　　산보다 크고 흰 게르를 갖게 되기를 원하나이다.
　　태어난 육신이 영원한 지족 누리기를 원하나이다.
　　나라를 다스리는 자식을 갖게 되기를 원하나이다.
　　천하를 호령하는 자식을 갖게 되기를 원하나이다.

　이것은 부자나 권력을 가진 귀족들이 화제를 올릴 때의
경經이다. 평민가정에서 굿을 할 때는 그 내용이 다르고
제의는 두 가지 형태로, 수시하는 항시적인 제의와 해마
다 한 번씩 드리는 대제의가 있다. 평민가정에서 화火 제
의를 지낼 때 경經 내용은 이러하다.

　　호수에 서 있는 많은 말떼와
　　양반을 따르는 시종과 자식
　　넓은 초원에 많은 양들
　　착한 아들 딸들을 많이많이 갖게 해 주소서.

　이와 같이 몽골부족들은 텡게르(하늘/Тэнгэр)와 갈(불/га
л)을 숭상해왔다. 하늘은 영원함, 불은 정화의 상징이다.

불은 더러운 것, 부정한 것을 소멸시킨다고 믿었다. 그렇기 때문에 왕들이 사신을 영접할 때, 두 불火 사이로 먼저 지나가게 했다.

활불活佛 자나바자르는 소욤보라는 글자를 만들 때 불을 태양과 달 위쪽에 위치시켰다. 그들은 불을 외경하고 제의를 드리며 신앙해왔다. 혼례를 행할 때에는 불제의를 지내며 절을 했다. 또 고대에 화제火祭 의식을 샤먼들에게 하게 했지만, 후에는 주로 승려들을 모셔와 제의를 올렸다. 샤먼의 무가와 승려들의 무가는 내용적인 면에 다소의 차이가 있다. 전통적으로 불火을 숭배하는 제의를 매우 중요한 의례로 여겼으며, 그 시기와 신앙적 의미는 거의 공통적이지만 자연과 자연, 대기의 조건, 지역 민중의 특수성, 신분에 따라 조금씩 차이가 있다.

고대 몽골의 화제火祭 풍속은 모든 가정에 화로의 주인, 즉 불의 신이 거居한다는 믿음과 신앙에 근거한다. 예전에는 해마다 불에 제의를 드리는 자세한 규례가 있었지만, 오늘날은 희미해진 풍습이 되었다. 그러나 몽골은 지금도 근본적으로 샤머니즘의 정신과 영향이 풍부하게 남아 있다.

몽골샤머니즘은 철저한 정신과 본질 속에서 따르고 실

천한다. 하늘, 산, 물, 땅, 길, 등을 신앙하고 대표적인 것은 뎅게르(하늘)신이다. 그래서 몽골의 모든 어워의 솟대는 하늘을 바라보고 어워 하나만을 보더라도 산 어워(산의 신), 길 어워(길의 신), 땅 어워(땅의 신), 물 어워(물의 신) 등이 질서 정연한 샤머니즘으로 지금까지 존재해온 것이다. 칭기즈 칸은 대표적인 텡게르 신을 경배했으며 모든 행동을 개시할 때 텡게르, 즉 푸른 하늘에 먼저 발원發源했다.

엥흐바야르마는 자신이 수태된 것을 몸으로 느끼고 있었다. 에르덴의 아기였다. 하지만 그 사실을 숨겼다.

배가 불러 오르자 후럴터거어는 자신의 아이로 알고 있었다. 아기가 태어나자 노모는 장차 아들의 뒤를 이어 나라를 다스릴 자식이라며 무척 기뻐했다. 그녀는 울지부랭(Өлзийбүрэн/완전한 행운)이라는 아기의 이름을 손수 지었다. 그리고 올바른 가계를 심어주려고 아기의 이름 앞에 후럴터거어 이름이 아닌, 에르덴의 이름을 성性으로 붙여 자장가를 몰래 속삭여주었다.

에르덴이 아버지라네.
부−에, 부−에, 부−에.
울지부랭의 성씨는 에르덴이라네.
온 타래, 온 타래, 온 타래.

그렇지만 후럴터거어와 노모 앞에서는 그렇게 자장
가를 부를 수 없기 때문에, 그들 앞에서는 될수록 젖을
물려버렸다. 아니면 자장가의 후렴인 '부-에 부-에'
와 '온 타래 온 타래'만 부르며 잠을 재웠다.

아기는 그녀에게 큰 위안이 되고 심리적 버팀목이 되었
다. 기약은 없지만 한자락 남은 희망으로 마음 한구석에
자리 잡았다. 목숨을 부지하고 있는 한, 에르덴이 용맹한
할하의 군사를 몰고 와, 구해줄 것이라는 기대와 집요한
의지는 변함없었다. 때가 오기만을 기다렸다.

비로소 적갈색 차하르부족 유목민복장으로 변복한 에
르덴과 발도르찌장군이 튱랴오군영으로 잠입했다. 차하
르 부족 군사들은 친제국과의 영토전쟁으로 거반 출병하
여 소수병력이 경계를 서고 있었다.
초병들의 눈을 피해 장군들의 게르촌을 염탐하던 에르
덴은 청각을 곤두세웠다. 엥흐바야르마의 자장가소리를
들은 것이다. 멀지않은 곳에서 들려오는 자장가에 그는
적잖이 놀랐다. 자신의 이름을 성姓으로 붙인 엥흐바야
르마의 자장가소리였기 때문이다.

에르덴이 아버지라네.
부-에, 부-에, 부-에.
울지부랭의 성은 에르덴이라네.
온 타래, 온 타래, 온 타래.

아들의 이름에 흥분된 애르덴은 몸을 잔뜩 낮추고 자장가가 들리는 곳으로 천천히 말을 몰고 다가갔다. 앞서 간 발도르찌가 자장가가 들려오는 게르를 거푸 손으로 가리켰다. 방향을 틀었다. 숨을 죽인 에르덴이 바짝 다가섰다. 아내와 아들을 구할 수 있는 절호의 찬스다.

"울지부랭의 성씨는 에르덴 이라네-."

엥흐바야르마의 자장가 소리가 다시 들려오자, 에르덴이 손을 뻗어 문고리에 손을 뻗는 순간,

"누구냐."

아뿔싸, 게르촌을 호위하는 기마병의 눈에 띄고 말았다. 게르촌 밖에 말을 매어두지 않고 들어온 것이 화근이었다.

"밖으로 나오라."

기마병이 소리쳤다. 다른 적군기마들이 칼을 빼들고 우루루 몰려왔다.

몽골의 샤먼 뭉흐자르갈/ 톱 아이막 (44 x 60cm water color)

당황한 에르덴은 재빨리 말고삐를 당겨 방향을 돌렸다. 빠져나갈 길이 막혀있다. 한순간 갈피를 잡지 못하던 그는,

"발도르찌! 말 가슴으로 붙어라."

초급한 상황에 어떤 방법도 없었다. 명령을 내리고 재빠르게 말 등에 앉았던 몸을 말 가슴에 바짝 달라 붙어 출구 기마병을 향해 정면으로 돌진하자, 놀란 적군기마들이 앞발을 하늘로 치켜 올리며 히히힝- 비명을 질렀다. 그들의 갑작스런 속도에 부닥친 기마병의 말이 넘어지자 다른 기마병의 말들이 흩어졌다.

순식간에 퇴로가 열린다. 가까스로 빠져나온 그들은 말 등으로 다시 기어올라 말 채찍을 휘두르며 병영 밖 초원으로 빛발처럼 질주했다.

"서라."

아기를 재우던 엥흐바야르마가 긴박하고 소란한 소리에 아기를 안고 밖으로 나왔다. 하지만 멀리 누군가를 뒤 쫓는 군사들의 모습만 보일 뿐이었다.

튱라오를 벗어나 초원으로 질주할 때까지 십여 명의 기마병들이 활을 쏘며 추격했다.

바짝 뒤따르던 발도르찌의 등 뒤에 화살이 박히자 외

마디 비명을 질렀다. 그가 말에서 떨어지는 찰라 재빠르게 다가간 에르덴이 자신의 말 등에 옮겨 태우는 사이 적 군마의 간격이 바짝 좁혀졌다. 말 등자로 군마의 배를 힘껏 내리치며 채찍을 휘둘렀다. 떼화살이 귓전을 스친다. 에르덴은 발도르찌가 떨어지지 않도록 말 가슴에 몸을 붙이고 양 다리를 붙잡고 날아오는 무수한 화살을 피하며 질주했다.

　말 잔등과 말 가슴 위 아래로 오르락 내리락 화살을 피하며 질주하는 모습은 누구도 따를 수 없는 기상천외奇相天外한 솜씨다. 그러나 말 안장 고정대를 틀어 잡고 흔들리고 있던 혼미해진 발도르찌의 등 뒤로 화살이 거푸 꽂혔다. 다시 말 등으로 몸을 날려오른 그는 구릉을 찾았다. 선두자리가 뒤바뀌어 가면서 적들은 맹렬히 쫓아온다. 급기야 구릉이 보였다.

　말 지뢰를 뿌릴 수 있는 기회다. 그는 능선을 휘돌아 구릉에 몸이 가려지자 벅츠(Богц/안장가방)에 가득담긴 말 지뢰를 흩뿌리며 질주했다. 말 지뢰는 풀 섶에 묻혔고 맹추격으로 뒤 쫓던 적군의 선두기마들의 발굽에 말 지뢰가 박히면서 일시에 고꾸라졌다. 그러자 뒤따르던 나머지 기마들이 쓰러진 앞말에 거푸 발이 걸려 넘어지며 나뒹굴었다.

말 지뢰가 말굽에 박힌 말은 그것을 빼주게 되더라도 다시는 달리지 못한다. 적군 기마들의 비명소리를 들은 에르덴은 구릉으로 올라 마디숨을 내뱉으며, 뒤엉킨 적들과 뒤이어 쫓아오는 기마병들을 내려다보면서 아들의 이름 울지부랭을 되뇌이며 유유히 사라졌다.

고비 구르반사이항 군영으로 돌아왔지만 에르덴은 부관을 잃었다. 족장은 하삭크부족과의 전쟁을 코 앞에 두고 에르덴이 돌아오기를 기다리고 있었다. 당장 차하르부족을 공격할 수 없었다.

"지금 몽골전역은 부족들의 영토전쟁이 시작되었다. 강한 부족만이 살아남는다. 하삭크부족이 바르가부족과 연합하여 공격한다는 역참의 전갈이다. 우리는 동맹을 맺은 자흐칭부족과 선제공격할 것이다. 기마군단 에르덴 장수는 군단을 정비하고 공격준비에 임하라."

이 시기는, 칭기즈 칸의 나이 아홉 살에 그의 부친 에스게이가 타타르부족에게 독살당한 후, 부족을 잃고 초원을 떠돌며 성장한 때였다. 한 부족이 영토전쟁을 일으키면 조용하던 다른 부족이 인근부족과 전쟁을 일으켜 영토를 빼앗았다.

영토를 되찾기 위한 지속되는 전쟁으로 시시각각 닥쳐

오는 위기에 유목민들은 전쟁공포에 빠져들었다.

끊임없는 전쟁의 소용돌이 속에 발을 뻗고 잘 수 없을 정도로 힘의 각축전이 벌어지고 대지는 뒤집혔다. 밤낮 없이 혼란스럽고 어지러운 몽골평원의 난세가 막 시작되는 시기다. 초원은 그렇게 전쟁바람 속으로 치닫고 있었다.

몽골 땅 전역 15개 부족이 뒤엉킨 영토전쟁의 난세를 가히 짐작할 만 하다. 자흐칭부족과 힘을 합한 할하부족은 하삭크부족과의 전쟁에서 승리를 거두었다. 이 전쟁에서 에르덴의 활약은 그가 할하의 영웅이 되는 것을 조금도 주저하지 않았다. 족장은 전쟁에서 매번 승리하자 에르덴에게 영웅(баатар /바타르)칭호를 부여했다.

그리고 그를 에르덴바타르라는 이름으로 부르게 된다. 기마군단장수로서 부족전쟁이 일어날 때마다 그의 전과는 하늘을 찔렀다. 하삭크부족이 멸망하고 연합했던 자흐칭부족과 할하부족의 영토는 넓어졌다.

에르덴바타르는 또 다른 부족들의 침략을 막으면서 수 없는 영토전쟁을 벌였다. 그렇게 세월이 흐르는 동안 종래 그는, 군영의 족장이 되고 할하부족을 호령하기에 이른다.

천혜의 땅 차하르부족 퉁랴오 초원이다. 적갈색 갑옷을 두른 젊은 두 장군이, 하나는 무거운 무쇠 창을 휘두르고, 다른 하나는 활시위를 당기며 군마를 몰고 구릉능선을 빛발처럼 내려온다. 허공을 맴돌던 솔개 한 마리가 먹이를 발견하고 초원 풀 섶의 들쥐를 낚아채어 다시 떠오르는 찰나, 그 중 하나가 당긴 화살에 솔개는 날개를 퍼득이며 떨어지고 말았다. 그것을 다른 하나가 솔개를 향해 던진 무쇠 창이 땅에 꽂히며 솔개의 온 몸이 창날에 찢어졌다. 그들은 그동안 성장한 엥흐바야르마가 낳은 에르덴바타르의 아들 울지부랭이며, 후럴터거어와의 사이에 태어난 두 살 터울 바트사이항(БатСайхан/강하고 멋진)으로 울지부랭의 동복同腹동생이다. 그들 형제는 차하르 부족 병영의 어엿한 기만군단 장군이다.

　울지부랭이 동생을 칭찬했다.

　"바트사이항! 너의 활솜씨는 감히 따를 자가 없구나. 들쥐를 낚아채는 솔개를 활을 쏘아 맞추다니……."

　형의 칭찬에 그의 낯빛에 미소가 가득하다. 그리고 강하고 멋진 뜻을 말하는 이름만큼이나 멋져 보인다.

　"형님은 어떻구요. 무쇠 창 다루는 형님솜씨도 감히

따를 자가 없습니다. 아버지도 인정하지 않는 가요!"

우애 깊은 두 동복형제는 차하르부족 기마군단을 지배할 만큼 울지부랭은 무쇠 창 검술의 달인이다. 반면 바트사이항은 다섯 살 나이부터 염소를 타고 들쥐를 쏘아 잡을 정도로 활궁에 능했다. 이들의 전투력은 군단의 지휘권을 능히 휘어잡고도 남았다.

그러나 이들이 성장하면서 할하부족과 차하르부족의 인종적 차이가 두드러졌다. 동생 바트사이항은 울지부랭과의 형제관계에 어딘가 모를 의구심도 들었다.

하지만 두 형제의 유별난 우애만큼은 의구심을 잠재울 정도로 대단했다. 또 모계중심으로 가정이 다스려졌던 만큼 전통적 관습은 쉽사리 이들의 의분을 불러일으키지 않았다. 서로 다른 부족의 인종적 차이란, 근골이 강한 할하 부족과, 넓적한 갈색얼굴을 가진 차하르부족의 두드러진 신체의 외양이었다. 더구나 바트사이항은 형인 울지부랭으로부터 유독 깊은 사랑을 받고 있던 터였다.

당장 문제될 바는 없다. 그러나 후일, 차하르부족의 패권주의가 형성될 경우 어떤 형태로든지 이들 두 형제가 맞붙게 될지, 그것은 지금으로서 알 수 없다. 다만 두고는 볼 일이다. 이렇게 두 아들을 둔 차하르부족 후럴터거어 족장은 할하부족을 다시 약탈하려는 전략을 세우고 있었다.

МОНГОЛ, Наадамын өдөр харваач 2016 KimXanibyam

나담(축제)의 궁사들 / 울란바타르 (56 x 36cm water color)

약탈은 당시 유목민들로서는 일종의 생산활동으로 여겨졌다. 개인적인 약탈은 개인생산이었다. 그러나 후일 칭기즈 칸은 개인적인 약탈을 금지시켰다. 개인적인 약탈을 공동생산으로 바꾼 것이다.

『유목민 이야기』(김종래 －옮긴이주)

　차하르부족은 인접한 친제국과의 오랜 전쟁에서 꽤 많은 영토를 빼앗겼다. 돌림병마저 돌아 많은 유목민들이 가련한 위기에 처했다. 돌림병은 군영에까지 퍼졌고, 자신의 모친마저 드러눕고 말았다. 이 지경에 이르자 부족의 운명을 걸고, 할하부족을 약탈하여 필요한 것을 채우고자 하였다. 가혹한 부족의 고통을 마감하는 데는 많은 암낙타가 필요했다. 힘이 센 낙타는 60일 동안 먹지 않고도 견딜 수 있을 뿐 아니라, 몸이 아픈 환자의 약을 만드는데 암낙타의 많은 젖이 필요했다.

　긴 겨울이 가고, 드넓은 설원의 눈이 녹기 시작했다. 고비 구르반사이항 거친 돌산과 초원에 연두빛깔이 번졌다. 풀이 솟기 시작한 것이다.

봄철 가축들이 배를 불리고 나면 유목민들은 새로운 목초지를 찾아 길을 떠난다. 어수선한 이 시기가 되면 적들의 습격이나 약탈이 많았다. 그래서 경계지역 초소는 언제나 상엄했다. 봄철 평원은 더욱 건조해졌고 바람이 잦았다. 홍고린사막에서 날리는 모래알이 구르반사이항 고비까지 날아들었다. 그렇게 시작되는 바람은 갈수록 거세졌다. 모래알이 뺨을 후린다. 모래먼지는 시야를 가로막았다.

이렇게 몇날 며칠 모래폭풍이 일어나면 잦아질 때까지 유목민들은 떠날 수 없었다. 이러한 환경은 차하르부족에게는 할하부족을 약탈할 수 있는 절호의 기회를 제공했다.

차하르부족장 후럴터거어가 지휘하는 휘하군사들은 이미 할하부족 경계지역 바위능선 턱 밑에 몸을 숨겼다. 모랫바람으로 견디던 말떼의 투레질소리에 홀다스(재갈망)를 주둥이에 씌우고 매복하고 있었다.

곧 모랫바람이 거세지자 차하르부족들은 몸을 움직였다. 경계초소 할하부족 병사들의 목이 잘리고 차하르부족 군사들이 유목민들이 몰려있는 게르촌으로 잠입했다.

거친 모랫바람이 거푸 게르 외벽을 후려치고 바람소리

와 모래알이 부닥치는 소리에 깊이 잠든 유목민들은 어떤 소리도 듣지 못한다. 낌새를 알아차리고 밖으로 나온 유목민은 단칼에 쓰러졌다.

먼저 침투한 차하르부족 병사들이 일단의 낙타떼를 끌고 경계선 밖으로 이동했다. 구르반사이항 전역에서 낙타 떼를 끌고 나온 그들은 쏜살같이 말을 몰고 모래먼지 속으로 사라졌다.

잿빛 바위산맥 스카이라인에 걸려있던 구름덩어리를 붉게 태우면서 솟아오른 붉은 태양이 대지를 비췄다. 화급히 병영으로 달려온 목민들이 족장에게 고했다.

"차하르부족들에게 고비전역 낙타를 약탈당했습니다."

"뭐라고? 고비전역의 낙타를?"

거대한 홍고린사막에 인접된 반사막지대의 낙타는 할하 부족의 생명이었다. 복수의 욕망으로 불타오른 에르덴바타르는 좌·우 장군들과 기마군단을 다급히 소집하여 명령을 내렸다.

"전군은 물론 모든 유목민병사들까지 소집하라. 유목군대를 이끌고 공격할 것이다. 적장의 목을 베어 차하르부족과의 300년 전쟁을 이제는 끝내리라. 낙타는 물론 나의 아내와 성년이 되었을 아들도 찾아오리라."

족장의 명령에 기마군단 좌·우군장군과 병력들이 일사분란하게 움직였다.

삽시에 전운이 감돈다. 전쟁을 알리는 검은 깃발이 일제히 세워졌다. 전시에 동원되는 유목민병사들이 전령을 받고 온종일 몰려들었다. 그들에게 활과 창검이 쥐어지고 좌군과 우군으로 배속되었다.

"충분한 군량軍糧을 수레에 싣고 불화살과 말 지뢰를 챙겨라. 퉁라오군영까지 적들은 밤낮을 달려도 열흘이 걸린다. 더구나 낙타떼를 끌고 가자면 삼일은 더 걸린다. 지금 당장 따라잡는다면 우리 영토안에서 적장의 목을 벨 수 있다."

할하부족 수호기와 전쟁을 알리는 수많은 검은 깃발이 드넓은 대지에 장막을 쳤다.

"전투 대형으로 출정하라."

에르덴바타르 족장이 중심에 섰고 그를 보좌하는 좌·우군 뒤에는 휘하병력들이 대형을 갖췄다. 세찬 바람에 깃발이 펄럭이는 소리와 분노가 극치에 이른 함성이 일촉즉발의 긴장을 몰고왔다. 노도와 같은 기세로 대군병력이 초원을 질주했다.

삼일 후, 드넓은 반사막 대지에 모래먼지를 일으키며 적들은 할하부족영토를 벗어나려고 맹렬히 도망치고있다. 초원 끝자락에 또 다른 먼지꼬리는 그들을 추격하는 할하부족이다. 간격은 갈수록 좁혀진다.

 수많은 낙타떼의 굼뜬 동작 때문이다. 분노에 시달려온 복수의 욕망으로 뒤쫓는 할하부족 유목군대의 추격을 받게 되자 차하르부족 군사들이 발길을 멈췄다. 그리고 뒤돌아 일사분란하게 전투대형을 갖춘다.

 할하부족병력 역시 에르덴바타르 족장의 명령을 기다렸다. 차하르부족을 바라보던 에르덴바타르가 한 손을 들어 신호를 내렸다. 즉시 화살부대가 횡대를 이루며 대형을 갖춘다. 그러자 좌·우군병력이 공격대형으로 종대에서 횡대로 이동했다. 중앙기마병력 선봉대가 족장의 명령을 기다렸다. 무수한 병력이 초원 양편에 뒤덮였다.

 "이스게레(Исгэрэ/x/휘파람)화살을 쏘아라."

 공격신호다. 저승사자의 휘파람소리 같은 무서운 소리로 나르는 이스게레화살을 앞으로 쏠 때는 공격신호며, 뒤로 쏠 때는 후퇴신호다. 야간전투에서 이스게레 불화살은 휘파람소리와 불꽃소리에 더더욱 공포스럽다.

 선두장군이 이스게레활시위를 당겼다. 날카로운 휘파람 소리가 칼로 자르듯 날카롭게 허공을 가른다. 이스게레 화살을 떼화살로 날리면 허공에 퍼지는 소름끼치는 소리는 적들에게 무서운 공포를 심어줬다.

"이스게레 떼화살을 퍼부어라."

궁수병력들이 일제히 이스게레 떼화살을 날렸다.

무섭고 공포스런 날카롭게 뒤엉킨 휘파람소리가 적진
에 비오듯 날아들었다. 공포에 휘몰린 차하르부족 병사
들이 피할 틈 없이 활을 맞고 쓰러졌다.

대형이 일시에 흐트러졌다. 이 때 재차 화살부대의 떼
화살이 날렸다.

"기마군단 돌진하라."

족장의 다음 명령에 활을 쏘던 궁수병력들이 출정길을
트고, 갑옷으로 무장한 기마군단병력이 2열 종대 적진
을 향해 물밀 듯 양편으로 진격하며 횡대를 이룬다. 일
사 분란한 동작이다. 공격대형은 바람처럼 빠르게 갖추
어졌다.

다시 기마군단병력들이 적진을 향해 천둥소리같은 말
발굽 소리와 함성으로 돌격했다. 무장된 기마군단장수
들은 독수리가 날개를 편 것처럼 허리 춤에 찼던 반달
칼을 양손에 빼들고 적중 깊숙이 질주했다.

기마병들이 양편으로 벌린 반달칼은 밀려오는 차하르
부족 군사들의 배를 갈랐다. 푸른 하늘색과 붉은 선혈이
원색대비 되면서 허공에 날린다. 비명과 함께 적들은 말
에서 고꾸라지고 등자에 발이 걸려 뛰는 군마에 끌려갔
다.

초원은 석양에 벌겋게 불살라지고 있다. 몇 개의 구릉을 넘으면 차하르부족 영토다. 할하부족 공격에 적들은 자국 영토로 들어서지 못했다. 차하르부족장 후릴터거어가 반격을 가해왔다. 도주에 급급했던 차하르부족은 전투대형이 완벽하지 못했다.

"와-아."

대초원 복판에서 할하부족과 차하르부족이 전면전으로 엉겨붙었다. 선두 기마군단의 공격에 목이 잘린 머리가 선혈을 쏟아내며, 꼭지 떨어진 호박처럼 여기저기 딩굴었다.

피에 젖은 반달칼에 뿌려진 붉은 선혈이 허공에 날리고, 칼과 칼이, 창과 창이 너울춤을 추며 부닥치는 날카로운 소리가 불협화음으로 선혈과 함께 허공을 떠다녔다. 격전의 피바람 속에 에르덴바타르의 반달칼이 차하르부족 좌·우 장군의 목을 베었다.

노도와 같은 그의 기세는 적장을 호위하던 기마군단 장수의 목마저 땅에 떨어뜨렸다. 그러자 적장 후릴터거어가 칼을 휘두르며 세차게 돌진해온다.

"네 이놈, 나의 칼을 받아라."

에르덴바타르 역시 적장을 향해 군마를 세차게 몰아 이스게레화살처럼 빠른 속도로 돌진했다. 두 부족의 족장이 맞붙었다.

두 군마가 반대 방향으로 스치며 날카로운 칼날을 서로 휘두를 때마다 태양빛에 번뜩였다. 한순간에 몸을 돌리며 비분한 에르덴바타르가 휘두른 칼날에 후릴터거어의 목이 여지없이 잘려나갔다.

쫓는자의 분노와 쫓기는 자의 방어는 승패에 현격한 차이를 둔다. 잘린 목에서 분수처럼 피가 솟구쳤다.

몸체가 말에서 떨어져 고꾸라졌다. 피칠갑으로 떨어진 머리가 군마의 뒷발에 거푸 채이자 투구가 벗겨지며 몇 바퀴 구르더니 바위에 부닥치며 멈췄다.

적장이 참혹하게 참수되고 지휘장수들의 목이 날리자, 차하르부족 졸개병사들이 칼을 땅에 버리고 일시에 무릎을 꿇었다. 그러자 수많은 할하부족 병사들이 일사 불란하게 그들을 에워싸고 창 끝을 겨냥한 자세로 사주경계태세로 들어갔다. 에르덴바타르 족장이 그들에게 무섭게 명령했다.

"갑옷과 투구를 벗어라."

이어 갑옷을 벗은 수많은 장수들이 앞으로 나와 대열을 이루고 다시 무릎을 꿇었다.

머뭇거리는 병사는 배 밖으로 창 끝이 나오도록 등 뒤에서 창으로 내려찔렀다.

"참수하라. 그리고 사지를 모두 잘라 독수리 밥이 되게 하라."

복수의 욕망으로 들끓어있던 족장은 분노의 명령을 내렸다. 그러자 좌·우장군과 기마장수들이 모조리 덤벼들어 그들의 목을 베고 살육했다. 사방에서 피가 튀었다. 잘린 목이 찡그린 얼굴로 여기저기 나뒹굴었다.

허공에 선혈이 흩뿌려졌다. 몸체는 넘어진 물병주둥이에서 물이 쏟아지듯 잘린 목에서 피를 토하며 툭, 툭, 맥없이 고꾸라졌다. 목이 잘린 몸통은 다시 사지가 잘려나갔다. 그 수는 삼백 명을 넘어섰다.

눈앞에서 벌어지는 처참한 참상이다. 질겁하여 대열을 벗어나 도망치려는 자는, 당장 그 자리에서 여러 병사의 창에 찔렸다.

할하부족 분노의 폭발이다. 피비린내 나는 각축 끝에 승리는 곧 파괴와 살육을 의미한다. 이 정도의 살육은 이후 칭기즈 칸이 칼라칼치드 전투에서 예상치 못한 참패 끝에, 그를 배신했던 칭기즈 칸의 오랜 친구 자무카가, 70개의 뜨거운 가마솥에 칭기즈 칸의 부하들을 모조리 산 채로 삶아죽인 것과 같은 잔인성에 버금가고도 남을 참극이다. 쌓여왔던 분노 끝에 용서는 없었다.

그렇게 선두장군들의 베인 목이 땅에 구르고 사지가 잘리자, 나머지 적군병사들이 사시나무 떨듯 파르르 떨었다. 족장은 다시 명령했다.

"기마 5진 장수는 일단의 병사들을 이끌고 부상병을 후송하고 전사자는 할하의 땅에 묻어라, 전리품을 가져가고 되찾은 낙타는 유목민들에게 돌려줘라. 나머지 진군병력은 적장의 목과 수하들의 잘린 목을 하나도 빠짐없이 창끝에 꽂아라. 퉁랴오를 아주 쑥대밭을 만들 것이다."

전리품과 압수한 말떼와 되찾은 낙타떼를 몰고 가는 대열의 석양그림자를 뒤로 하고 족장은 다시 진격명령을 내렸다. 살육의 광풍이 휘몰고 간 뒤, 멀리 어슬렁거리던 늑대들이 초원을 뒤덮는 피비린내를 맡고 코를 쿵쿵거리며 달려왔고, 독수리떼가 인육천지人肉天地로 까맣게 날아들었다. 할하부족 영토 끝에 다다른 족장은 진격을 멈추고 다시 명령했다.

"진영을 세우고 이곳에 군막을 쳐라. 오늘 밤 여기를 숙영지로 삼겠다. 바트쎄레넹 기마군단 장수는 즉시 토벌대를 만들어 차하르부족 영토로 들어가 역참驛站 병사들의 목을 따오라. 만약 그들이 우리의 낌새를 알고 본대에 알린다면 승리는 어렵다."

역참은 드넓은 대지의 중요한 지역마다 역참을 설치하여 그곳에 게르를 세우고, 여러 마리의 말을 배치하여 유사시 이웃 역참으로 정보를 전하는 유목민의 통신방법이다. 전령들은 가장 빠르게 다음 역참으로 정보를 전달했고 그 정보는 단시간에 본대로 전달된다.

워낙 많은 대군이었기 때문에 차하르부족 역참병사의 눈에 띨지 모를 염려를 에르덴바타르 족장은 사전에 방지하는 작전을 도모했다.

칭기즈 칸은 역참제를 군사목적으로 완전히 제도화 하였다. 그리고 몽골 통일전쟁 때 군수물자를 보급했던 지금의 어워르항가이 하르허릉, 옛 수도였던 카라코롬을 역참중심지로 두었다.

즉시 젊고 용맹한 병사들로 토벌대를 만든 바트쎄레넹 장수는 차하르부족 영토에 역참의 위치가 그려진 양피지를 펼쳤다.

"자, 역참은 모두 네 개가 있다. 튱랴오본대 가까운 멀리 있는 여기 두 곳은 남쪽으로 우회해서 1진이 나와 먼저 침투한다. 여기 두 곳은 2진이 동쪽으로 우회해서 역참병사를 제거하고 목을 따 경계어워가 있는 이곳에서 최종 집결한다. 역참에는 보통 다섯 명의 병사가 있다.

단 한 사람이라도 살려두지 말고 머리를 잘라오라. 만약을 위해 한 사람은 벅츠에 말 지뢰를 담아 가져가라. 그러나 말 지뢰를 써야하는 일이 생겨서는 안 된다. 생존자가 있다면 튱랴오본대에 남아있는 잔병들의 공격을 받을 수 있다. 명심하라."

기마군단병력을 이끌고 바트쎄레넹 장수는 방향을 나누어 차하르부족 영토로 잠입했다. 적군영토로 들어갈수록 반사막 대지는 풀이 풍성한 대지로 바뀌었다.
가능한 토벌대들은 말발굽 소리가 울리지 않도록 나즈막한 구릉능선을 택했다.

분별이 되지 않을 정도로 먹처럼 어두운 밤, 튱랴오 군영을 코 앞에 둔 차하르부족 역참이다. 자작나무울타리 중심에 두 동의 역참대장 게르와 사병게르가 있고 좌측에 군량창고 게르가 있다. 잠복해 있던 토벌대가 일시에 불화살을 날렸다.
불꽃바람소리 끝에 여러 게르가 한꺼번에 불타오르고, 역참군사들이 칼을 빼들고 튀어나오자 잠복해 있던 토벌대의 칼날에 여지없이 목이 잘려나갔다. 잘린 목은 투구를 벗기고 머리칼을 서로 묶어 말등에 걸치고 토벌대는 유유히 사라졌다.

МОНГОЛ ГУРВАН САЙХАН 2011. 느 꼬르한느산

구르반사이항의 목축지 (56 x 36cm water color)

숙영지로 돌아온 바트쎄레넹 장수와 휘하들이 역참군
사들의 머리채를 족장 앞에 모아놓고 오른팔을 가슴에
올리며 보고했다.

"참수한 머리를 모조리 가져왔습니다."

"이놈들 머리도 창 끝에 꽂아라."

할하부족대군은 드디어 숙영지를 떠나 차하르부족영토
로 진입했다.

"자, 전쟁을 하되 유목민을 건들지 마라. 유목민은 절
대 보호하라. 유목민은 대지의 생명을 유지시키는 근간
이며, 그들이 없다면 어떤 부족도 살아갈 수 없다. 명심
하라."

몽골부족들은 전쟁을 하면서 유목군사가 아닌 이상 목
민들의 목숨은 거두지 않았다. 할하부족군사들은 전쟁을
알리는 검은 깃발을 펄럭이며 퉁랴오군영으로 돌진했다.
잘린 목이 창 끝에 꽂힌 무수한 머리를 본 차하르부족 외
곽잔병들은 그것만으로도 겁을 집어먹었다. 퉁랴오 본대
를 지키던 소수병력들은 경악을 금치 못했다. 할하부족
대군병력의 하늘을 찌르는 기세에 사기는 땅에 떨어졌
고, 반격의 기세마저 꺾여버렸다.

잔존병사들이 대치 하고 있는 적군진영을 바라보며, 에르덴바타르 족장이 차하르부족 족장의 머리가 꽂혀있는 창대를 높이 세워들고 소리쳤다.

 "차하르부족 잔존병사들은 들어라. 여기 너희들의 족장 머리가 있다. 이것으로 차하르부족과 할하부족의 300년 전쟁을 끝내노라. 모두 무릎을 꿇어라. 목숨을 거두지 않겠다."

 그러나 차하르부족장 후럴터거어의 두 아들 젊은 장군 울지부랭과 바트사이항의 기세는 남달랐다. 당당한 자세로 육중한 무쇠 창과 반달칼을 휘두르며 맞섰다. 울지부랭이 나서려는 동생 바트사이항을 제지하며 말했다.

 "할하부족과의 300년 전쟁을 형이 매듭짓겠다."

 그러자 말에서 내린 할하부족우군장군이 앞으로 나섰다. 그가 울지부랭과 혈전을 벌였다. 그러나 울지부랭을 쉽사리 여겼던 우군장군의 목을 길지 않은 시간에 그의 무쇠 창이 정면으로 관통했다. 빠른 동작으로 휘어잡은 창대를 울지부랭이 사정없이 돌려 빼자 으스러진 목뼈가 뒤로 꺾이며 대롱거리는 순간, 다시 휘두른 창날에 잘린 머리가 일순간에 땅으로 떨어졌다. 비명도 지르지 못하고 잘린 목에서 붉은 선혈이 분수처럼 솟구쳤다. 목이 달아난 무장된 몸체는 무릎이 꿇리면서 무겁게 고꾸라졌다. 차마 눈뜨고 볼 수 없는 참혹한 죽음이다.

그러나 전세는 할하부족에게 이미 기울어있었다.

다만 차하르부족 젊은 두 형제가 끝까지 결기를 보였다.

할하부족우군장군의 목을 참수한 울지부랭이 피가 줄 줄 흐르는 무쇠 창을 세워들고 당당한 기세로 할하부족 진영을 바라보며 소리쳤다. 차하르부족 최후 발악이다. 창 끝에 매달려 늘어진 핏덩이가 움직일 때마다 대롱거렸다. 단시간에 우군장군을 참수하고 사기가 득천한 울지부랭은 결기 찬 눈길을 쏘아붙이며 소리쳤다.

"나는 차하르부족장의 아들이다. 할하부족 족장은 내 앞에 나서라. 만약 나의 무쇠 창이 족장의 목을 뚫는다 면 할하부족은 모두 무릎을 꿇어라."

그러자 주변을 에워싼 모든 병사들과 기세 꺾인 적군 소수병력들이 양편으로 멀찌감치 물러섰다. 그의 눈빛 은 섬광처럼 빛났다. 할하부족에 버금가는 용맹한 기세 를 보고있던 에르덴바타르 족장은 적잖이 놀랬다.

"오냐, 할하의 족장 내가 나서마."

말에서 내린 에르덴바타르가 서슴없이 반달 칼을 세워 잡고 앞에 나섰다. 패망한 전세에도 불구하고 끝까지 항 전하는 기세는 목숨을 거두기에 아까울 정도였다. 한발 한발, 눈부신 서편낙조 붉은 태양의 자외선을 피하며 위 치를 바꾼다.

돌연 에르덴바타르의 반달칼과 울지부랭의 무쇠 창 끝이 충돌하며 허공을 갈랐다. 예리한 칼날 스치는 소리가 손에 땀을 쥐게 했다. 그렇게 몇 차례 부딪쳤다.

두 사람의 혈투는 아버지 에르덴바타르 할하부족 족장과 그의 아들 울지부랭의 생사를 건 결전이다. 그러나 이들은 이런 사실을 아직 모르고 있다.

당장 상대를 죽여야만 하는 적일 뿐이다. 이렇게 반달칼과 무쇠 창이 수없이 맞부딪치면서 에르덴바타르는 울지부랭의 목을 자를 수 있는 기회가 수 차례였지만 치명적인 칼날만큼은 결코 휘두르지 않았다. 자신도 모르게 그가 적으로 느껴지지 않는, 알 수 없는 내면의 감정이 솟아오르기 때문이다.

에르덴바타르의 시퍼런 반달 칼 날은 능히 울지부랭의 목을 자를 수 있는 각도로 스쳤지만 치명적인 찰나에 방향을 비켜버렸다. 긴장의 눈빛으로 바라보는 군졸들이 의문을 가질 정도였다. 그러자 울지부랭이 동작을 멈추고 창대를 세워 잡고 소리쳤다.

"나를 놀리는가. 목숨을 구걸하지 않는다. 나를 죽이지 않는다면 내가 족장의 목을 치리라."

일성을 내지르고 무쇠 창을 휘두르며 다시 공격했다.

나담(축제)의 여걸 / 내몽골 퉁랴오 (36 x 56cm water color)

그들은 태양빛을 등지려고 안간힘을 썼다. 자외선에 눈이 부셨기 때문이다.

일순, 무쇠 창끝이 일촉즉발로 에르덴바타르의 목을 향해 바람 가르는 소리로 정면으로 들어온다. 그가 지닌 창검술의 극치다. 여지없이 에르덴바타르의 목이 우군장군처럼 목뼈가 으스러지며 떨어질 판이다.

창 끝에 매달려 대롱거리는 선혈이 허공에 날리며 몸을 뒤로 젖힌 에르덴바타르의 코 위로 스친다. 그 순간 에르덴바타르가 몸을 뒤로 젖히자 가려졌던 태양빛이 쏘아대는 자외선에 갑자기 눈이 부신 울지부랭의 자세가 흐트러졌다. 한순간에 빈틈이 노출된다.

에르덴바타르는 찰나의 빈틈을 놓치지 않았다. 빠른 반사동작으로 몸을 일으키며 반달칼을 그를 향해 던졌다. 반달칼은 울지부랭의 허벅지를 여지없이 관통했다.

"욱―."

울지부랭은 풀썩 주저앉았다.

눈을 맞대고 싸우는 전투는 적에게 빈틈을 보이지 않으며, 상대가 빈틈이 생기도록 만들어야 승리한다.

수 없는 영토전쟁을 치루며 죽음의 문턱을 밥 먹듯 넘

나들던 노련한 에르덴바타르다. 누구도 그를 이길 수 없다. 비록 적이지만 목숨을 거두기에는 너무 아까운 패기를 가진 젊은 장군이다. 더구나 자신도 모르게 그에게 끌려 들어가는 내면의 감정은, 그의 목을 참수하는 비운을 결코 허용하지 않았다.

때문에 에르덴바타르는 울지부랭의 목을 자르지 않고 반달칼을 던져 허벅지를 관통시켜 주저앉힌 것이다.

이것을 끝으로 적진군영은 초토화가 되었다. 적장은 물론 수많은 장수들이 참수되고 젊은 장군마저 쓰러지자 차하르부족 군사조직은 완전히 무너져버렸다.

"전열을 정비하고 전리품을 거두어라."

에르덴바타르 족장이 명령을 내리고 돌아설 때 울지부랭이 혼열을 다하여 허벅지에 박힌 반달 칼을 휘어잡고 빼내었다. 붉은 선혈줄기가 칼 끝을 따라 쭉-빠져 나온다. 그리고 에르덴바타르의 등을 향해 검을 던지려고 팔을 들었다. 이때였다.

"멈춰라."

누군가 다급히 소리치며 말을 몰고 달려와 울지부랭의 앞에 내렸다. 그는 간직해 두었던 할하부족 델로 갈아입고 나타난 중년中年의 엥흐바야르마였다.

할하부족 공격소식을 뒤늦게 전갈 받은 그녀가 장군 게

르촌에서 달려온 것이다. 들어 올렸던 반달칼을 내리며 울지부랭은 의문의 시선을 엥흐바야르마에게 던졌다.

엥흐바야르마는 상기된 얼굴로 울지부랭을 내려다보며 말했다,

"저 분은 네, 아버님이시다."

"……?"

고개를 돌린 에르덴바타르가 번뜩이는 눈빛으로 시선을 던졌다. 초급의 상황이다. 에르덴바타르를 정면으로 바라보며 흥분된 엥흐바야르마가 소리쳤다.

"에르덴-. 에르덴!"

맺혔던 감격이 숨이 막힐 듯 목으로 치올라와 이름만 부를 뿐이다. 세찬바람이 군영을 휩쓸었다. 검은 깃발이 펄럭이는 소리가 쉴 새 없이 들려온다. 그녀는 말고삐를 잡은 채 넋 나간 시선으로 에르덴바타르를 응시했다.

그녀의 푸른 델 옷자락이 바람에 펄럭였다. 기막힌 표정의 에르덴바타르, 멍한 시선으로 천천히 그녀를 향해 발걸음을 떼었다. 말문이 막힌 그들은 말없이 서로를 바라보며 한참 동안이나 서있었다. 이내 엥흐바야르마는 에르덴바타르의 품에 안겼다. 그녀의 두 눈에 뜨겁게 이슬이 흘러내렸다. 그리고 풀썩 주저앉은 그녀는 아들의 등에 손을 얹고 흐느끼며 겨우 입을 떼었다.

"이, 아이는……."

하며 더는 말을 이어가지 못했다. 창대로 몸을 의지하고 있던 울지부랭은 의문에 찬 눈빛으로 그들을 번갈아 바라볼 뿐이다. 에르덴바타르가 한쪽 무릎을 꿇고 갑옷속 허리에 두른 부스를 풀어 선혈이 흐르는 울지부랭의 다리를 동여매주며 말했다.

"울지부랭! 네가 정녕 나의 아들이더란 말이냐!"

"??"

에르덴바타르가 거듭 이름을 부르자 울지부랭과 엥흐바야르마는 다시 놀랐다. 울지부랭은 어릴 적 어머니가 속삭여준 자장가가 순간 떠올랐다. 에르덴바타르 또한 지난 세월 차하르 부족 군영을 염탐하면서 들었던 그녀의 자장가를 일순 떠올렸다

에르덴이 아버지라네.
부-에, 부-에, 부-에.
울지부랭의 성씨는 에르덴이라네.
온 타래, 온 타래, 온타레.

아들의 이름을 부르는 것을 지켜보고 있던 놀란 엥흐바야르마, 그녀가 바람에 날리는 투구사이 머리칼을 피묻은 손으로 젖히는 에르덴바타르에게 고개를 내저으며 의문의 눈길로 묻는다.

"아들의 이름을…… 알고 계셨다니요!"

그녀의 눈빛만 보아도 의중을 알고 뜻을 받아주며 신성한 땅, 구르반사이항에서 어릴 적부터 함께 자랐던 에르덴바타르였다. 그가 나직한 목소리로 입을 떼었다.

"차하르부족 군영을 염탐하면서 울지부랭을 재우는 당신의 자장가소리를 목전에서 들었소. 바로 구하려 하였지만 초병에게 발각되어 뜻을 이루지 못하고 아들의 이름을 가슴에 담아두고 평생을 살아 왔소."

하고 말했다.

그러자 그녀의 머리에 스치는 것이 있었다. 에르덴이 염탐했던 날의 기억이었다.

"아―! 그런 줄도 모르고 평생 당신을 원망하며 살아왔어요."

그녀는 흐느끼다 못해 군영이 떠나갈 듯 "에르덴, 에르덴―" 이름을 부르며 포효를 내질렀다.

울지부랭은 자라면서 어머니가 속삭여주는 자장가 가사를 깊이 있게 생각해 본 적이 없었다. 그리고 성년이 되면서 그마저 차차 잊었다.

그러나 오늘 어머니가 속삭여준 자장가의 깊은 의미를 비로소 깨달았다. 다리의 상처를 묶어주는 에르덴바타르에게 울지부랭은 친부親父의 정을 강하게 느낀다.

생사를 건 혈투 속에서 자신의 목을 참수할 기회가 부지기수였지만, 최후의 순간 칼날을 비켜버릴 때 울지부랭은 의문을 느꼈다.

주검의 경계를 넘나드는 전율을 느꼈다. 이제야 비로소 울지부랭은 그 이유를 깨달았다. 상처를 묶고 매듭을 짓는 피 묻은 손목을 잡으며 그는 진정한 마음으로 생부를 불렀다.

"아아브, 아아브!"

(аав/아버지, 아버지)

"오냐, 내 아들, 울지부랭! 훌륭하게 자랐구나."

이 모습을 지켜보던 엥흐바야르마가 멈추지 않는 눈물을 거듭거듭 훔친다. 그 순간 삽시에 날아든 화살이 울지부랭의 어깨에 박혔다.

"욱!……, 아아브."

놀란 에르덴바타르와 비명을 지르는 엥흐바야르마가 활을 쏜 방향으로 눈길을 던졌다. 할하부족진영 좌군장군이 다시 활시위를 당기려는 자에게 단발의 화살을 먼저 당겼다. 그의 어깨에 화살이 박혔다. 그리고 다시 그에게 창을 던지려는 순간이었다.

"멈추시오."

하고 소리를 지른 건 엥흐바야르마였다. 활을 쏜 자는 울지부랭과 어딘가 모르게 다른 형제관계에 마음 한 편

의구심을 가졌던 동복同腹동생 바트사이항이었다.

아들의 어깨에 박힌 화살을 뽑아내고 입으로 독기가 묻은 피를 빨아내어 내뱉는 에르덴바타르를 바라보며 엥흐바야르마가 애원하듯 외쳤다.

"에르덴, 저 아이도 거두어야 할 제 아들 이예요."

엥흐바야르마의 외침은 뿌리 깊은 몽골 모계사회의 근간이었다. 에르덴바타르가 다시 명령했다.

"목숨을 거두지 말고 포박하라."

그러나 날쌘 바트사이항, 그는 자신에게 창을 던지려던 장수가 머뭇거리자, 먼 발치에 있던 빈 군마의 등위로 몸을 날렸다. 그는 화살이 어깨에 박힌 몸으로 재빠르게 말머리를 돌려 바람처럼 도망쳤다. 기마병들이 뒤 쫓으려하자 에르덴바타르가 다시 소리쳤다.

"뒤쫓지 마라."

검은 깃발이 펄럭이는 바람소리 속에 멀어져 가는 말발굽 소리를 들으며, 아들을 부르는 엥흐바야르마가 내지르는 포효가 군영에 길게 울려 퍼졌다.

"바트-사이-항-"

몽골부족들의 가계구도는 철저한 모계중심사회였다. 그러기 때문에 적의 자손도 받아들였다.

МОНГОЛ АЛС Боовле-011. и. Ким Ханчим

구르반사이항의 뭉흐바트 노인 / 만달고비 (56 x 36cm water color)

빼앗긴 아내가 적장의 아이를 낳았어도, 여자의 배신으로 아이를 가진 게 아니라면 칭기즈 칸은 그 기구한 운명을 기꺼이 받아들이고 '나그네'라는 이름까지 지어준다. 에르덴바타르 역시 이와 다름없는 생각을 가지고 있었다. 이것이 몽골부족의 진면목이다.

피바람을 일으켰던 할하부족과 차하르부족이 300년 동안 이어온 긴 전쟁은 이렇게 막을 내렸다. 차하르부족 영토 퉁랴오군영에서 아내와 아들을 데리고 구르반사이항으로 돌아온 에르덴바타르는 군영을 재정비했다.

엥흐바야르마는 울지부랭의 어깨와 허벅지의 상처를 치료하는데 힘썼다. 그러나 아들 바트사이항을 잃은 것이 못내 가슴 아팠다.

몽골 땅 넓은 대륙 어디에 있든 그가 살아있기를 바랐다. 울지부랭의 상처에 낙타 젖으로 만든 약을 발라주며 엥흐바야르마가 말했다.

"네 진정한 이름은 에르덴바타르 울지부랭이다. 아버지는 할하부족 족장이며 할하의 영웅이다. 자랑스럽지 않느냐?"

"네, 어머니, 자랑스러워요."

자신의 출생내력을 뒤늦게 알게 된 울지부랭은 아버지

가 자랑스러웠다. 그러나 함께 자란 동복동생 바트사이
항 에게만큼은 연민의 정이 앞섰다. 울지부랭 역시 아꼈
던 그가 어디에 있든 살아있기만을 바랐다.

  앞뒤 경위야 어떻든, 돌림병에 시달리는 시어머니를
남겨두고 떠난다는 것이 마음 아픈 엥흐바야르마는 그
를 모셔가고 싶었다.
  형틀에 묶여 죽음을 각오할 때, 아들 몰래 구릉형장을
기어올라 그녀를 구해주었던 모친이었다.
  그리고 진정 딸 같은 며느리가 되어주기를 바랐던 그
였다. 며느리보다는 딸처럼 여기며 처음부터 온갖 정을
주었던 병든 노모를 버리고 오는 것만 같았다.
  그리고 아들 울지부랭을 데리고 에르덴바타르를 따라
간다는 것이 죄악 같았다.
  "어머니. 모든 것을 용서해주세요."
  "오냐, 내 딸아."
  "이제는 저와 할하의 땅으로 가시지요."
  "……."
  돌림병에 시달려온 모친은 야윈 얼굴로 말없이 눈물만
흘린다. 노모의 손을 꼭 잡은 엥흐바야르마가 눈물을 닦
아주며 흐느꼈다. 여자이기 때문에 노모는 울지부랭이
에르덴의 자식이라는 것을 처음부터 알고 있었다.

그러나 모계중심사회에서 그것을 조금도 염두에 두지 않았다. 오히려 이 사실을 아들인 후럴터거에게도 숨겼다. 평생 동안 자신의 가슴에 묻어 둔 것이다.

노모는 진정한 몽골의 어머니였다.

엥흐바야르마가 줄곧 흐느끼자 노모는 힘없는 팔을 뻗어 오히려 그녀의 눈물을 닦아주며 입을 떼었다.

"어찌 너를 탓하겠느냐. 몽골 땅이 그런 것을……, 가거라. 할하의 땅으로 가거라. 나는 차하르부족으로 죽고 싶구나. 내가 목숨을 부지하고 있는 한, 언젠가는 바트사이항이 돌아올 것이다."

바트사이항, 그는 울지부랭의 목을 겨냥하여 능히 죽일 수 있었다. 들쥐를 낚아 채는 솔개의 목을 정확히 활로 쏘아 잡은 활궁의 달인이었던 그였다. 그런 그가 일순 일어난 어머니와 형에 대한 종족의 배신감으로 활시위를 당기되 결코 목을 겨누지 않았다.

어깨를 향해 활시위를 당겼다. 어릴 적부터 자신을 아껴 주던 형이었다. 차하르부족 골수인 바트사이항은 그렇게 종족적 반항을 상징적으로만 보여주었던 것이다. 바트사이항의 그 마음을 울지부랭은 충분히 알고 있었다.

이 무렵, 메르키트부족이 키레이드부족을 습격하여 테무친의 여인 보르테를 납치했다. 그러나 맹우 자무카와 힘을 합해 메르키트부족을 공격하여 보르테를 구하는데 성공했다. 테무친은 가능한 역참병사들을 동원하여 자원을 모으기 시작했다. 동맹부족과 모든 부족장들에게 전갈을 보냈다. 부족장회의였다. 그러나 차하르부족과 전쟁 중이던 할하의 에르덴바타르 족장은 뒤늦게 전갈을 받는다.

　몽골평원 15개 부족 전쟁바람 속에서 테무친의 전세가 궁금해진 에르덴바타르는 역참을 보내어 테무친의 소식을 알아오도록 명령했다. 곧 돌아온 역참병사가 보고했다.

　"테무친이 금나라를 등에 업고 타타르부족과 달란네무르게 전투에서 크게 승리하였지만, 칼라칼치드 전투에서 연합했던 부족들이 배신하여 크게 참패하였다는 소식입니다."

　"그럼, 테무친의 남은 군대는 어디로 갔다더냐."

　"발주라 호수로 갔답니다. 테무친의 오랜 친구였던 자

무카가 테무친을 배신하고 7개 부족과 공격하여 예상치 못한 참패를 당했다고 합니다. 자무카는 테무친의 수많은 부하들을 70개의 뜨거운 가마솥에 며칠 동안이나 삶아 죽였다고 합니다."

"뭐라? 며칠 동안이나 삶아 죽여?"

에르덴바타르는 모든 병사들을 소집한 뒤 명령했다.

"모든 병사는 들어라. 지금 몽골중심은 키레이드부족을 중심으로 여러 부족들이 끊임없는 영토전쟁에 휘말려 있다. 우리 부족은 테무친의 병영으로 갈 것이다. 테무친은 오랫동안 우리부족을 도왔던 몽골부족장 에스게이의 아들이다. 테무친은 장차 몽골부족을 하나로 통일할 것이다. 그리고 칸[50]이 될 것이다. 몽골의 모든 샤먼들은 그가 몽골을 통일하고 칸이 될 것이라고 다투어 예언했다. 당장 테무친의 병영으로 달려가리라."

하며 유목군대를 이끌고 단시일에 테무친의 병영으로 달려갔다. 이때가 여러 부족들이 밤낮 없이 힘의 각축전을 벌이던 몽골의 가장 혼란스러운 때였다.

처참하게 자무카에게 참패를 당한 테무친은 먹고 마실 것도 없는 발주라 호수에서 19명의 장군들과 흙탕물을 마시며 전의를 다시 다졌다.

50)칸/Хаан : 주권자의 청호로 몽골어 발음으로는 '항'이다

할하의 에르덴바타르가 이끄는 군사조직은 커다란 힘이 되었다.

평화의 상징 톡그와 전쟁을 알리는 검은 깃발은 내려질 사이 없이 장막을 쳤고 휘날렸다. 언제나 긴장감이 감돌았다. 병영은 어느 때라도 전장 터로 출정할 준비 태세가 갖추어져있었다.

역참 깃발을 등에 세운 병사들이 부산하게 진영을 드나들며 릴레이형식으로 받아온 정보를 한곳에 집약시켰다. 그렇게 새로운 정보가 들어올 때마다 군사를 이끌고 합류한 각 부족장을 천호장으로 하는 테무친의 작전 게르에서는, 양피에 그려진 적군의 주둔병력 위치가 표시되거나 지워졌다. 테무친은 유목민의 통신방법인 역참을 군사목적에 최대한 활용했다. 얼마 동안 역참병사들이 진영으로 바쁘게 드나들자 모든 정보를 하나로 융합하고 작전회의를 개최했다.

"자, 각 부족 수령들은 들으시오. 알타이산맥을 넘어 자무카가 이끄는 나이만부족을 공격하여 섬멸할 것이오. 칼라칼치드 전투에서 자무카는 나의 부하들을 70개의 뜨거운 가마솥에 잔인하게 삶아 죽였소. 그의 목을 베고 이제 몽골을 하나로 통일할 것이오."

하늘을 찌르는 기세로 재충전된 군사들의 함성이 병영을 뒤흔들었다. 전쟁을 알리는 무수한 검은 깃발이 바람 속에 휘날렸다. 테무친은 기마군단에서 좌군과 우군장군 그리고 궁수에 이르기까지 작전명령을 내렸다. 울지부랭의 무쇠 창 다루는 솜씨를 본 테무친이 에르덴바타르에게 청했다.

"에르덴바타르 수령, 이번 전쟁에 선봉에 서주시오. 그리고 당신의 아들 울지부랭 장군은 나의 비서군단장수로서 기마군단을 지휘토록 명하겠소."

테무친은 다시 모아진 병력자원을 자신의 군사조직에 통합하고 캐식텐이라는 비서 군단조직을 각 부족의 아들로 재구성했다. 그리고 각 부족장들은 천호장의 계급을 부여했다.

"자, 알타이산맥으로 이동한다."

검은 깃발을 펄럭이며 테무친의 군사들이 만년설산이 녹아내리는 알타이산맥을 넘었다. 그리고 알타이 최고봉인 태반보그드 초원에 주둔한 자무카의 군대를 공격하기 위한 군영을 세우는 데는 몇날 며칠이 걸렸다.

1204년, 대초원을 가로지르는 알타이산맥 평원의 양편 멀리, 자무카의 군대와 테무친의 군대가 쿠이텐의 초원을 휩쓰는 바람 속에 최후의 결전을 눈앞에 두고 대치

하고 있다. 그들은 서로 의형제 사이였다.

자무카는 메르키트부족이 키레이드부족을 습격하여 테무친의 여인 보르테를 납치했을 때, 함께 목숨을 걸고 메르키트부족을 공격하여 찾아주었던 맹우였다.

둘은 테무친의 나이 열한 살 때 의형제를 맺었던 것에 이어 코르코낙숲에 돌아온 뒤 두 번째로 의형제를 맺었다. 이때 자무카는 톡도아로부터 노략한 금띠와 가리온 말을 테무친에게 주었고, 테무친은 다이르오손을 노략하여 얻은 금띠와 흰 다이르오손의 말을 자무카에게 주었다. 코르코낙 숲의 골다가르 벼랑 남면의 사글라가르 모돈에서 의형제가 되기로 약속한 그들은, 잔치를 하며 밤에는 한 담요를 덮고 자며 우애를 쌓았다.

그렇게 우애하기 1년 반 정도 지난 어느 하루 테무친은 목영지를 떠나 이동 중에 자무카의 무리에서 이탈한다. 자무카와 결별한 자세한 이유는 자세히 알려져 있지 않지만, 그들은 같은 하늘 아래 태양이 둘 일 수는 없다며 갈라선 것으로도 전한다. 그러나 지금은 사적으로는 맹우였던 그들은 공적으로는 적이 된 것이다.

자무카의 잔인하고 무시무시한 전투력은 전쟁을 통해서 드러났다. 그러나 정치력에서는 테무친을 결코 따르지 못했다. 테무친과 같이한 에르덴바타르를 비롯한 많은 부족장들과 병사들은 테무친이 얼마나 강한 몽골을 이룩하기를 원하는지 잘 알고 있었다.

이제 누가 몽골을 통치할 것인지 마지막 전투를 결정할 때가 온 것이다. 자무카는 엄청난 군대를 양성했다.

그러나 테무친은 승리하는 법을 알고 있었다. 테무친은 자신에게는 탱게르(하늘)신이 있지만, 자무카는 그러지 못하다는 강한 신념이었다. 테무친은 언제나 탱게르에 먼저 발원하고 행동으로 옮겼다. 에르덴바타르는 아들 울지부랭과 각 부족을 통합한 기마군단을 직접 양성하여 이번 전쟁의 선봉에 서있었다.

드디어 자무카와 테무친의 군대는 양편으로 서로 전위를 보냈다. 그렇게 여러 차례의 탐색 끝에 전쟁이 시작된다. 자무카의 명령에 대형을 갖춘 군사들이 바람무늬 진대지에 뿌연 흙먼지를 일으키며 군마를 몰고 돌격해 온다. 이를 바라보던 테무친은 천호장 에르덴바타르에게 공격의 눈빛을 던졌다. 그러자 에르덴바타르의 수신호에 2열 종대로 빠져나온 선두 기마군단이 양편 횡대로 퍼지면서 돌격대형으로 갑옷자락을 펄럭이며 화살처럼 빠르게 적진으로 질주했다. 허리춤에 찬 반달칼을 양손에 빼든 기마군단의 칼날이 적들의 배를 가르며 적중 깊숙이 바람처럼 돌격한다. 에르덴바타르의 곁에 바짝 붙어 공격하는 울지부랭의 무쇠 창이 적의 목을 관통하자 창에 찔린 몸통이 선혈과 함께 하늘로 튀어 오른다. 에르데바타르의 선봉대가 자무카의 본진 코 앞까지 진격 했다.

"지금이다. 궁수 나서라."

기회를 보고 있던 자무카가 명령했다.

그러자 활궁으로 무장된 병력들이 테무친의 기마군을 향해 활시위를 당겼다.

"선두수장을 쓰러트려라."

자무카의 명령에 비서 군단 수령인 젊은 장군하나가 에르덴바타르를 향해 활시위를 당겼다. 그가 무쇠 창을 휘두르는 울지부랭과 맨 앞에 진격해 오는 수장 에르덴바타르를 보자 놀란 표정을 지었다. 그는 울지부랭의 동복동생 바트사이항이었다. 차하르부족 족장이던 아버지 후럴터거어의 참수한 목을 창 끝에 꽂고, 공격해 왔던 에르덴바타르에 대한 분노와 복수심은 그에게 먼저 화살촉이 겨냥되게 만들었다. 바트사이항의 화살촉이 에르덴바타르를 겨누고 동선을 계속 뒤따라가고 있다.

그가 단발의 화살을 날렸다. 그러나 화살은 에르덴바타르의 반달칼에 목이 잘려 허공으로 튀는 적군이마에 박히면서 화살박힌 머리가 허공에서 회전을 하며 땅에 떨어지더니 말발굽에 채여 튀어나갔다. 바트사이항이 다시 에르덴바타르의 동선을 앞질러 활시위를 당긴 화살이 에르덴바타르의 목을 여지없이 관통했다.

"욱-."

호흡이 끊어지는 짧은 비명을 내지르며 에르덴바타르가 곤두박질로 떨어졌다. 한발이 말등자에 걸려 뛰는 말에 끌려가자 재빨리 달려간 울지부랭이 에르덴바타르를 자신의 말 등에 옮겨 태웠다. 동복형이지만 그에 대한 종족의 배신감을 떨쳐내지 못한 바트사이항은 자신의 형, 울지부랭의 목을 향해 다시 활시위를 당겼다. 화살 끝이 울지부랭의 동선을 좌·우로 뒤따라가고 있다. 하지만 함께 자라며 깊은 애정을 주었던 형에게 활시위를 당기는 것 만큼은 차마 허용되지 않았다.

'핑―'

화살은 허공으로 날았다. 선봉대의 수장 에르덴바타르가 활을 맞고 쓰러지자 멀리 테무친의 진영에서 깃발을 흔들어 퇴각명령을 내렸다. 테무친의 병력들이 그렇게 퇴각하자 자무카도 자신의 군사들에게 퇴각명령을 내렸다. 엉겨 붙어 싸우던 양편 기마병력들이 일시 서로 퇴각했다. 진영으로 돌아온 울지부랭은 아버지의 목에 박힌 화살을 빼내었다. 선혈을 닦아낸 화살촉을 본 그는 화들짝 놀랐다. 그 화살촉은 바트사이항이 만들어 쓰는 화살촉이었다. 다른 화살촉과는 달리 두 개의 날을 꼬아 회전을 하면서 살 속 깊이 파고들기 때문에 치명적이었다. 피하를 도려내지 않고서는 뺄 수 없는 참혹한 죽음에 이르게 하는 화살이었다.

할하부족의 영웅 에르덴바타르는 그렇게 전사했다. 울지부랭은 아버지에게 활을 쏜 자가 바트사이항이라 할지라도 믿고 싶지 않았다. 또 차하르부족 멸망 후 도망친 그가 나이만부족을 이끄는 자무카의 부하가 되었다는 사실조차도 부정하고 싶었다. 하지만 손 끝에 쥔 화살촉을 다시 확인하면서 울지부랭은 동복동생으로 함께 자랐던 그에 대한 연민의 정이 일시에 사라져버렸다.

　그러나 바트사이항의 입장에서는 자신의 아버지를 참수한 에르덴바타르에게 복수를 한 것에 지나지 않았다.

　피는 피를 불렀다. 양편진영의 기마군단이 엉겨 붙은 뒤 그렇게 서로 퇴각하면서 테무친과 자무카의 군대는 전열을 다시 가다듬었다. 자무카는 선봉의 전세가 만족되지 못하자 자신의 휘하 부이룩 칸과 코도카에게 명령했다.

　"자다술을 써서 테무친의 군영으로 비바람이 몰아치게 만들어라."

　"알겠습니다."

　그들이 한참 동안 자다술을 쓰자 갑작스럽게 하늘이 어두워지며 검은 떼구름이 몰려와 하늘을 뒤덮었다.

번개가 내려쳤고 대지가 뒤집혔다. 천둥이 울고 비바람이 몰아치자 자무카가 명령을 내렸다.

"전군 돌격하라. 한 놈도 남겨두지 말고 모조리 참수하라."

테무친은 텡게르신을 믿었다. 그리고 하늘에게 먼저 염원念願했다. 그러자 테무친에게 비바람을 몰아치게 하였지만 도리어 방향이 뒤집혔다. 오히려 자무카의 군대가 벼락과 비바람을 고스란히 뒤집어쓰고 말았다.

수 많은 병사들이 벼랑에 굴렀다. 이를 바라보던 테무친이 전군 공격명령을 내렸다.

"이 때다. 전군 돌격하라."

자연풍파의 곤경에 빠진 자무카의 병력은 그대로 테무친의 군대에 살육되었다. 종래 수세에 몰린 자무카의 군대는 모두 여러 갈래로 흩어져 도주했다.

"자무카를 절대 죽이지 마라. 생포하라."

테무친은 자무카를 생포하도록 명령했다.

심복들의 호위 속에 사지死地를 벗어난 자무카는 오논강 쪽과 에르구네강을 따라 쏜살같이 도망쳤다.

울지부랭이 일단의 병력을 이끌고 맹렬하게 자무카를 추격했다. 하지만 재빠르게 몸을 숨긴 자무카를 쉽사리 잡을 수 없었다. 울지부랭은 테무친의 비서군단 참모로서 테무친을 호위하며 뒤쳐진 자무카 졸개들의 목을 쳐

가며 추격을 멈추지 않았다. 그 때 끈질기게 추격해 오는 테무친과 울지부랭의 앞으로 자무카의 심복들이 칼을 버리고 무릎을 꿇고 머리를 조아리며 간청했다.

"우리목숨만은 보장해 주십시오. 자무카가 지금 저쪽으로 도망쳤습니다."

그러자 테무친이 명령했다.

"자무카를 배신하다니, 이놈들을 당장 포박하라."

테무친의 명령에 기마군단 부하들이 자무카를 배신한 심복들을 포박하여 진영으로 끌고 갔다.

울지부랭은 테무친을 호위하며 부하들을 이끌고 자무카를 계속 추격했다. 쫓기던 자무카는 결국 겁을 먹은 여러 부하들의 배신으로 끝까지 자신을 호위하던 장수들과 생포되고 말았다. 자무카는 엄청난 군대를 양성하였지만 그의 정치적 오류는 이렇게 패배의 원인이 되었다.

테무친의 진영에 형장이 마련되고 형틀이 세워졌다. 전쟁의 승리 끝에 파괴와 살육은 함수를 이룬다. 몽골 땅을 지배하려던 자무카는 모든 것을 체념했다. 포박된 자무카와 테무친은 서로 정면으로 응시했다. 오논강에서 얼음을 지치며 우애를 다지고 함께 성장하며, 의형제를 맺었던 그들이었다. 테무친을 바라보던 자무카가 무겁게 입을 열었다.

"테무친, 목숨을 구걸하지 않겠네. 끝까지 나를 지킨 장수들과 명예롭게 죽게 해주게."

하고 간청했다.

테무친은 자무카를 정적으로만 여겼을 뿐. 애초부터 그를 죽일 마음은 조금도 없었다. 테무친은 끝까지 자무카를 친구로 대해줬다. 테무친이 바위처럼 무겁게 그를 바라보며 말했다.

"나의 오랜 친구 자무카여, 그대를 배신한 부하들을 자네의 눈앞에서 먼저 참수하겠네."

자무카에게 정이 깊었던 테무친은 그를 배신하여 붙잡히게 만든 부하들에게 분노하며 울지부랭에게 명령했다.

"울지부랭장군은 자무카를 배신한 자들을 끌어내어, 자무카의 눈앞에서 먼저 참수하게 하라."

명령을 받은 울지부랭이 수하들에게 다시 수신호를 보내자. 자무카를 배신한 부하들의 목이 여지없이 그의 눈앞에서 참수되었다. 그렇게 테무친은 자무카가 보는 앞에서 그를 배신한 부하들을 먼저 참수시켰다. 그리고 그를 교수형으로 목숨을 거두어 명예롭게 죽게 해주었다.

또한 그의 시신을 온전하게 매장하여 친구로서의 마지막 우정을 지켰다. 자신의 눈앞에서 맹우 자무카를 잃은 테무친은 대성통곡하였다고 역사는 기록하고 있다.

1206년, 쿠릴타이(부족장회의)에서 부족장들은 테무친을 칸(왕)으로 추대했다. 그리고 칭기즈[51]라는 칭호를 부여했다. 대몽골제국의 칸이 되면서 칭기즈 칸은 대역사에 부상한다. 테무친은 자무카의 제사를 극진히 치르고 사당을 만들어 몽골제국 대대로 제사를 하도록 했다. 몽골의 가장 큰 제사는 칭기즈 칸과 자무카의 공동제사로 알려져 있다.

　테무친을 호위하는 비서군단수령 울지부랭은 명령에 따라 자무카를 끝까지 지킨 남은 부하들의 형장刑場을 지휘했다.

　포박된 몸으로 목줄이 걸린 채 형틀에 서있는 자무카의 남은 심복들 속에, 울지부랭의 우애 깊었던 동복동생 차하르부족 바트사이항이 최후를 기다리고 있다.

　두 동복형제가 승자와 패자가 되어 가혹하게 엇갈린 운명 속에 서로 정면으로 바라본다. 곧 사라져 갈 동생 바트사이항을 응시하며, 깊은 고뇌와 연민에 휩싸인 울

---

51) 칭기즈/Чингис : 바다(텡기즈Тэнгис,)라는 어원에서 파생된 말로 아랍, 페르시아 어(語)에서는 치(Ч)발음이 없기 때문에 그를 찡기즈(Жингис)라고 부르게 되었고, 이것이 전해져 영어로 겡기즈(Genghis)라고 쓰고 있지만, 오늘날 '칭기즈' 라는 발음으로 통용되고 있다.

지부랭이 뜨겁게 눈물을 흘린다.

반짝, 자외선에 빛나는 울지부랭이 흘리는 두 눈의 이슬을 본 바트사이항, 그 역시 뜨거운 눈물을 보였다. 그리고 형의 얼굴을 한참동안 바라본 뒤, 고개를 푹 떨구는 순간, '쿵-' 소리와 함께 형틀바닥이 내려앉았다.

결코, 피할 수 없는 동생의 주검 앞에 가슴이 찢어지는 아픔을 느낀 울지부랭은 아무도 몰래 먹울음을 울었다. 바트사이항은 그렇게 최후를 맞았다. 울지부랭은 그와의 지난날을 회상하며 오래토록 비감悲感에 빠진다.

'바트사이항! 너의 활솜씨는 감히 따를 자가 없구나. 들쥐를 낚아채는 솔개를 활을 쏘아 맞추다니……!'

'형님은 어떻구요. 무쇠 창 다루는 형님솜씨도 감히 따를 자가 없습니다. 아버지도 인정하지 않는 가요!'

수많은 시신들이 참혹하게 널려진 인육천지人肉天地, 알타이 최고봉 태반보그드 초원에, 늑대무리와 까맣게 몰려든 독수리 떼가, 먹이를 두고 아귀다툼을 하고 있었다.

팩션Faction으로 펼쳐낸 서사문학, 몽골의 세계

이동희(시인. 문학평론가)

말고삐를 조이는 소년들 / 아르항가이 엉더르올랑

해설

팩션Faction으로 펼쳐낸 서사문학, 몽골의 세계

이동희 (시인. 문학평론가)

필자는 금송(錦松) 김한창 작가의 창작집에 해설을 붙이는 작업이 벌써 세 번째다. 금송과 소설을 사이에 두고 만난 첫 번째 인연은 그의 창작소설집 『펑갈의 동굴』이었다. 필자는 이 소설집을 읽으면서 '미학이 융합된 아름다운 담론의 세계'라는 사고의 중심축을 잡을 수 있었다. 이런 사유를 중심으로 여섯 편의 독립된 작품세계를 탐색하였다. 이 소설집에는 여섯 편의 중·단편들이 저마다 두렷한 개성을 안고 자리잡고 있다. 특히 중편 『펑갈의 동굴』은 금송이 작가이자 화가로 활동하는 개인 프로필이 파리를 배경으로 작품에 녹아들어가서 매우 인상 깊게 읽었던 기억이 새롭다. 금송과 맺은 두 번째 인연은 그의 장편소설 『바밀리온』이었다.

필자는 이 작품을 정독한 뒤에 '주홍색으로 그린 분단의 비극'이라는 화두를 설정할 수 있었다. 특히 제목 바밀리온Vermilion은 프랑스어로 '주홍색'이었는데, 우리나라가 짊어지고 있는 분단이라는 비극적 현실을 성적 이미지와 에로틱한 삽화를 섬세하게 교차시켜가면서 서사문학의 본령을 천착해 낸 작품이다. 필자는 이 서사맥락을 따라가는 재미에 빠졌던 즐거움이 새롭다.

분단의 현장인 민통선과 휴전선 등 최전방지역을 넘나들면서도 인간의 본능적인 측면을 삽화처럼 제시한 점, 건조한 이념의 세계를 진술하는 듯 하지만 결국 생생한 인간의 살 냄새와 땀 냄새를 그려냈던 서사의 세계라는 점, 이런 인상이 이 작품을 픽션을 넘어 논픽션의 착각마저 일으키게 하였던 것으로 기억하고 있다.

앞의 두 작품집에서 강렬하게 남은 인상은 두 가지다. 하나는 그의 깊고 넓은 서사철학적 작가정신이요, 다른 하나는 자유롭게 넘나드는 공간배경이 거두는 서사미학의 효과였다. 그가 발표한 앞의 창작집 해설에서도 언급하였지만, 금송은 종합적인 예술세계를 섭렵한 예술인이다. 불교철학이 깊이 침윤되어 있어 매사를 불교의 세계관으로 조망하는 작가는 이시대의 재가수행자라 할 수 있다. 화가이자 작가로서 치열하게 창작에 임하는 삶은 그의 작가정신의 바탕을 이루고 있는 것으로 보인다. 또 하나는 한반도를 뛰어넘어 프랑스를 중심무대로 하면서도 배경이 풍기는 요소들이 서사문학의 핵심요소로 미적효과를 드러내고 있었던 점이다. 『바밀리온』에서도 이런 미학의 특징이 유감없이 발휘된다. 한반도의 허리, 남북한이 가장 예민하고 첨예하게 맞서있는 최전방은 분단의 현장이자 창작의 주요무대가 된다.

이런 현장을 작품의 출발점으로 삼아서 마침내 프랑스 파리까지 연결되는 공간배경의 특성이 작품의 개연성을 확립하는데 매우 유효하게 작용하였다.

금송 작가가 지니고 있는 서사맥락의 특징은 이번에 새로 만난 작품집 『사슴 돌』에서도 유감없이 발휘되고 있다. 이제 그의 작가정신의 바탕을 이루고 있는 서사철학적 깊이와 공간적배경이 한반도와 프랑스를 섭렵하고 마침내 몽골까지 넘나드는 광활함을 보여준다.

이렇게 작품의 무대이자 공간배경이 드넓게 확장된 데에는 특별한 사연이 있는 것으로 보인다. 앞에서 프랑스 파리를 공간배경으로 삼았던 것은 실제로 금송 작가가 화가로서, 모든 화가지망생들의 꿈의 무대에서 예술적 토양과 분위기를 만끽했던 체험했던 사실이 작품에서 자연스럽게 드러났던 점이 개성적으로 보였다.

분단의 현장 역시 마찬가지다. 작가가 군복무를 했거
나, 최전방마을에서 부대끼며 살았던 삶의 체험이 작품
에서 호흡하게 함으로써 작위성보다는 리얼리티를 생생
하게 살아나게 하였던 점에 주목하였다. 이런 점은 필자
가 만난 세 번째 창작 작품집 『사슴 돌』에서도 같은 맥
락을 유지한다. <작가의 말>에서도 밝히고 있지만, 금
송 작가는 2011년부터 <한국문화예술위원회>가 몽골
<울란바타르대학교>에 파견한 연구교수로서 현재까지
도 교류를 이어오고 있다. 그러다보니 몽골의 역사와 사
회, 몽골의 언어와 민속, 몽골의 풍토와 삶의 현장성이
작품에서 생동감 있게 맥박치고 있다. 이제 금송 작가에
게 있어 몽골은 먼 나라 이야기가 아니라, 바로 작가의
창작정신을 자극하는 현실이 되어있었던 것이다.
 이런 특성에서 이번 작품집이 몽골을 공간적 배경으
로 설정한 것은 매우 자연스러운 결과라고 볼 수 있다.
 몽골은 우리에게는 참으로 애증(愛憎)의 대상이라 할
만하다. 인류학적으로 보면 우리는 몽골족에 속하는데,
그 뚜렷한 증거로 몽골반점을 드는 것은 일반적 현상으
로 우리나라와 몽골의 인류학−종족적 유사성은 부정
할 수 없는 특성이다. 그러나 과거 우리가 겪었던 질곡

의 역사 또한 잊어서는 안 될 아픔이 아닐 수 없다. 지난 역사의 교훈은 교훈대로 간직하면서, 미래지향적인 새로운 세계사의 길동무가 되는 일에 굳이 과거가 걸림돌이 될 이유도 없을 것이다. 이런 점에서 이번에 금송의 소설 작품들이 보여주는 서사의 세계는 한국과 몽골 두 나라의 문화–예술 교류사에 커다란 획을 그을 만한 성과라고 생각한다. 더구나 몽골인들은 우리나라에 대하여 '설렁거스/무지개 나라'로 부르면서 호감을 드러낸다고 하지 않는가? 이래저래 한국과 몽골은 유구한 역사 속에서 어떤 동질의 역사적 맥락을 찾을 수는 없는 것인가, 하는 질문으로 작품을 읽어도 좋을 것이라고 생각한다.

그것은 수천 년 농경민족으로 살아왔던 우리와 척박한 대지에서 오랜 세월 유목민으로 살아오면서 형성한 민속적 전통 속에서 인간의 본질적인 공통점을 찾아보는 것도 독서의욕을 자극하는 화두가 될 수 있기 때문이다.

이런 독서법은 서사문학의 맥락은 그대로 유지하면서, 작품 속에 역사적 진실을 융합시키는 기법으로 자연스럽게 드러내는 작가정신에서 단서를 찾을 수 있을 것이다.

서사문학이 궁극적으로 우리의 삶과 같은 맥락을 유지해야 한다는 점에서 효과적인 접근법으로 보인다.

현대 예술창작의 맥락에서 팩션Faction이라는 새로운 장르가 각광을 받고 있다. Faction은 물론 Fact[사실]과

Fiction[허구] 두 단어의 합성어다. 허구를 기본으로 하는 문학작품에 사실적인 요소를 끌어들여 어디까지가 상상력의 산물이고, 어디까지가 역사적 사실 요소인지를 분간할 수 없게 구성하는 소설기법을 일컫는다. 이런 창작 기법의 원류를 자처하는 장르는 물론 소설이었다.

그러나 이제는 시나리오[영화]-회화-드라마-연극-게임-만화 등에 폭넓게 쓰임으로서 일반적인 장르로 정착되었다. 팩션이 주는 효과는 이미 몇 작품-이를테면 움베르토 에코의 『장미의 이름』이나 댄 브라운의 「다빈치 코드」 그리고 한국에서는 김훈의 「남한산성」 등에서 크게 대중의 인기를 얻음으로써 입증되었다고 볼 수 있다. 그렇지만 자칫 두 영역의 조화가 미숙할 때 초래할 부작용 또한 경계하지 않을 수 없다. 이를테면 드라마나 영화에서 자주 채택하는 팩션 기법에 노출된 대중들은 허구적 영상을 역사적 사실로 인식하여 자신의 지적자산이나 상식으로 삼는 경우도 있음을 적지 않게 목격할 수 있기 때문이다. 이런 지경까지는 이르지 않는다 할지라도, 역사적 사실과 허구적 상상의 경계선상에서 인식의 혼란을 가져올 수 있는 개연성(蓋然性)은 얼마든지 있다. 이런 점만 극복될 수 있다면 팩트[fact-역사-사실성]가 지닌 무미건조한 과학성을 픽션[fiction-문학-상상력]이 보일 수 있는 흥미로움으로 융합하여 공부와 재미를 함께 줄 수 있는 장점 또한 무시할 수 없는 점도 눈여겨보아야 할 것이다. 필자는 이번에 금송 작가의 창작소설집 『사슴 돌』을 통독하면서 그런 가능성을 확인할 수 있었던 점을 큰 보람으로 여긴다. 왜냐하면 그동안 상식적 수준에서 머물렀던 몽골에 대한 막연한 인식에 일대 지각 변동을 일으키는 독서 효과를 누렸기 때문이다.

그것은 작가가 몽골의 역사와 몽골인들의 생활과 그들이 누리며 살아가는 자연을 소재로 서사철학의 핵심을 펼쳐내고 있어서이기도 하다. 단순히 몽골의 역사와 유목민의 삶에서 취재한 스토리텔링에 머무는 것이 아니라, 역사적 사건에 그 사건을 끌고 가는 새로운 인물을 배치하여 보다 의도된 세계를 보여주려 한다.

인물이 펼쳐내는 사건들을 따라가다 보면 어디까지가 역사적 사실이고, 어디서부터는 허구적 상상인가를 분별할 수 없게 하는데, 이것은 작가가 서사미학의 본령을 작품으로 형상화한 결과로 보인다.

'역사학이 인간의 실제 경험들을 연구하는 것이라면, 철학은 인간의 가상적인 경험의 이야기가 내재적 논리성을 갖고 있는지를 탐구하는 것이라고 할 수 있다. 또한 그 논리성은 인간존재의 본질에 이르는 통로가 될 것이다.' (김용석 『서사 철학』 p.41)

이런 지적에 매우 잘 어울리는 작품들을 이번 금송 작가의 창작집에서 찾아볼 수 있다. 작품을 통독하다 보면 서사문학에 서사 철학적 작가정신을 융합시키려는 의도가 작품 전편에 흐르고 있음을 엿볼 수 있다.

작가는 이 창작집에 독립적인 이야기 구조를 지닌 여섯 편의 작품을 싣고 있지만, 모든 작품을 꿰뚫고 있는 공통의 요소들이 있다. 그것은 몽골의 고대사와 근 현대사를 망라하는 역사적 요소들을 실재하는 기록으로 전달하는 동시에 작가가 설정한 허구적 인물, 또는 실존하는 인물로 여길 수도 있는 몽골인들로 하여금 이야기하게 하는 것도 잊지 않는다. 그것을 들여다보는 외지인으로 하여금 관찰자의 시점을 갖추는 것도 빠트리지 않는다. 독립적인 이야기 플롯과 관통하는 서사적 요소, 그리고 팩션으로 풀어가는 스토리텔링이 조화를 이루면서, 금송만의 독특한 서사미학을 완성시키고 있는 것으로 보인다. 그래서 이 작품집은 전체적으로는 한 편의 장편소설로 읽히지만, 한 편 한 편 따로 떼어서 읽으면 그것대로 완결성을 지닌 작품으로 볼 수도 있다. 이런 효과를 발휘하는 요소가 바로 팩션에 있음은 물론이다.

몽골의 역사와 실재로 병행하면서, 그런 역사의 인물들과 그런 역사를 이어 받아 새로운 역사를 이뤄가는 유목민들의 생활상들이 광활하고 척박하며. 유구하고 뿌리 깊은 풍토성을 배경으로 매우 개성적으로 전개되기 때문이다. 이는 팩션의 전형적인 기법이지만, 작가는 거기에서 머물지 않고 몽골의 역사를 축으로 인간 존재의 본질을 서사적으로 탐구하려는 의지를 형상화 하려 한다. 마치 몽골인들이 척박한 자연을 배경으로 유구한 역사를 이루었던 역사 시대와 그런 전통이 일부 훼손되고 마모되고 변질되는 가운데에서도, 전통과 민속을 되살리려 애쓰는 현대인들을 병치시키면서 서사문학은 어느덧 서정성 가득한 미감의 세계로 승화되는 느낌을 받는다.

이런 여러 가지 요소들을 종합하여 작가정신이 형상화(形象化)된 몇 가지 특징과 아울러 금송이 보여주고자 한, 작가정신의 현주소를 몇 가지로 요약함으로써 필자에게 주어진 해설의 책무를 다하려 한다.

첫째, 이번 작품집이 담고 있는 서사형식의 특징이 무엇이냐는 점이다.

앞에서 언급하였지만 이 작품집의 가장 뚜렷한 특징은 본격 '팩션 소설'의 특성을 살려내고 있다는 데서 찾아야 할 것이다. 여섯 번째 작품인 『울지부랭』을 읽으면서 칭기즈 칸이 이룩한 몽골통일을 위한 부족전쟁사의 재현

인가 했다. 그러나 칭기즈 칸을 작품의 중핵으로 삼지 않고, 그의 휘하였던 '에르덴-울지부랭(완전한 행운)'을 주류 인물로 설정함으로써, 영웅서사의 맥락에서 한 발 물러나 현대사로 접맥시키려는 작가의 의도가 충실히 반영될 수 있었던 것으로 보인다. 이 작품에서 두 가지 특성이 이 작품의 격을 높인다. 하나는 아메리카 인디언들이 이름을 지을 때, 자연의 특성을 살려내는 상징성을 띠고 있음을 우리는 익히 알고 있다. 그런 원형이 바로 몽골인들에게서 유래되었음을 확인하는 독서는 즐거운 보람이었다. 이 작품의 도처에 보이는 이름들은 한결같이 몽골인들이 얼마나 상징성이 강하며 친자연적인 성향을 지니고 있는가를 여실하게 보여준다.

이를테면 '울지부랭' 말고도 '푸렙앙흐체첵(목요일 처음 핀 꽃)'이라든지, '뭉흐터러이(영원한 새끼돼지)' '바트빌릭(강한지혜)' '알탕호약(황금갑옷)' 등등이 작품집에 등장하는 몽골인들은 하나도 빠짐없이 이렇게 상징성 강한 이름들을 가지고 있다. 그리고 그런 이름에 걸맞은 운명을 지니게 되는 것이다. 그래서 이 이름들은 단순히 호칭(呼稱)이나 지칭(指稱)에 그치지 않고 작품 속에 강한 상징성 만큼이나 의미를 발휘하며 작품을 이끌어가는 중심축이 된다.

알탕호약(황금갑옷)만 해도 그렇다. 이 작품에서 '알탕호약'은 몽골 인들이 자랑하는 '토올소리'의 계승자가 되는 과정을 담은 작품이다. 몽골의 문화예술적 특성을 잘 보여주고 있는 7만 행에 이르는 토올을 생명의 위협을 피해가면서 지켜내는 전승의 고난과정은 이 예술형식이 몽골인들에게는 '황금갑옷'만큼이나 자랑스럽고 든든한 민족성의 지킴이가 될 만하겠다는 공감을 불러일으킨다. 이밖에도 이 작품집에는 몽골의 토속적 예술성과 민족성의 특성을 짐작할 수 있는 민요-노래들이 등장한다.

에르덴이 아버지라네.
부-에, 부-에, 부-에
울지부랭의 성씨는 에르덴이라네
온- 타래, 온- 타래, 온-타래

이 자장가는 단순한 노래에 그치지 않고 몽골의 역사를 보여주는데 기여한다. 부족 간의 약탈 전쟁이 자심했던 시대에 다른 부족에게 납치되어갔던 여인이 이런 자장가를 들려줌으로써 아버지를 기억하게 하여 훗날 근친상간의 비극을 막아주는 역할도 하게 되고, 몽골이 모계중심 사회가 될 수밖에 없는 역사적 사실을 이 노래 한곡이 잘 들려주고 있다. 이 뿐만이 아니다. 민요-서정적 감성을 담은 노래들이 이 작품집의 여러 장면에 등장하는데, 이는 작가가 서사문학의 본령을 꿰뚫어 보는 안목의 결실로 보인다.

　'작가는 창작과정에서 되도록 작중인물의 몸짓으로 스토리를 실연(實演)해 볼 필요가 있다. 실제로 인물의 감정 속에 들어가 보는 작가가 더 실감나는 효과를 내며, 가장 진실한 고민이나 분노의 인상은 그런 감정을 '가상적으로나마' 경험한 사람이 제대로 줄 수 있기 때문이다.'

(앞의 책. p.150)

　『울지부랭』에서 '엥흐바야르마(평화,기쁨)'는 차하르 부족에게 납치될 때 이미 에르덴의 아기를 임신하고 있었다. 할하부족이 차하르부족에게 납치되어 당하는 분노와 슬픔, 절망적 감정을 무엇으로 표현할 수 있겠는가? '[부족의]평화와 [가족의]기쁨'만을 바라는 엥흐바야르마의 내면에 흐르는 '감정'을 전달하기 위해 이런 노래만한 서정이 또 어디에 있겠는가? 작가는 '가상적으로나마' 경험할 수 있는 체험적 진실을 전달하기 위해 작품 도처에 이런 노래－몽골의 민요를 차입하는 것을 활용하고 있다. 이것 또한 이 작품집의 형식적 특성이 아닐 수 없다.

둘째, 이번 작품집에 형상화된 작가정신의 핵심은 무엇이겠는가?

필자는 작품 전편에 흐르는 인류사적 호기심과 인간이 지니고 있는 본질적 의미를 세계사적 안목으로 풀어내려 집중하는 것으로 보았다. 울란바타르대학 연구교수로 파견되어 한국과 몽골의 문화예술의 가교역할에 충실하겠다는 의지가 이런 작품으로 형상화되어 나온것이리라. 이번 작품집에는 이런 해석을 가능케 하는 장면들, 삽화들로 충만하다. 이를테면 『푸렙앙흐체첵(목요일 처음 핀 꽃)』이라는 작품에는 몽골이 겪었던 역사적 질곡이라 할 만한 사건들이 생생하게 펼쳐진다.

작품 『울지부랭』이 칭기즈 칸의 민족통일전쟁역사의 대미를 담아냈다면, 이 작품은 몽골의 현대사에서 이념분쟁으로 인하여 겪었던 무지와 문맹의 아픔을 형상화하였다. 한때 몽골이 소비에트연방의 영향아래 공산주의 사회에서 겪었던 변동의 역사가 인물들이 겪은 체험적 사건들로 생생하게 그려진다. 수많은 전통사찰들이 파괴되고 수 천 년 지속되어 온 유목생활의 전통이 무너지는 아픔을 겪는다. 이런 진통은 세계사의 흐름에서 볼 때 냉전구도의 대결이 이 초목-사막지대도 비켜갈 수 없었음을 보여주면서, 동시에 우리가 겪었던 분쟁역사를 반추하고 인간존재의 본질에 대한 아픈 진실을 보여주는데 손색이 없다. 그래서 이 작품 『푸렙앙흐체첵』은 일종의 성장소설로 볼 수 있다. 다만 그 성장의 내면에는 조상의 대를 이어 유목생활로 돌아가는 한 소년소녀의 생활이 담겨 있으며, 또 한 축은 당시 몽골 총인구 70만 명중 약 20%의 몽골성인남녀가 희생되었고, 1만 7천 명의 승려가 사형 당했으며, 재산몰수, 가축집단화, 종교핍박, 사회계층 구분과 전통문화말살 등 온갖 피해를 극복하고 민주화시대로 회귀하는 사회적 성장의 과정도 진지하게 형상화되었음을 서사문학으로 만난다는 점에서 특별한 의미가 있다.

셋째, 이번 작품집에 보이는 두드러진 특징 중의 하나로 몽골의 문화적 특성이 자연스럽게 내면화 되었다는 점이다.

굳이 몽골문화사를 펼쳐보지 않아도, 애써 겉핥기식 몽골여행기를 탐독하지 않아도, 몽골의 전통문화와 몽골인들이 이루는 유목생활―사막과 초원지대에서 자신들만의 독특한 삶―생활양식을 어떻게 유지하고 살아내고 있는가를 알아가는 것은 독서의 커다란 보람이 아닐 수 없다. 이를테면 작품집의 표제가 된『사슴 돌』에서는 몽골의 다양한 전통 문화적 요소들이 사건과 인물의 대화를 통해서 자연스럽게 드러나는 장면이 다채롭게 등장한다. 필자는 이 작품『사슴 돌』을 여섯 편의 중단편이 담긴 이 작품집의 백미(白眉)로 꼽는다. 이에 대해서는 뒤에 다시 언급하기로 하고, 우선 몽골 인들이 척박한 자연환경과 혹독한 기후조건을 극복해 내면서 슬기로운 전통문화를 면면히 유지할 수 있었던 원동력이 무엇이었을까 궁금했다. 이런 궁금증과 호기심은 이 작품집에 수록된 작품들을 읽어가면서 자연스럽게 해소된다.

작품집 전체가 몽골의 박물지역할을 하고 있는 것처럼 보이기 때문이다. 예를 들어 우리에게 삼한사온(三寒四溫)이 있듯이, 몽골에는 '9.9추위'가 있다.

아무리 가혹한 추위라도 이것을 극복할 수 있는 단계가 있어 살아남을 수 있지만, '쪼드'라는 무서운 한파가 몰아닥치면 온 천지의 생명들은 살아남을 수 없다. 동지(冬至)부터 계산하여 여든 하루 동안의 추위에도 몽골 인들은 끝내 살아남을 수 있는 강인함과 슬기로움이 있다.

마치 사흘추위를 견디면 나흘 따뜻한 날씨가 있어 겨울을 참아낼 수 있었던 우리네 겨울풍경처럼, 그러나 가혹한 '쪼드'는 이마저도 용납하지 않는다.

샤머니즘[shamanism-무속신앙]은 우리네 전통신앙이기도 해서 낯설지 않았다. '신 내림[降神]'을 묘사한 대목에서 필자는 작가가 펼쳐낸 웅숭깊은 서사의 힘을 느낄 수 있었다. 특히 직접 무당을 찾아가서 무신(巫神)을 받는 '황무당'이 있고, 저절로 무병(巫病)을 앓으면서 주신이 몸에 드는 '흑무당'이 있다는 설명적 진술까지, 한 편의 이야기 체계에 담아내는 '삽화[묘사] + 사건[설명]'을 균형 있게 풀어가는 데서 서사의 힘을 느낄 수 있었다.

스토리텔링의 효과는 그것을 담아내는 삽화의 묘미와 이를 맛깔스럽게 펼쳐내는 입심[口述]이 짝을 이룰 때 효과를 발휘할 수 있다.

그런 점에서 이 작품은 화가의 안목으로 확립한 묘사의 기교와 이를 바탕으로 이야기를 맛깔스럽게 풀어내는 작가의 특기가 유감없이 발휘된 것으로 보인다. 이밖에도 '머링호오르[馬頭琴]'와 '토올'에 관한 진지한 서술과 섬세한 묘사, 이를 담아내는 인물설정의 적합성에서 독서자의 내면에는 벌써 사실[fact]이 심미적 상상[fiction]을 넘어 감동의 미학(美學-예술적 쾌감)으로 전환되고 있음을 가늠할 수 있다. 코담배 인사와 유목민들과 선물 주고받기 등의 사례도 주목할 만하다. 유목민들이 초원을 찾아 주거지를 이동하는 장면을 묘사한 대목은 백과사전이나 민속박물관에서는 볼 수 없는 생동감 있는 공감의 맥락이 살아난다.

"식물을 순화시켜 식량을 생산하는 것이 농경이라면, 유목은 동물을 순화시켜 식량을 생산한다는 점에서 양자 모두 식량생산단계에 속한다."는 진술은 인간존재의 본질에서 유목민이나, 농경민이나 크게 다를 것 없는 삶의 진실이라는 것이다. 이런 가혹하고 척박한 자연환경에서 겸손한 슬기를 터득한 몽골의 유목민들은 이렇게 노래한다.

> ①많은 것은 당신에게, 이익은 나에게
> ②존귀함은 당신에게, 행운은 나에게
> ③영광은 당신에게, 유쾌함은 나에게
>
> — (각 행 앞의 번호는 필자가 붙였음)

바위그림이 있는 곳에는 적석묘[돌무덤]가 있고, 또한 우리네 성황당에서 보는 '어워[Oboo]'가 있다. 이런 민속신앙의 적소를 지날 때마다 제의(祭儀)를 드리고, 어워의 주위를 세 바퀴 돌면서 위와 같은 축원의 노래를 부른다.

이렇게 몽골사람들이 간직하고 있는 생활방식이나 전통문화를 섭렵한다는 것은 단순히 지적호기심을 충족시키고 앎의 지평을 확장하는 데서 한 발 나아가 두 가지의 의미가 있는 것으로 보인다. 하나가 현대인이 누리고 있는 물질주의적인 삶의 풍요너머에 아직 날 것 그대로 잔존하고 있는 자연친화적인 삶이 주는 교훈이라면, 또 다른 하나는 첨단 과학기술로 무장한 삶이라 할지라도 결국은 인간존재의 본질적 의미와 가치는 '인간의 인간에 대한 사랑'밖에 따로 없음을 작가는 보여주고 싶었을 것이라는 점이다. 서사문학이라 할지라도 '가상이나마' 체험할 수 있는 인간의 감정을 이런 서정적 노래를 통해서 체험할 수 있는 단서를 제공하고 있다.

절체절명의 경지-순간이 오면 생명의 무의식적 행동은 이기적으로 흐르기 마련이다. 이것은 피할 수 없는 생명작용의 본질이다. 그럼에도 그런 이기적 유전자가 시키는 동작을 애써 외면하고,

①물량적 혜택은 당신이 차지하고, 나에게는 최소한의 생명 유지에 필요한 유익만 달라는 축원,

② '모둠살이[사회]'에서나 필요한 존귀한 명성은 당신이 차지하고, 나에게는 그저 오늘 하루 무사히 넘길 수 있는 하나의 행운이면 된다는 바람,

③다른 이들의 우러름을 받는 영광의 시간은 당신에게 드릴 터이니, 나에게는 그저 오늘 하루 즐겁게 살 수

있게 해달라는 바람들은 가혹한 자연환경 속에서 일단은 '살아남는[生存]'것보다 더 큰 의미와 가치를 지닌 것은 없다는 깨달음이 아니고 무엇이겠는가? 이런 깨달음이 어찌 사막지대에 사는 유목민에게만 필요한 덕목이겠는가? 바로 물질만능-풍요의 절정을 달리고 있는 현대 자본주의 사회와 물질만능주의자들에게 던지는 경고로 들리는 것은 필자만의 지나친 해석일까?

이밖에도 『사슴 돌』에는 서사미학이 갖춤직한 덕목들이 조화를 이루고 있다. 그 중에서도 여성화자로 등장하는 프랑스여인 르블랑은 작가정신의 핵심과 작중 화자인 '나'의 캐릭터를 구축하는데 필수적인 인물의 역할에 충실하다. 즉 문예 미학적으로 튼실한 심미안과 인류애의 세계관을 지니고 있는 화자의 인간미, 생명의 위협 앞에서도 휴머니즘에 충실한 인간애, 그리고 사선을 넘나드는 위기 앞에서도 결국은 한 남자요, 한 여자로서 화합할 수밖에 없는 자연스러운 에로스의 사랑이 이루어지기까지 르블랑은 화자의 필수적인 상대역으로 기능한다. 이런 서사의 진행에 리얼리티를 부여하기 위하여 작가는 르블랑의 캐릭터를 규명할 수 있는 분석적 진술도 삽화의 마디마다 끼워 넣는 것을 잊지 않는다.

첫째, 그녀는 프랑스인 특유의 개방적 사고를 지니고 있었다.

둘째, 상호 가지고 있는 지식교류와 진행하는 사슴 돌 탐사까지 그녀가 연구자로서 얻어갈 수 있는 충분한 자료획득이 나로인해 보장되어 있었다.

셋째. 거친 몽골 땅에서 홀로 배낭여행을 할 수 있는 여자로서의 대담한 성격과 욕망이다. 그녀 눈빛에 비치는 카리스마가 그녀의 대담성을 여실하게 입증했다.

더구나 둘의 동행 자체는 서로의 관계가 익어갈 수록, 이런 저런 여건들이 이성적으로 일을 저지를 수 있는 개연성이 충분히 내재되어 있었다.가 그것이다.

물론, 이런 진술이 서사적 이야기와 사건전개를 방해할 수 있다고 여길 수도 있다. 그러나 이 작품은 처음부터 팩트[사실]와 픽션[허구]의 융합을 꾀하고 있지 않는가. 이런 작의(作意)에 리얼리티를 부여하기 위하여 작가는 그런 위험을 무릅쓰고서도 이런 요약적 진술을 통해서 리얼리티를 획득하는 것으로 보인다. 이밖에도 서사문학의 리얼리티 구축에 필수적인 복선이 밀도 높은 플롯을 형성하는데 기여하는 에피소드가 있다.

이들을 '어르헝강가의 사슴 돌'까지 안내한 몽골 현지인이 답사지 부근의 유목민 게르에 이들을 남겨 두고 답사가 끝나면 다시 와서 귀환을 안내하기로 한다. 유목민들은 떠나고 이들만 남은 상태에서 뜻밖에[아니, 기상이변이 다반사인 몽골이 아닌가?] 몰아닥친 혹한과 눈발로 안내인이 오지 못하게 된다. 이 과정을 묘사하고 사건을 전개하면서 작가는 자신이 이 작품에서 드러내고자 한 정신의 현주소— '인간존재의 본질'을 유감없이 드러낸다. 그 긴장감 넘치고 인간애의 질박함이 있어, 생면부지 이방의 여인과 살을 섞는 장면까지 전혀 생경하지 않은 사실성을 확립하게 된다.

"몽골사람들은 자연과 사물에 비유해서 이름을 지으니까 므슈가 한번 생각해 봐요."
"그래요? 음⋯⋯, 그럼 온통 검은색이니까 보이는 대로 하르옹고(ХарΘнгθ/검은 색), 거기에 우스(үс/털)를 붙이면 이름이 너무 길고, 붙여 발음하면 하롱고, 어때요?"
"하하하—순전히 몽골식으로 잘 지었어요."

(p.56)

이들이 답사에 나서기 직전에 우연히 만난 들개[하롱고]와의 인연이 비롯하는 장면이다. 이 들개 '하롱고'의 등장은 극한에서 나그네들의 목숨을 건지는 역할을 한다. 하찮게 여겨지는 동물마저도 때로는 인간이 가지지 못한 영성(靈性)을 지녔음을 웅변하는 듯하다. 선사의 선문답이 생각나는 대목이다. 한 수행자가 조주 선사에게 물었다.

"개에게도 불성(佛性)이 있습니까?"

조주선사는 '무(無)'라고 대답했다. 물론 이때의 무는 단순히 없다는 뜻이 아니다. '있음－없음'을 동시에 내포한 대답이었다. 즉, 개체로서의 사물을 주체인 내가 어떻게 보느냐의 문제다. '내가 있다고 보면 있고, 내가 없다고 보면 없는 것' 그것이 조주선사의 '무'속에 담겨있는 것이다. 이런 선문답의 차원에서 볼 때, 몽골에서 사람들은 자신의 의지나 지혜만으로 살아 남을 수 있다고 여기지 않는다. 앞의 '축원하는 노래'에서도 보았듯이, 삼라만상이 인간의 삶에 관여하지 않는 것이 없음을 이들은 온몸으로 느끼고 함께 하며 더불어 살아가는 것으로 진실을 육화할 뿐이다. 검은 들개 한 마리가 혹한과 눈보라에 막혀 아사 직전에 이른 남녀를 살려내는 장면에서 가슴 가득히 밀려오는 존재의 상호의존성을 실감하게 된다. 이럴 때의 개에게 누가 불성이 없다고 말할 수 있겠는가? 그런 불가의 세계관을 작가는 에피소드를 통해서 자연스럽게 전달하는 것이다. 이렇게 동물까지 작품의 주요인물로 역할을 맡긴 데에는 몽골에 대한 생체적 체험 없이는 불가능할 것이다. 앞에서 '작가란 작중 인물의 몸짓으로 스토리를 실연(實演)해 볼 필요가 있다.'고 한 지적에 적합한 태도라 할 것이다. 개 한 마리를 등장시켜, 그로 하여금 인간의 삶에 간여하는 스토리의 실연은, 작가가 창작에 임하기 위하여 배경으로서의 몽골과, 실체적 체험의 과정이 얼마나 치열했던 것인가를 짐작케 하는 대목이다. '인물의 감정 속에 들어가 보는 것'만큼 서사에서 리얼리티를 획득할 길은 따로 없다.

금송의 작가정신으로 서사 철학의 맥락을 유지하는 비결이 바로 여기에 있다고 본다. 들개 '하롱고'로 하여금 아사(餓死) 직전에 이른 사람을 구원하는 것이 몽골 – 생태의 자연 그대로를 삶의 터전으로 삼는 사람들에게는 너무도 당연한 것이다. 그러나 소위 문명화된 현대인들에게는 언감생심이다. 이런 맥락을 작가는 매우 자연스럽고 리얼리티하게 전개시키면서 독자를 강력한 서사의 매력 속으로 끌어들인다.

넷째, 앞에서도 잠깐 언급한, 몽골의 현대사에 대하여 언급하지 않을 수 없다.

작품 『하르체첵/흑화黑花』의 잔상이 잔혹하게 뇌리를 지배하고 있기 때문이다. 더구나 우리네 현대사의 피비린내 나는 동족상잔의 아픔과 냉혹한 이념투쟁의 와중에서 필자가 겪은, 가족상실이라는 가혹했던 가족사적 체험이 이 작품에도 동어반복적인 형태로 리얼하게 그려져 있다고 보았기 때문이다. 앞에서도 잠깐 언급하였지만, 이 작품에서는 몽골에 불어 닥친 공산주의혁명바람을 본격 테마로 설정하고 있다. 소련의 탱크를 등에 업은 '붉은 완장'의 세력에 의해 전통사회의 생활풍습이 철저히 와해되고, 가족이 뿔뿔이 흩어져 생사를 알 수 없는 생이별의 아수라장을 이룬다. 이런 몽골현대사의 피바람이 작가의 팩션의 안목에서 휴머니즘의 이야기로 재탄생한 작품이 바로 『하르체첵/흑화黑花』이다.

이 작품을 읽으면서 세계사의 광풍이 대초원−사막의 나라인 몽골도 비켜가지 않았음을 확인하는 것은, 인류사를 관망하는 안목에서 매우 서글픈 일이 아닐 수 없다. 총칼을 앞세운 혁명이 끝내 성공할 수 없다거나, 전통사회를 붕괴시킨 이념투쟁이 옳지 않다거나, 사막과 목초지를 이동하며 살아야 하는 유목민들에게 집단생활을 강요하는 현실 앞에서 몽골의 역사는 '웃기에는 너무 비극적이었으며, 울기에는 너무도 희극적이었다.'고 밖에 할 수 없는 지경에 이른다.

이런 팩트를 작가는 남매[오빠 바트첼겔과 누이 잔당후]를 등장시켜 인류사의 맹점을 반추하게 한다. 이념에 눈이 먼 문맹의 시대, 그것은 이념만의 문제가 아니라, 인간이라는 매우 취약한 개체와 개체가 지닌 맹목의 한 현상일 수 있다는 점을 작가는 가족애로 승화시켜 들려준다.

21세기가 된 지금도 어쉬망항사원 폐허는 그대로 남아 있다. 매년 여름이면 이곳에서 죽어간 영혼들을 위한 스님들의 위령제가 열린다. 그리고 오르팅과 머링호오르(마두금)를 연주하고 토일치들이 토올을 노래하며 영혼을 달랜다. 그 소식을 접한 나는 오빠를 잊지 못하고 매년 여름 이곳을 찾는다.

오빠의 말소리가 들린다.

"잔당후, 내가 자라서 아버지의 목축을 상속받으면 절반을 뚝 떼어 네게 줄 거야. 너는 그것으로 시집을 가고, 네 남편과 이 오빠랑 양떼를 몰며 같이 살자."

『하르체첵/흑화黑花』의 끝 장면이다. 아버지는 공산주의 숙청바람에 아내와 아버지를 잃는다. 유목민의 생명줄인 가축[말 180두, 양 600두, 소 80두. 낙타 40두, 야크 40두]를 몰수당한다. 아들[바트첸겔]은 사원으로 보내 목숨을 부지하게 하려 했으나, 이미 사원은 폐허가 되어있다. 딸 하나만 데리고 울란바타르 집단수용소로 가 훗날을 기약한다. 강요된 혁명이 마침내 역사의 필연처럼 막이 내리고, 딸[잔당후]은 30여 년의 세월이 흐른 뒤 오빠를 찾아 나선다. 피골이 상접한 채 형해(形骸)만 남은 오빠를 만나지만 끝내 누이의 품안에서 숨을 거둔다. 그런 오빠를 그리워하며 앞에서 인용한 추억을 회상한다.

작가는 이 작품 역시 팩션의 구도와 전개, 그리고 서사 문학의 핵심이 결국은 개성적인물의 창조에 있음을 여실하게 보여준다. 오빠 바트쳉겔의 캐릭터는 우리가 너무도 가슴 아프게 보아왔던 우리의 모습이 아닌가? 누이 잔당후의 모습 역시 가족을 잃고 헤매는 우리네 이산가족의 모습과 완벽하게 오버랩 된다. 아직도 이산가족이 생사마저 확인할 수 없는 분단의 땅에 살고 있는 우리의 처지로 보면, 몽골의 현대사는 그래도 불행 중 다행이요, 인간애의 승리를 이야기할 수 있는 단서라도 주고 있다. 여기에 비해 우리네 현실은 세계의 흐름에서 볼 때 '가장 추악하고 무책임한 문맹의 현실'이라는 점을, 불편하지만 인정하지 않을 수 없는 일이다.

이념이 무엇이기에, 정치가 과연 어떤 목적을 가졌기에, 아니 권력이 얼마나 강고한 것이기에 혈육의 상봉을 서로 막아서기를 반세기를 벌써 지났고, 21세기 대명천지에도 농단을 부릴 수 있단 말인가! 이 작품은 그런 아픈 질문을 우리 스스로에게 던지는 것으로 보이는 것은 필자만의 생각은 아닐 것이다. 그러면서 어떤 가치와 의미를 강조하건 '인간애와 가족애'를 능가하는 이념도 제도도, 정치도, 권력도 있을 수 없음을 아프게 그려낸다. 이런 현실은 이 작품에서 동토대와 초원과 사막이 전부인 몽골마저도 아름다운 서정성으로 묘사해낸 '흑화(黑花)'만도 못한 곳으로 우리의 처지를 전락시키고 있음을 본다.

오랜 세월, 태양과 바람에 조각된 부드러운 잿빛 바위 산맥을 배경으로 펼쳐진 대지를 휩쓴 흔적은, 바람이 남기고 간 발자국이다. 시야의 각도 안으로 들어오지 않는 드넓고 아름다운 흑화黑花의 땅, 이곳 아르 항가이 엉더르 올랑에서 오빠와 나는 태어났다. 멀리 내려다보이는 배불리 먹고 꿈틀거리는 거대한 아나콘다 한 마리는 이흐타미르 강줄기다. 흰빛 자작나무숲 저편에 무리에서 뒤쳐진 사슴과에 속하는 야생몽골가젤한 마리가 몸부림을 치더니 잠깐 만에 새끼를 쳤다. 기우뚱거리며 일어선 새끼를 핥아주며 무리 쪽으로 향하는 자연의 생명력을 바라보며 길을 떠난 나는 말 한필을 끌고 만달고비를 향해 말을 몰았다.

(작품 「하르체첵/흑화黑花)

우리의 분단현실은 참혹하다. 사계절이 뚜렷해서 금수강산(錦繡江山)이라 자화자찬을 마다하지 않지만, 인간미가 끼어들 수 없는 냉혹한 분단과 남북 간의 대치하는 현실은 '금수강산'이 부끄러울 뿐이다. 차라리 '흑화의 땅' 몽골만도 못한 처지를 감안하면 우리는 차라리

자괴감을 가져야 마땅한 일이다. 작가의 필력으로 그려낸 '검은 꽃[黑花]'의 초원이 얼마나 아름다운가? 이런 필력으로 역사의 진보는 커녕 더욱 치열하게 분단을 강화하는, 뒷걸음질 치는 역사의 모순을 생각한다면, 아무리 묘사의 정밀함으로 독자를 사로잡는 금송이라 할지라도, 우리의 현실을 아름답게만 묘사할 수만은 없을 것이다.

그래서 이 작품 하르체첵/흑화는 비록 공간적배경과 등장하는 인물들이 몽골에 기반을 두고 있다 할지라도 실은 우리의 분단현실을 조명하고자 하는 '팩션'의 의도를 짐작하기에 어렵지 않다.

다섯째, 『에쯔하드(어머니바위)』를 언급하면서 이 졸고를 마감하려 한다.

작가는 이 작품을 단숨에 조망할 수 있는 단서를 서두에 명시하고 있다.

"알탕호약! 세상은 만만하지 않다. 네가 그 길을 가는 것은 숙명이다. 이제 토올은 너에게 황금갑옷이 될 것이다."

(p.165)

어느 시대나, 어느 공간이나 역사는 정반합의 원리대로 전개되는가? 사라져가는 전통문화를 지켜내는 '문화지킴이'의 파란만장한 삶이 이 작품의 뼈대를 이룬다.

몽골이 맞이한 공산주의사회에서는 종교도 반동이요, 전통문화—예술도 부르주아의 한낱 허접한 장난일 뿐이다. 몽골 인들이 삭막한 초원에서도 불퇴전의 용기를 가지고 각박한 삶을 유지하는데 절대적인 위로가 되었고, 삶의 희망이 되었던 전통예술로서의 '토올!' 그것을 목숨을 걸고 지켜냄으로써 마침내 되찾은 자유몽골에서 '황금갑옷'같은 존재로 우뚝 선 '토올치[토올을 전문으로 부르는 사람]'를 그려낸 이 작품은 몽골판 인간승리의 드라마가 되기에 충분하다.

'토올'은 7만 행에 이르는 장대하고 방대한 서사문학의 백미로 보인다. 마치 우리네 판소리 다섯 마당을 완창(完唱)하려면 몇날 며칠이 걸리듯이 몽골의 토올도 마찬가지다. 토올 전곡을 완창하려면 몇날 며칠이 걸린다.

그 장대한 서사의 맥락을 온몸으로 실연(實演)하면서 만끽하게 될 소리꾼의 감동과 그 토올을 들으며 자신의 핏줄 속에 흐르는 몽골인의 정체성을 뜨겁게 확인하게 될 것이라는 점은 짐작하기 어렵지 않다.

그러나 한민족이라면 태생적으로 판소리가락에 저절로 신명이 나듯이, 몽골사람들도 그런 정서적 맥락에서 토올을 즐겼을 것으로 보인다. 그 서사의 일단을 보면 이렇다.

> 몽골의 아름다운 여인
> 어머니의 품속에는 생명의 젖이 있다.
> 어머니는 많은 가축들의 주인이시다.
> 무척이나 무척이나 생각이 난다.
> 이 세상 하나밖에 없는 우리 어머니
>
> — (p,172)

> ······························
>
> 이렇게 위대하고
> 정상에는 하얀 만년설이 쌓인
> 알타이 산과 항가이 산들이여!
> 산 허리에는 옅은 안개를 두르고
> 온 세상을 내려다 본다.
> 남녀노소 모두 함께 축제를 벌려
> 어린아이들을 놀라게 하고
> 어르신들의 잠을 깨울 정도로
> 낮과 밤을 가리지 않고
> 사시사철 즐거움을 누렸다
>
> — (p,174)

'토올'의 서사는 매우 진솔하고 감성적이다.

나를 존재케 한 어머니와 나를 받아 키우는 대지를 찬양하는 내용이다. 아마도 유토피아(Utopia)나 무릉도원(武陵桃源)같은 이상향이 있다면 바로 이 '토올'이 노래하는 세상일 것이다. 태평성대(太平聖代)를 지향하는 마음은 모든 인간의 공통되는 염원일 것이다. 위로 하늘을 공경하고 아래로 사람을 사랑하는[敬天愛人] 세상을 꿈꾸고 노래하는 몽골사람들의 천성이 잘 드러나 있다. 인간은 애초에 소리로 사물을 파악하는 능력을 지녔다. 어머니 뱃속의 태아도 사물을 볼 수는 없으나, 엄마의 맥박소리나 엄마가 부르는 목소리를 듣고 기억한다 하지 않는가? 이 작품에서 그것을 보여주는 진술이 있다.

"에쯔 — 에쯔(엄마 엄마)" 세상에 태어나 처음 듣게 된 소리는 에쯔다.
-<중략>-
두 번째 기억으로는 에쯔와 같은 하얀 미소로 자신의 가슴을 손으로 거푸 짚으며, "아아브 — 아아브(아빠 아빠)"하는 소리였다.
-<중략>-
세 번째 소리는 알탕호약(황금갑옷)이었다. 그 소리는 내가 평생 쓰게 되는 내 이름이었다.

— (p.167)

'엄마[에쯔]'소리와 '아빠[아아브]'소리는 갓 태어난 생
명이 사람이 되기 위해 첫 번째 듣는 소리요, 소리 내
는 말이다. 그 다음—생명을 생명이게 하는 소리와 똑같
은 질량과 의미와 가치로 '알탕호약—황금 갑옷'을 이름
으로 지니게 되었다는 것이다. 노랫소리는 뼈에 사무치
고 가슴을 맥박치게 하는 생명의 원동력이다. 노래는 혼
의 발음이요 넋의 바람결이다. 노래는 단순히 여흥의 부
산물이 아니다. 특히 민족의 애환이 깃든 민요나 전설이
깃든 가요는 그 자체로 민족의 넋이요 혼이라 불러도 마
땅하다. 이 작품의 중심인물인 '알탕호약'은 여자아이
중에서 가장 토올을 잘 부르는 '톡스자르갈(완벽한 행복)'
과 함께 알타이산맥 바위굴 속으로 숨어 들어간다. 오직
시대와 불화하는 토올을 전승하기 위해 목숨을 건 도피
행이자 수행의 길에 들어선 것이다. 현지 집단목축장 유
목민들의 도움으로 이 동굴에서 7만 행에 이르는 토올
을 익히면서 두 남녀[황금 갑옷—완벽한 행복]는 '뭉흐울지
(영원한 축복)'라는 아이를 얻는다. 몽골민족의 혼이요 넋
인 토올을 부르고 간직하면서 이들은 온몸이 몽골의 넋
이요 혼이 되어 갔던 것이다. 부모의 바람대로 알탕호약

과 톡스자르갈은 민주화된 몽골 제일의 '토올치'가 되어, 이름 그대로 '황금갑옷'과 '완벽한 행복'에 이르게 되고, 자신만이 아니라, 그의 아들 '뭉흐울지(영원한 축복)'까지 얻어 몽골과 몽골사람들에게 특별한 존재가 된다. 앞에서 언급한 것처럼 금송 김한창 작가는 이 작품집 『사슴 돌』을 통해서 작가정신을 유감없이 개성적으로 드러낸다. 아무리 물질문명이 기승을 부리고, 과학기술이 시대를 선도한다 할지라도 영혼이 없는 물질과 혼을 잃은 인간의 모습은 초라할 뿐이다.

금송 작가는 팩션Faction이라는 형식을 통해서 역사로부터 상상력 넘치는 자양분을 섭취하고, 이를 풀어 허구[Fiction]를 본질로 하는 서사문학의 세계를 보여줌으로써, 몽골을 통해서 현대문명이 지닌 하나의 맹점(盲點)을 지적한 것은 아닌가, 나아가 현대 물질문명의 독소에 중독되어 인간존재의 의미와 삶의 지향성을 상실한 '현대인들의 초상(肖像)'에 던지는 메시지는 아닐까, 하는 의구심을 떨칠 수 없었다. 이런 독후감은 필자만의 것은 아닐 것이다. 왜냐하면, '가상적이나마' 경험하는 사람과 경험하지 않은 사람이 누리는 삶의 진실성은 하늘과 땅 사이만큼이나 멀기 때문이다. 그런 격차를 줄이기 위해서 우리에게는 '서사문학'이 있고, 그것을 읽어내고자 하는 지적호기심이 우리의 내면을 들끓게 하기 때문이다.

■ 참고문헌
- 「몽골역사」: 저자/바아바아르(Баабаар) /몽골 역사 박물관
- 「유목민 이야기」 저자/ 김종래/꿈엔들
- 「몽골인의 생활과 풍속」 저자/이안나/울란바타르대학 출판부
- 「몽골 작은 백과사전」 저자/바트벌드(Батболд)

■ 감수
- 강벌드, 서닝바야르 (Сонинбаяр Ганболдын)

　시인으로, 몽골문인협회, 몽골문학협력배 수상자이다, 2003년 몽골작가협회 선정으로 첫 작품집『달 없는 어두움』을 출간했고, 2007년「생각의 달」시집을 출간했다. 그의 작품이 영어, 한국어, 일본어, 마케토니아어로 번역 출간되었으며, 2013 몽골작가협회상을 수상했다.「알탕구루스 국제문인대회」준비위원장으로 최초 제안자이기도 하다. 신몽골라디오방송 부국장으로 몽골 새천년문학협회, 몽-한 문학교류협회 이사이다.

■ 추천사
- 남바르 푸렙 (Намбарын Пүрэв)

　1970, 알타이고비태생으로 교원이며 변호사전공의 시인이며 몽골문인협회 관리처장이다. 몽골작가협회상을 수상했고, ㄱ. 세르-어드상 수상자다. 2006년 몽골-한국 문학 교환연수프로그램으로 고려대, 2006년에 문화관광부 초청으로 전남대 국제언어문화연수과정을 수료했다. 작품으로「세상가득한 사랑」「마음의 빛」「신계 쓴 신청서」「하늘이 뜻하는대로」시집이 있다